AF192037

Zum Inhalt:

Zur Millenniumwende: Der Neue Markt boomt. An der Börse werden Vermögen gemacht. IT ist das Zauberwort der Stunde. New Economy stellt die Prinzipien der Old Economy auf den Kopf.
Tatkräftig unterstützen Banken, speziell deren Börsenabteilungen diesen Trend. Die Insite AG, eine Technologiefirma in Frankfurt, befindet sich genau im Fadenkreuz. Dort hat man große Pläne.
Volker, ein erfahrener Projektleiter, begleitet die Firma auf ihrem Weg. Er gerät in eine eigenartige Mischung aus genialen Ideen, Weltverbesserern und hemmungslosen Glücksjägern.

Carl Zinam

Der Hype 0.0

Roman

Bibliographische Information der Deutschen Bibliothek: Die Deutsche Bibliothek verzeichnet diese Publikation in der Deutschen Nationalbibliographie; detaillierte bibliographische Daten sind im Internet unter http://dnb.ddb.de abrufbar.

Impressum
© 2006 Carl Zinam
Herstellung und Verlag: Books on Demand GmbH, Norderstedt
ISBN   3-8334-5317-6

Inhaltsverzeichnis

Hauptpersonen

Volker, Freiberufler, später CIO[1] der Insite AG
Claudia: Volkers Frau
Tim: Volkers Sohn
Katharina: Volkers Tochter

Manfred Schepard, CEO[2] der Insite AG
Marlene Schmidt-Pöfgens, COO[3] der Insite AG
Dr. Maren Stufitz, CFO[4] der Insite AG
Lorenz Gründger, Ober-Zifa[5], später CIO und CFO der Insite AG
Benjamin, Zifa
Klaus, Zifa
Frederico, Zifa
Sören, Software Architekt und Special Guest
Herbert Hastler, CMO[6] der Insite AG
Dr. Heiko Sander: Projektleiter der Projekte Vadis und Econ

Babette und Nadine: Zwei chice Französinnen

Die beiden Amerikaner: Anteilseigner der Insite AG

Der Banker: Bevollmächtigter der Bank für die Insite AG

Roger: Der Trainer

---

[1] CIO Chief Information Officer - Verantwortlicher für die Informationstechnologie
[2] CEO Chief Executional Officer -Vorsitzender des Vorstandes
[3] COO Chief Organisational Officer - Verantwortlich für die Organisation
[4] CFO ChiefFinancial Officer - Verantwortlich für die Finanzen
[5] Zifa - Zitronenfalter - Spottname für die Leiter der Leistungszentren (Abteilungsleiter)
[6] CMO Chief Marketing Officer - Verantwortlich für das Marketing

Prolog

Volker erwachte. Er blinzelte in die Sonne, die helle Streifen durch die Zwischenräume der hölzernen Jalousie warf. Ein dumpfes Gefühl beherrschte seinen Schädel. Seine Zunge war pelzig, und der Gaumen verlangte nach einem Schluck Wasser. Sein Blick wanderte von der Decke auf das zerwühlte Bett, auf dem er lag. Er schaute auf den verwuschelten dunklen Schopf, der das Kopfkissen neben ihm zierte. Sie schlief. Der Bezug bedeckte ihren Körper nur halb, ließ dessen Konturen erahnen. Eine kleine Brust schaute hinaus, lud ihn geradezu ein. Er beugte sich über sie und küsste sie. Sie murmelte im Halbschlaf irgendetwas auf Französisch, einer Sprache, die er gestern Abend und besonders heute Nacht noch gut verstanden hatte. Langsam kehrten seine Erinnerungen zurück an den gestrigen Abend. An das Restaurant, in dem er mit Herbert und den Franzosen geschlemmt hatte. Wie hieß die Kleine neben ihm noch mal? Schließlich einigte er sich auf Babette. Richtig. Nach dem Schlemmen waren sie noch losgezogen in Saint Tropez. Diese legendäre Bar im Hafenviertel hatten sie besucht. Und schließlich hatte er dann die Braut abgeschleppt. Wie hieß die noch mal? Ach ja, Babette! Cool! Das klappt ja nun weiß Gott nicht immer, gleich mit einer neuen Bekanntschaft im Bett zu landen! Aber gestern Abend hatte er ihn gezogen, den Hauptgewinn. Da kommen wir als Deutsche ins Mekka der Playboys und schnallen gleich so Superbräute ab: Babette, die Traumfrau schlechthin. Schwarze Haare, schwarze Augen, Figur und Habitus wie eine Ballettmaus! Herbert hatte die andere angebaggert, wie hieß die noch mal? Äh, Nadine, oder so. Nadine, etwas größer als Babette mit den dunkelbraunen Haaren und dem melancholischen Blick. Sah ein bisschen aus wie Françoise Hardy zu Bravo-Zeiten. Hätte nur noch gefehlt, dass die eine Gitarre gezückt und traurige Lieder zur Klampfe vorgetragen hätte. Und er, der Glückspilz, hatte dieses Elfenwesen Babette abgekriegt! Er beugte sich nochmals über sie und zog sie an sich. Sie murmelte wieder irgendwas auf Französisch und drehte sich im Halbschlaf von ihm weg. Ihr Atem roch nach Alkohol.

Volker wandte sich ab. Einen Moment lang blieb er aufrecht im Bett sitzen und betrachte erneut intensiv die Jalousie. Komisch, diese südländischen Dinger! Uralt! Die Holzlatten so dünn, und dann dieses blendende Lichtspiel, das durch die Zwischenräume der Holzlatten fiel, die im Laufe der Jahre offensichtlich krumm geworden waren. Wie lange dauert es wohl, bis eine Holzjalousie so krumm geworden ist, daß die einzelnen Holzlatten derartig große Zwischenräume freigeben, durch die das Licht derart fallen kann? Allein diese Überlegung war Volker zu anstrengend! Wenn er die Augen zusammenkniff, erschien der Blick auf die Holzjalousie wie ein Blick ins Kaleidoskop.

Volker erhob sich vom Lotterbett und tapste zum Bad. Leise schloß er die Tür hinter sich. Wow, dieses Bad, alles Marmor und goldene Wasserhähne, oder zumindest vergoldete oder gut geputztes Messing. Er schaute in den Spiegel. Die Haare struppig und an den Schläfen grau, tiefe Ringe unter den Augen, Falten auf der Stirn, Bartstoppeln im Gesicht. Siehst nicht ganz taufrisch aus, dachte Volker, aber sehr, sehr männlich. Wie einer, der Wahnsinnsbräute abschleppen kann, die zwanzig Jahre jünger sind als Du! Und das im Mekka von Gunther Sachs und Co, in Saint Tropez. Irgendwie bist Du doch schon ein Mann von Welt, sonst würden nicht die heißesten Bräute auf Dich fliegen!

Das lag sicher daran, daß er in einer absoluten Winner-Situation war. Sowas merken die Bräute; vielleicht riechen sie es auch, das Sieger-Gen! Gut, das Zusammenspiel mit Herbert war nicht immer perfekt! Herbert war schon manchmal ein wenig gewöhnungsbedürftig! Aber trotzdem. Wir beide, Herbert und ich, murmelte Volker leise vor sich hin, wir haben sie platt gemacht. Wir waren schon unschlagbar! Wir haben das gerissen! Die Firma, die pushen wir schon. Bei der Power, die von uns ausgeht, kann es nur voran gehen! Unsere Investoren, die Säcke von der Bank, haben wir eigentlich voll im Griff. Wir gehen hin, stellen unsere Forderungen und ruckzuck werden die erfüllt. Kohle? Kein Problem! Unsere Ideen? Das Größte! Unsere Story? Der Erfolg!

Das haben die Bräute gestern Abend, und zumindest Babette heute Nacht bestätigt. Ob Herbert mit seiner Françoise Hardy oder Nadine auch so ein Glück hatte wie er? Mein Gott, war Babette wild! So richtig prickelnd, das ging unter die Haut. Wie die sich gewunden hatte, als er sie packte! Eine Katze, eine schwarze Katze. Die konnte gar nicht genug kriegen. Immer und immer wieder. Und er konnte und konnte, ohne Ende. So ein geiles Luder, und dabei so schnurrend und zupackend. Einen Moment hing er noch seinen Gedanken nach und betrachtete intensiv die Jalousie.

Volker fasste den schwerwiegenden Entschluß, seine Zähne zu putzen. Und wenn Du damit fertig bist, sagte er sich, dann gehst Du ins Schlafzimmer und nimmst die Kleine noch mal. Er stellte die Zahnbürste zurück in den Becher, der wie Schildpatt aussah. Volker klopfte gegen den Becher: Plastik? Nur vom Feinsten, dieses Hotel. Besonders der Inhalt des Schlafzimmers. Den wollte er umgehend nochmals genießen. Er legte sich neben sie und nahm sie

8

in den Arm. Sie murmelte wieder irgendetwas auf Französisch. Egal, jetzt ist sie fällig. Schließlich bin ich der Größte. Ich könnte sie mir auch dauerhaft als Geliebte halten. Dann hätte ich immer etwas, worauf ich mich freue, wenn wir hier unsere Fusionsgespräche führen. Babette roch immer noch ein wenig nach Alkohol. Babette schien auch noch ein wenig schläfrig zu sein. Woher sollte Volker auch wissen, daß Babette eine Professionelle, ein Callgirl war?

01 Sylt

Die Gardine wurde abrupt aufgezogen. Volker schlug die Augen auf. Es regnete. Entweder regnet es auf Sylt, oder es regnet wenigstens ein wenig. Meist regnet es aber richtig, und wenn es tatsächlich mal nicht regnen sollte, dann gibt es ungefähr eine Woche im Jahr, in der es so heiß ist, dass man sich nur in den Schatten verkriechen kann. Zu dieser Zeit ist man aber nicht auf Sylt, weil man keinen Urlaub hat und zum Beispiel arbeiten muss. Wenn man auf Sylt ist, ist aber immer die Luft gut, so frisch und salzig. Gut für Lunge und Bronchien der ganzen Familie, die seiner Frau Claudia und die der beiden Kinder, des zwölf Jahre alten Tim und seiner zwei Jahre jüngeren Schwester Katharina.

Heute regnete es. Claudia stand an der Gardine und lachte: „Volker, aufstehen! Es regnet!" Viel mehr als ein Brummen brachte er nicht zustande. „Komm, wir fahren mit den Kindern nach Dänemark ins Legoland", hörte er. „Die Kinder sind extra früh aufgestanden und essen bereits ihre Cornflakes." Wieder brummte er, diesmal mit etwas knurrigem Unterton. „Volker, bevor die Kinder nun vorm Fernseher sitzen, dazu ist die Zeit doch viel zu schade! Und an den Strand können sie heute nicht gehen. Es regnet." Volker kapitulierte. Die Füße aus dem Bett. Zuerst den rechten auf den Boden, dann den linken, sonst bringt das Unglück. Heute würde er Glück haben. Die Füße kamen in der richtigen Reihenfolge. Volker – ein Kind der Rituale und des Aberglaubens!

Diese Marotte steht in krassem Gegensatz zu Volkers Beruf. Volker ist Informatiker, ein Kind der Rationalität. Schon im Studium war er ein As. Er gehörte sicherlich zu den besten zwanzig Prozent seines Jahrgangs, auch wenn er nicht unter den Top fünf war. Programmieren – kein Problem. Theoretische Informatik – machte er locker, auch wenn das nicht sein tiefstes Interesse erweckte. Er fand das irgendwie nutzlos. Abgehobener Selbstzweck. Dafür hatte er bereits im vierten Semester den ersten kleinen Programmierauftrag für ein Ingenieurbüro. Natürlich machte er den gut; so gut, dass Folgeaufträge weitere Semester lang für ein angenehmes Zubrot sorgten. Dann wurde ihm das allmählich zu langweilig. Immer die selben trivialen mathematischen Funktionen programmieren; hier ein paar kleine Integrale lösen, dort per Spline-Funktionen interpolieren, und das Ganze immer wieder den armen Ingenieuren erklären müssen! Die Entscheidung, beim Ingenieurbüro aufzuhören, wurde ihm in den Semesterferien erleichtert, als er bei einem Computer-Hersteller ein Praktikum machte. Die hatten richtig

Bedarf an Programmierleistungen bei allen möglichen Kunden, an die sie ihre Hardware verkauft hatten. Und Volker erledigte die Arbeit zu aller Zufriedenheit, schnell, präzise und umsichtig. Im achten Semester konnte er sich bereits den ersten gebrauchten Dreier BMW leisten, zu einer Zeit, als die meisten seiner Kommilitonen noch mit dem Bus zur Uni fuhren.

Volker startete den Siebener BMW. Die Kinder waren auf dem Rücksitz wohl verstaut, das Tagesgepäck für den Ausflug nach Dänemark vollzählig an Bord. Dafür sorgte Claudia akkurat.

Er hatte Claudia am Ende seines Studiums kennen gelernt. Sie hatte bei einem seiner Kunden als Sekretärin gearbeitet, eine hübsche Blondine, die stets gut gelaunt und hilfsbereit war. Eine Miss Perfect, der die männlichen Kollegen zu Füßen lagen und die von ihren weiblichen Kollegen deswegen zuweilen mit giftigen Blicken bedacht wurde. Natürlich fand auch Volker Claudia attraktiv; allerdings meinte er, sie sei nicht ganz seine Kragenweite. Sie, das emotionale Herzstück der Firma, und er, der zugelaufene Fremdprogrammierer? Das wäre doch wohl etwas ungleichgewichtig. Claudia aber erfasste mit sicherem Blick Volkers Potential. Und so kam es, wie es kommen musste: Beide wurden ein Paar. Zunächst heimlich mit vielen verborgenen Botschaften, dann irgendwann offiziell. Claudias Kollegen fanden das nicht so toll; da kommt so ein programmierender Student daher und schnappt sich die Beste von allen! Claudias Kolleginnen waren zufrieden - stand ihnen doch nunmehr wieder mehr Aufmerksamkeit zu. Und außerdem konnte man wunderbar und ein wenig neidisch darüber tuscheln, während frau sich die Nägel feilte. Von nun an aber hatte Claudia ihren Volker, den sie managen konnte und der sich unter ihrer Ägide auch prächtig entwickelte. Und Volker hatte seine Claudia, die er rumzeigen konnte, so dass jeder sagte: „Wer eine solche Frau hat, der muss schon was Besonderes sein!"

Der Siebener schnurrte über den Sylter Boden in Richtung List, wo die Fähre zur Insel Röm ablegt. Die Kinder auf der Rückbank beratschlagten anhand eines Prospektes über Lego-Land, in welcher Reihenfolge Besichtigungsprogramm und Tagesgeschehen vonstatten gehen sollten. Auf den vorderen Sitzen wurde erörtert, welche Naschereien auf der Fähre zu gestatten seien und wann der Rückweg angetreten werden sollte. Denn abends, wenn es hoffentlich nicht mehr regnete, wollte man zurück sein im gemieteten Ferienhaus, es sich gemütlich machen und den Urlaub genießen. Das Autotelefon klingelte. Es war der siebente Juli 1999, ein magisches Datum.

Es war klar, dass Volker sich nach dem Studium selbständig machen musste. Er brauchte nur seine bestehenden Kontakte auszubauen. Er hatte jetzt auch mehr Zeit, um all die Aufträge zu bearbeiten. Vorlesungen, Seminare und Diplomarbeit waren erledigt, die Prüfungen absolviert. Er stürzte sich in die Arbeit. Und Claudia hielt ihm den Rücken frei. In den ersten Jahren arbeitete sie weiterhin in ihrer alten Firma, wo sie mittlerweile zur Büroleiterin aufgestiegen war. Nebenbei erledigte sie die Büroarbeit für Volker. Rechnungen, Steuersachen und Termine waren bei ihr in sicheren Händen. Mit Claudias monatlichem Gehalt und Volkers Honoraren ließ es sich zudem gut leben. Umsichtig verwaltete Claudia den finanziellen Fortschritt. Zwar lebten die beiden nicht schlecht, aber Claudia hatte klare Ziele. Zunächst eine Eigentumswohnung, die Claudia natürlich wieder gewinnbringend verkaufte. Dann Kinder und Haus. Volkers Kunden wurden größer. Keine Ingenieurbüros mehr, keine Mittelständler. Er arbeitete für gutes Geld bei großen Firmen. Claudia hängte schließlich ihren Job an den Nagel, kümmerte sich um Heim, Herd, Kinder und Volkers Büroarbeiten. Volker wurde vor zwei Jahren Projektleiter eines Groß-Projekts, ein hoffnungsvoller Karrieresprung für einen Programmierer jenseits der vierzig. Nun, vor dem Sylt-Urlaub, war dieses Projekt gerade beendet. Volker war intensiv auf der Suche nach einem Anschlussauftrag.

Das Autotelefon klingelte nochmals. Ein bisschen vorwurfsvoll schaute Claudia schon, als Volker den Hörer abnahm. Man wird ja nicht gerne im Urlaub gestört. Andererseits war Claudia realistisch genug: Das Geschäft geht immer vor! „Hi, Manfred", hörte Claudia Volker sagen. Sie kannte keinen Manfred. Und dann nach einer Weile: „Na, klar. Hey, dass Du mich anrufst, darüber freue ich mich. Lange nichts gehört." Pause. „Was? Morgen? Okay, ich kann nach Frankfurt kommen." Wieder Pause. „Ja, okay, ich schicke Dir die Nummer meiner Miles-and-more Karte per SMS. Du kannst das Ticket darauf buchen. Bis dann!" Claudia hatte schon glücklicher in ihrem Leben geguckt, als Volker auflegte. „Muss das sein? Wir sind doch erst eine Woche hier. Du siehst die Kinder doch eh nicht allzu häufig. Die möchten auch mal was von ihrem Vater haben." Auf dem Rücksitz wurde weiterhin intensiv der Tagesplan beraten. Die Kinder tauschten gerade ihre ein wenig konträren Meinungen zu im Prospekt abgebildeten Lego-Objekten aus. „Claudia, Du weißt doch, dass wir einen Anschlussauftrag brauchen. Schließlich bin ich mittlerweile auch über vierzig, da muss man sofort zugreifen, wenn sich was bietet." „Und wer ist dieser Manfred?", erkundigte sich Claudia. „Ich kenne Manfred aus einem früheren Projekt. Ich glaube, ich habe etwa fünf Jahre nichts von ihm gehört. Er war zwar nie so der Top-Programmierer, aber er kann labern wie ein Buch. Er scheint das große Los gezogen zu haben. Er ist

Geschäftsführer einer Internet-Firma in Frankfurt. Er braucht einen erfahrenen Projektleiter, einen gestandenen, wie er sagt." Claudia seufzte: „Ja, und?" „In dieser Internet-Firma arbeiten nur junge Leute, Alter so höchstens dreißig oder so. Er sagt, er braucht mich, und zwar sofort! Damit ich den Leuten, wie hat er sich ausgedrückt, meine Seniorität geben kann oder so." Claudia setzte einen leicht genervten Gesichtsausdruck auf, in dem aber auch ein wenig Interesse mitschwang. „Klingt ja nicht schlecht. Dann kannst Du Dich ja gleich nach unserem Urlaub bei ihm melden." Volker redete eine Spur zu hastig: „Claudia, so lange hat das keine Zeit! Ich steige in List aus und fahre mit dem Taxi zurück ins Ferienhaus, packe mir ein paar Sachen zusammen und fliege dann nach Frankfurt. Claudia, wir brauchen diesen Auftrag! Fahr Du mit den Kindern hoch, die freuen sich doch so auf Lego-Land." Claudia schmollte ein wenig, ergab sich aber in ihr Schicksal, wohl wissend, wie wichtig das Geschäft ist: „Weißt Du, irgendwie habe ich mir das anders vorgestellt. Irgendwann kommen hoffentlich auch mal Zeiten, die wir für uns haben, gemeinsam für uns und unsere Kinder. Es ist wirklich traurig, aber Du hast Recht. Da lässt sich wohl nicht anders machen. Bist Du heute Abend noch da, wenn wir zurückkommen?" Volker schüttelte den Kopf: „Geht leider nicht. Manfred sagt, wir müssen uns noch heute Abend zusammensetzen. Mir tut das auch wahnsinnig leid, aber es geht nicht anders."

Claudia fuhr die Limousine auf die Fähre. Volker stand an der Kaimauer. Die Fähre legte ab. Er winkte ihr zu, sie winkte zurück. Die Kinder hatten das alles nur am Rande registriert, saßen noch im Auto und diskutierten über den Prospekt. Die Fähre fuhr aus dem Hafen und nahm Kurs auf die Insel Röm. Claudia stand am Heck und schaute auf Volker, der zunehmend kleiner wurde. Claudia hatte eine Träne in den Augen. Volker sah der Fähre nach, die immer kleiner wurde. Schließlich wandte er sich ab. Der 7.7.99 – was werden mir diese Zahlen bringen?

02 Das erste Treffen

7.7.99, 20:45. Die Maschine landete fast pünktlich in Rhein-Main. „Ruf mich an, wenn Du gelandet bist!" lautete Manfreds Anweisung, der Volker nun nachkam. Eine Frauenstimme meldete sich: „Insite AG, was kann ich für Sie tun?" Volker nannte sein Anliegen. „Momentchen bitte, ich stelle Sie zu Manfred durch", flötete die Dame. Und dann, eine Spur zu laut, Manfreds kräftige Stimme: „Ja, Volker, schön, dass Du das so schnell hast einrichten können! Können wir uns treffen, sagen wir in einer halben Stunde?" Witzbold, weswegen war er wohl aus dem Urlaub umgehend nach Frankfurt geflogen? „Bei Gino. Denise hat schon für uns einen Tisch bestellt. Sag dem Taxi Driver nur: Bei Gino, er bringt Dich hin. Und wenn der das wider Erwarten nicht kennen sollte, klingelste noch mal durch und verlangst Denise! Ciao! Ich mache hier nur noch kurz ein paar Sachen fertig. Bis gleich!" Volker hatte nur Handgepäck dabei, schnell saß er im Taxi. Und Manfred hatte Recht: Der Fahrer kannte Gino, hoffentlich den richtigen Gino!

Volker war im Rahmen seiner beruflichen Tätigkeit schon oft in Frankfurt gewesen, aber er kannte sich dort nicht sonderlich gut aus. Berufliche Ziele waren immer Büros, egal in welcher Stadt. Und nach den Büros irgendwelche Lokale in Hotelnähe, Lokale mit Holztäfelungen, langen Tresen und halben Hähnchen. Dann war es meist auch schon dunkel. Schnell noch etwas essen und danach ab ins Hotelzimmer. Der nächste Morgen mit zu lösenden Problemen wartete bereits am Vorabend. Sightseeing-Effekt gleich Null. Verwandten und Bekannten mit anderem beruflichen Hintergrund dies klarzumachen, war immer äußerst schwierig. Sätze wie: „Freue Dich, dass Du nach München fährst! Da musst Du unbedingt in die Frauenkirche!", konnte er stets nur mit einem gequälten Lächeln quittieren und dem Hinweis auf die knapp bemessene Zeit beantworten. Dankbar war er auch für Tipps, vorzugsweise von der Verwandtschaft formuliert, wie: „Wenn Du nach ... fährst, da waren wir mal vor zwanzig Jahren, oder sind das jetzt dreiundzwanzig Jahre, da ist ein famoses Lokal, da musst Du einfach hin. Ich kann für Dich noch mal raussuchen, wie das Lokal hieß. Emmi, wie hieß noch mal das Lokal, wo wir damals in ... waren, weißt Du, wo wir das Chateaubriand gegessen hatten, weißt Du?" Volker war stets froh, wenn das Thema gewechselt wurde und das Chateaubriand in Vergessenheit geriet.

Das Taxi hatte die Autobahn mittlerweile verlassen und kurvte um den Ludwig-Erhard-Platz. Auf der rechten Seite erkannte Manfred die Plastik eines Mannes, der einen Hammer zu schwingen schien. Im Vorbeifahren erschien es so, als ob der Arm des Mannes sich bewegte. Das Ganze wirkte auf Manfred postsozialistisch – ein Held der Arbeit in der Banken- und Bembelstadt! Das Taxi fuhr in Richtung City, folgte der Hochstraße. Frankfurt hat sich ja ganz schön rausgemacht, dachte Volker. Früher war das doch alles so ein bisschen schmuddelig hier. Heute macht das aber einen gepflegten Eindruck. Der Fahrer bog rechts in eine Nebenstraße der Zeil ein. „Da vorn is," sagte er und grinste: „Gino, is gutes Ladden!"

Er sollte Recht behalten. Weiß gedeckte Tische auf dem Trottoir. Volker ging zur Eingangstür. „Signore, kann ich Ihnen helfen?" Volker nannte ihm die Firma, in der Annahme, der Tisch sei auf diesen Namen bestellt. „Oh, Insite, Dottore Manfred kommen auch noch, si, si. Habe ich schönsten Tisch für Sie, Signore! Dottore Manfred ist Mann mit gutem Geschmack!" Der Ober führte Volker zu einem der weiß gedeckten Tische auf dem Trottoir. „Ist schöner Abend heute, können Sie so sehen Signoritas auf der Straße", zwinkerte ihm der Ober zu und zog einen Stuhl einladend zurück. Volker setzte sich. „Einen kleinen Aperitivo, habe ich einen schönen Prosecco", lockte der Kellner. Volker bestellte ein Bier. Der Kellner entfernte sich mit erlahmendem Interesse; offensichtlich hatte er eine erlesenere Bestellung erwartet. Von Manfred war weit und breit nichts zu sehen. Volker lehnte sich zurück und genoss sein Bier. Frankfurt war drückend heiß, kein Hauch vom Sylter Wind. Mauersegler schossen kreischend über die Straßenschluchten dahin. Am Nachbartisch saßen sorgfältig gegelte junge Herren in ausgesuchten, antrazit grauen Anzügen, neben dem Tisch ein Sektkühler, aus dem der mit goldener Folie verzierte Hals einer Flasche ragte. Gesprächsfetzen drangen zu ihm rüber. „Ich hatte ihn nur angesehen, und dann habe ich zu ihm gesagt: Für achtundzwanzig an Dich!" Der gesamte Yuppietisch lachte laut und ausdauernd. „Carlo, bring uns noch ein Fläschchen Schampus, aber bitte etwas kühler als die letzte. Du weißt doch, meine Magenschleimhaut macht das noch mit!" Wieder lachte der ganze Tisch, und Carlo lachte auch. Blendendes Geschäft! Volker fühlte sich recht klein mit seinem Bierchen. Und weiter ging es: „Hast Du denn schon gehört, wer demnächst IPO[7] macht? Also das Ding ist der Hammer!" Volker wandte sich ab und versuchte zu ignorieren, dass er das Gespräch am Yuppietisch fast nahtlos verfolgen konnte. Er schaute zur anderen Seite. Am nächsten Tisch saß ein älteres, etwas verhutzeltes Ehepaar in feinstem Zwirne und schlürfte genussvoll Austern. Sie hatte bei dieser Hitze eine Nerzstola über den

---

[7] Initial Public Offering - Erstes öffentliches Angebot: Es werden erstmalig Aktien eines Unternehmens interessierten Anlegern öffentlich zum Kauf angeboten. Allgemein ist mit einem IPO eine Börsenzulassung des Aktienkapitals und die Aufnahme der Börsennotierung verbunden. Durch einen IPO verschafft sich ein Unternehmen Risikokapital von außen durch Nutzung der Aktie als Finanzierungsinstrument.

Schultern! Einen Tisch weiter eine Gesellschaft italienischer Geschäftsleute, die engagiert diskutierten. Von Manfred war weit und breit immer noch nichts zu sehen. Gino unterscheidet sich ja beträchtlich von den Lokalen, die ich sonst auf meinen Dienstreisen aufzusuchen pflege, dachte Volker, keine halben Hähnchen und keine unmittelbare Hotelnähe! Volker zerstreute seine Zweifel: Der richtige Gino wird es schon sein, der Ober hatte ja schließlich Manfreds Namen erwähnt! Beim zweiten Bierchen kam ihm das Ambiente beträchtlich mondäner und weniger aufdringlich vor. Und beim dritten Bier erschien ihm das alles ganz harmonisch. Dann, nach eineinhalb Stunden kam Manfred, gewandet in einen antrazitfarbenen Anzug und auf sündhaft teuren italienischen Slippern.

„Hi, Volker", dröhnte Manfred, „Super, dass Du das hast einrichten können!" Der Kellner kam angewieselt. Manfred winkte einem der Yuppies am Nebentisch zu: „Hi, Stephan, grüß Dich!" Er konzentrierte sich auf den Ober: „Carlo, Aperitivo und die Tafel bitte. Was habt Ihr heute Besonderes? Volker, sorry, dass es später wurde, Du weißt, die Zeitverschiebung. Ich musste noch ein paar Telefonate machen, unsere US-Boys stehen ja immer so spät auf!", er lachte dröhnend und ausdauernd. „Ja, Carlo, das Garpaccio und danach den Hummer bitte, frisch aus eurem Aquarium? Volker, für Dich dasselbe? Und dann die Weinkarte. Habt Ihr noch den 92er Pinot Grigio oder ist der leer getrunken?" Volker flimmerten   von den drei Bieren, den gezwungenermaßen belauschten Gesprächen   und vor Hitze ein wenig die Augen: „Ja ...", hob er an. Er wurde von einem herzhaften Schlag ins Kreuz wachgerüttelt und Manfred dröhnte: „Mann, wie lange haben wir uns nicht gesehen! Glaub ja nicht, ich hätte mich für dich so fein gemacht! War nur ein wichtiger Customer heute im Office, da kannst du nicht casual gehen!" Manfred lachte lautstark und hörte abrupt auf. Er beugte sich über den Tisch und sprach mit leiser, verschwörerischer Stimme: „Was hier läuft, ist einfach Granate! Ich werde Dir das alles erzählen!" Carlo nahte mit Aperitivos, und Manfred redete auf Volker ein.

Manfred war jetzt seit achtzehn Monaten Vorstand bei der Insite AG. Die Insite AG gehörte einer amerikanischen Firma, deren Name in Deutschland weitgehend unbekannt war und von der Volker noch nie gehört hatte. Gemäß Manfreds Schilderung waren die aber der Spitze der internationalen Finanzwelt zuzurechnen. Volker fragte sich im Stillen, warum um alles in der Welt ausgerechnet Manfred, nicht aber ein Amerikaner großer Boss geworden war. Manfred erzählte dann, was Bill und Joe und Chris alles angezettelt hatten, offensichtlich Personen aus den Kreisen der Anteilseigner, alles Namen, die Volker noch nie gehört hatte und demgemäß keiner Person zuordnen konnte. Volker blickte etwas ratlos über den Tisch und nickte verständnisvoll. Manfred knackte die Hummerscheren. Etwas Flüssigkeit spritze dabei auf das weiße Tischtuch.

Die Insite AG machte Web-Auftritte für führende deutsche Unternehmen, wobei nicht eindeutig herauskam, für welche Firmen konkret Aufträge vorlagen und wo man als Dienstleister erst zum Zuge kommen wollte. Diese Projekte waren ganz anderer Natur als diejenigen, in denen Volker bislang tätig gewesen war. „Manfred", hob Volker an, „Du weißt, dass ich kein Internet-Guru bin? Ich bin Projektmensch, habe gerade ein großes Projekt erfolgreich zum Abschluss gebracht." Manfred wischte den schwachen Einwand vom Tisch: „Von Deinem neuen Projekt erzähle ich Dir morgen im Office!" Ein wenig irritiert schaute Manfred schon, dass Volker seine Euphorie nicht uneingeschränkt teilte. „Du als Experienced Guy sollst doch Deine Personality nicht in kleine Alltags-Projekte einbringen, die meine Jungs im Tagesgeschehen abfackeln! Die Internet Projekte machen meine Jungs schon alleine, so dreißig, vierzig Projekte immer parallel, alles Projekte mit geringer Laufzeit. Die Kunden ändern doch täglich einiges in ihren Web-Auftritten. Dem müssen wir Rechnung tragen. Deshalb können die Internet-Projekte nur parallelisiert ablaufen. Du aber sollst in unser größtes Projekt. Da brauchen wir einen Professional, der Performance bringt! Da wollen wir auf Deine Erfahrung zurückgreifen."

Manfred erzählte weiter. Die Firmen, die den Service der Insite nutzten, hätten den entscheidenden Wettbewerbsvorteil. „Time to market!" skandierte Manfred. Der Internet Markt sei am Explodieren. „Führende Analysten sagen ein Wachstum um bis zu eintausend Prozent im Jahr voraus!", begeisterte sich Manfred. Und mit ihrem Angebot stände Insite AG einmalig da. Manfred orderte noch eine weitere Flasche 92er Pinot Grigio. Die Investment Banker gäben sich bei der Insite AG bereits die Klinke in die Hand. „Die sehen, was bei uns abgeht!" Manfred winkte nochmals seinem Bekannten am Nebentisch zu: „Du siehst, auch Stefan versucht jedes Wort aufzuschnappen, das wir hier wechseln", flüsterte er laut, so dass es auch am Nebentisch gut verständlich war, „für Investment Banker ist Information eben alles!". Die Yuppies am Nachbartisch lärmten fröhlich vor sich hin und versenkten gerade eine weitere Flasche Champagner mit dem Hals nach unten im Kühler.

Im Hotel angekommen schwirrte Volker der Kopf. Die dortige Ruhe verstärkte eher noch die surreale Wirkung der Szenerie bei Gino: Viele Worte, viele Getränke, der doppelte Espresso hinterher und das Kreischen der Mauersegler ergaben eine turbulente Mischung! Keine Spur mehr von Sylt!

Das Hotelzimmer war klein, schäbig und teuer. „Sorry für das Hotel", Manfred hatte beim Abschied vor der Tür die Achseln gezuckt, „Ist gerade Messe!" Mauersegler, fragte sich Volker beim Einschlafen, sind die eigentlich Glücksbringer? Und wenn Du in einer kargen Hütte schläfst, ist das der Vorhof zum Palast? Bekommst du eigentlich einen Job, oder sind das nur alles Sprüche?

03 Insite

Pünktlich um 8:30 Uhr betrat Volker das Bürogebäude. „Hallo", lächelte die Dame an der Rezeption, „Was kann ich für Sie tun?" Volker nannte sein Anliegen: „Ich möchte gerne zu Herrn Schepard." „Oh, Manfred ist noch nicht in jetzt", flötete die Lady, eine amerikanische Satzstellung imitierend. „Bitte nehmen Sie Platz, ich werde Denise anrufen, die Sie hier abholen wird." Volker wunderte sich ein wenig über den gestelzten Satzbau der Empfangslady und versank in einem cognacfarbenen Ledersessel, der nahe der Rezeption herumstand. Nicht lange, und es erschien eine langbeinige Schönheit mit wehendem brünetten Schopf und beängstigend kurzem Kleid: „Hallo, ich bin Denise, und Sie sind sicherlich Volker. Manfred hat mir schon viel von Ihnen erzählt." „Na, hoffentlich nur Gutes!" versuchte Volker einen schwachen Spruch. Reiß Dich zusammen, dachte er, und lass Dich von dieser heißen Braut nicht irritieren. Er lächelte: „Ein schönes, äh, Bürogebäude haben Sie hier." Denise schenkte ihm einen knappen Blick und ein strahlendes Lächeln: „Ja, hier kann man es aushalten. Sie werden sicherlich keine Eingewöhnungsschwierigkeiten haben." Bingo, dachte Volker, der ewige Zweifler, das könnte wohl klappen - mit dem Job. „Manfred ist in der Rushhour auf der Route 66 stecken geblieben." Volker runzelte die Stirn. „Ach so, das kennen Sie als Nicht-Frankfurter nicht! Das ist die A66, die Autobahn von Wiesbaden nach Frankfurt. An diese Bezeichnung werden Sie sich schon gewöhnen. Also, Manfred hat gerade angerufen. Er wird sich etwas verspäten und schlug vor, dass Sie sich vielleicht mit einem Brötchen stärken nach dem netten gestrigen Abend." Manfred hatte also schon berichtet. Sie stiegen in den Aufzug, Denise drückte die vierte, oberste Etage. „Oh Gott", entfuhr es ihr, „Der Automat ist ja im Dritten!" Rasch drückte sie auf den mit 3 gekennzeichneten Knopf. Volker runzelte wieder die Stirn. Automat? Denise schien seine Frage aber nicht zu erahnen. Kommunikationsschwierigkeiten?

Volker hatte im Hotel bereits recht ausgiebig gefrühstückt, folgte aber Denise brav in Richtung Brötchenautomaten. Wenn es noch ein Brötchen geben soll, na gut, er würde nicht widersprechen. Sie gingen in einen Vorraum gegenüber den Fahrstühlen. Bereits um diese Uhrzeit war es warm, wenn auch nicht so brütend heiß wie gestern Abend. Alle Fenster im Vorraum waren trotzdem weit geöffnet; auf den Fensterbänken lümmelten einige rauchende Gestalten; offensichtlich sollte der Qualm abziehen. Davor, an diversen Stehtischen waren weitere Leute versammelt; deren Durchschnittsalter Volker auf Ende zwanzig schätzte. Die dort anwesenden

Herren trugen alle Jeans oder Shorts zu T-Shirts. Die Damen, klar in der Minderzahl, waren mit Jeans, T-Shirt und Badelatschen oder mit äußerst knappen Tops und kurzen Röcken bekleidet. In der Ecke stand er, der leibhaftige Automat, gut mannshoch mit Plexiglasscheiben vor den einzelnen Fächern, in denen belegte Brötchen darauf warteten, gegen den Einwurf von Münzen den Erwerber zu stärken. Denise schaute in Richtung Volker: „Ok, wir sind gleich dran." Vor ihnen waren zwei Jungs am Diskutieren. Offensichtlich hatten sie den für die Öffnung eines Faches passenden Geldbetrag bereits eingeworfen. „Warte mal", hörte Volker den einen der beiden sagen, „Wenn Du das Fach so weit drehst", er fingerte an dem Automaten herum, „dann kannst Du das nächste Fach auch noch öffnen! Iss mich, sagte das Brötchen, ich bin für Dich bestimmt!" Triumphierend zog er zwei Brötchen aus zwei Fächern des Automaten. Die beiden Jungs klatschten sich ab. „Ok", sagte der Zweite, „Morgen hole ich uns das Frühstück! Oh, hallo Denise, was verschlägt Dich in unsere Katakomben?" „Ich möchte für unseren Gast ein Brötchen ziehen", antwortete Denise und deutete mit ihren Augen auf Volker. Der eine der beiden Jungs hatte bereits von seinem Beutebrötchen abgebissen: „Oh, hallo!" sagte er etwas linkisch und stellte vorübergehend das Kauen ein. „Denise", erschallte es von der Raucherfensterbank: „Du hast ja gesehen, wie das geht. Wenn Du für unseren Gast ein Brötchen ziehst, ist für Dich auch noch eins drin." Kurzes Gelächter allerseits. Denise ignorierte die Bemerkung und schilderte Volker intensiv die Auswahl der Brötchenbeläge. Volker entschied sich fürs nächstbeste.

Als Denise die Münze einwarf, hörte Volker ein weiteres metallenes Geräusch, allerdings aus der anderen Richtung. Er schaute sich um: Hinter ihm, in einem gefangenen Zimmer, stand ein Flipper-Automat, an dem einer der kurz Behosten sein Glück versuchte. Volker war von seinen vorherigen Auftraggebern stets eine konservative Arbeitsatmosphäre gewohnt. Das Ganze hier erinnerte ihn eher an ein Happening. Na, ganz lustig, dachte er. Wenn die genauso arbeiten, wie sie ihre Pause genießen.

„Coffee?", Denise lächelte immer noch, als wäre sie glücklich. „Ja, gerne!" Das Brötchen in Volkers Hand war vom langen Herumtragen schon etwas warm geworden. Sie waren in Manfreds Vorzimmer angelangt. Denise reichte Volker den Kaffeebecher, der seinerseits nun mit Brötchen und Kaffee jonglierte. „Oh, sorry", sagte Denise, „Setzen Sie sich einfach auf Bärbels Platz. Die ist eh nicht da. Ach, Sie haben sie ja schon gesehen, sie vertritt Martina im Front Office." „Ja, danke", entgegnete Volker und hangelte sich auf den Schreibtischstuhl gegenüber. Irgendwie fiel ihm die Kommunikation mit Denise schwer. Er stellte den Kaffee ab und legte das Brötchen auf die

Schreibtischunterlage. Es entstand eine etwas zu lange Gesprächspause. Volker schaute aus dem Fenster, direkt auf einen um diese Uhrzeit nicht übermäßig belegten Parkplatz. „Einen schönen Blick haben Sie hier.", sagte er, wobei er sich am liebsten auf die Zunge gebissen hätte, diese Behandlung aber dem Brötchen angedeihen ließ. „Oh ja", lächelte Denise tapfer, „Von der anderen Seite des Gebäudes kann man sogar den Taunus sehen." Idiot, beschimpfte sich Volker innerlich und biss erneut tapfer in sein Brötchen. Er schaute auf den spärlich belegten Parkplatz. Dort standen, durch zahlreiche Lücken getrennt, uralte Rostlauben und einige chromblitzende BMW und japanische Sportwagen. Hier bei Insite fuhr man wohl noch sein letztes Studentenauto, bevor man sich dann den Traumwagen gönnte. Volker erinnerte sich an die Bundeswehrhochschule, wo er vor einigen Jahren mal gearbeitet hatte. Der dortige Parkplatz war stets mit den neuesten Modellen belegt, alles umgesetzten Verpflichtungsprämien.

„Volker!", Manfreds Stimme beherrschte den Raum, „Still alive?" Volker konnte Manfreds Hand nicht ausweichen, die direkt zwischen seinen Schulterblättern landete. „War geil gestern, oder? Gino hat doch die besten Lobster ganz Frankfurts in seinem Aquarium schwimmen!" Zu Denise gewandt: „Und Tiramisu gibt es da, eine Wolke! Nächstes Mal kommst Du mit, Denise!" Volker schaute auf Denises Figur; sie sah nicht so aus, als hätte sie jemals Tiramisu gegessen. „Nun mal rein in meine ärmliche Hütte!", sagte Manfred, „Denise, mach uns mal zwei Kaffee, ach, ich sehe, Volker, Du hast noch einen. Willst Du einen weiteren, oder hältst Du Dich daran fest?" Volker schüttelte schwach den Kopf und jonglierte erneut mit Kaffee und dem Rest des Brötchens. Sie betraten Manfreds Büro, das hinter dem Sekretariat lag. Der Raum war knapp vierzig Quadratmeter groß mit drei großen Fenstern zum Taunus. Beherrscht wurde er von einem riesigen Schreibtisch aus Acrylglas, und vorn links neben der Eingangstür war ein Besuchertisch mit vier Sesseln. In einen dieser Sessel warf sich Manfred, während Volker gegenüber etwas zögerlich Platz nahm. Denise kam mit dem gefüllten Kaffeebecher für Manfred. „Denise, schließe bitte die Tür, wir müssen was Ernsthaftes besprechen", sagte Manfred.

Manfred schaute Volker intensiv und länger schweigend an. „Volker", begann er, „der Grund für meinen Überfall ist folgender:" Neben den Internet-Aufträgen führte Insite auch Projekte durch, in denen Lösungen nach Kundenwünschen konzipiert und programmiert wurden. Kenne ich, dachte sich Volker, habe ich immer schon gemacht. Manfred schilderte beredt hierfür einige Beispiele. Schließlich erörterte er intensiv ein Projekt, das Insite für eine Versicherungsgesellschaft in Köln bearbeitete. Hier ging es darum, ein bestehendes Vertriebsinformationssystem durch ein neueres zu ersetzen, wobei zum einen die geänderten fachlichen Anforderungen erfüllt werden mussten und zum anderen neue Technologie in der Programmierung zum Einsatz kommen sollte. Dieses Projekt stand angeblich kurz vor dem Abschluss. „Weißt Du, ich habe den Heiko auf dieses Projekt gesetzt. Heiko ist ein super Techniker, aber so gerade zwei Jahre aus der Uni raus! Promoviert, war Assi in Chemnitz oder Dresden oder so. Der kann natürlich nicht so mit den Versicherungstypen quatschen, die reden ganz anders, vertriebsorientiert. Da sollen neue Reports für Sales erstellt werden, und Heiko erzählt denen was von neuesten Technologien! Die quatschen voll aneinander vorbei! Und ich kann mich auch nicht immer drum kümmern und zu jedem Termin mit dem dortigen Hauptabteilungsleiter mitfahren. Ich habe wirklich genug zu tun mit meinen Amis, den Investoren!" Manfred grinste breit und rutschte etwas tiefer in seinen Sessel. Genau die gleichen Sessel wie unten im Empfangsbereich, schoss es Volker durch den Kopf. „Und da habe ich mich an meinen alten Freund Volker erinnert!", fuhr Manfred fort, „An den Projektprofi. Schlau, nicht?" „Äh, ja, ok, dann sollten wir Heiko mal interviewen.", schlug Volker vor. „Halt!", Manfred lachte, „Erstmal muss ich wissen: Bist Du an Bord, und wie viel willst Du? Erst dann können wir Heiko rufen lassen." Volker nannte seinen Preis. Manfred handelte ihn routiniert um zehn Prozent runter. „Denise!", rief Manfred lautstark durch die geschlossene Tür, die sich kurz darauf einen Spalt öffnete, „ruf mal Heiko hoch!"

Es dauerte überraschend lange, bis Heiko kam. Volker hätte gedacht, dass Heiko sich sputen würde, wenn er die Stimme seines Herrn hörte. Mitnichten! Manfred verkürzte die Zeit mit der Schilderung weiterer wichtiger Projekte der Insite. „Und last not least", schloss er ab, „wir machen gerade Econ, ein Projekt, das unser gesamtes internes Reporting auf neue Beine stellt. Internet basiert, Du kannst Dir von jedem Ort der Welt die aktuellen Zahlen holen: Welche Auslastungsrate haben wir, zu wie viel Prozent sind die Projektbudgets ausgeschöpft, welche Ressourcen sind derzeit verfügbar. Stell' Dir vor, ich sitze mit meinen Boys in New York friedlich im Office und rufe das mal eben tagesaktuell ab! Denen klappt doch die Kinnlade! Und Du wirst sehen, wie schnell wir Econ verfügbar machen werden! Mit dem Einsatz neuester Web-Technologien können wir die Entwicklungszeit für Econ dramatisch verkürzen. Früher, mit konventioneller Technik, hätte man doch wenigstens ein Jahr für so eine Entwicklung benötigt. Aber heutzutage? Maximal zwei Monate, und das System steht! Dann haben wir Econ live!" „Warum kauft Ihr nicht hierfür ein Produkt auf dem Markt? Da gibt es doch diverse Software für", fragte Volker. „Das passt doch für eine moderne Internet-Bude wie uns nicht! Wir haben Anforderungen, die Du in keinem konventionellen Produkt findest: Die ganzen projektorientierten Sachen, da bekommst Du Informationen wie aus MS Project[8]. Und dann die Zwischenbilanzen, US-GAAP[9] und so. Und außerdem ist es viel billiger, wenn wir es selbst entwickeln. Lorenz macht dafür die Projektleitung, Du wirst ihn ja noch kennen lernen. Der zieht das präzise durch, wie ein Uhrwerk! Hallo, Heiko", unterbrach Manfred sich selbst, „das ist Volker, Volker, das ist Heiko. Heiko, ich erzähle gerade Volker gerade von Econ, unserem Controlling-Projekt."

Heiko hatte kaum merklich den Raum betreten und machte mit seinem etwas schütteren Haar, der Nickelbrille und den Gesundheitssandalen auf Volker einen etwas weltfremden, aber nicht unsympathischen Eindruck. Allerdings war sein Händedruck etwas schlaff. „Da Ihr beiden zukünftig miteinander arbeiten werdet, würde ich vorschlagen, ihr duzt Euch gleich am besten!", moderierte Manfred. „Also, Heiko, damit Du Dich Deinem ureigenen Interessensgebiet, den Internet Frontends und den Datenbanken, besser widmen kannst, stelle ich Dir Volker zur Seite, der Dir den ganzen organisatorischen und personellen Krempel abnehmen kann. Du kannst Dich voll auf den technologischen Focus konzentrieren. Auch in der Kommunikation zum Customer kann Volker Dich wirkungsvoll unterstützen." „Ja", äußerte sich Heiko schwach. „Heiko, kümmere Dich bitte darum, dass Volker sofort einen Rechner bekommt, Passwörter und so weiter, einen vollständigen Arbeitsplatz. Sag einfach dem Benutzer-Service, die sollen das umgehend machen, ich hätte das angeordnet!" „Ja", entgegnete Heiko wiederum. „Du, Manfred", Volker schnappte nach Luft, „Ich habe im Hotel bereits ausgecheckt und ...". „Kein Problem! Denise kümmert sich drum! Und wir beiden. Volker, gehen heute Mittag hier beim Italiener ein Häppchen essen. Bis dahin schließt Du Dich mit Heiko kurz. Mittags kannst Du mir dann berichten, wie Du vorgehen willst. Wow, elf Uhr, ich habe noch eine Telefonkonferenz mit meinen Londoner Spezies! Hoffentlich sind die auch pünktlich im Office! Bei denen ist es ja erst zehn!" Heiko und Volker waren offensichtlich entlassen.

Heiko führte Volker in sein Büro, ein Großraumbüro, das insgesamt sechs bis acht Arbeitsplätze hatte, die aber alle noch nicht belegt waren. „Also, ich bin Heiko", fing er etwas verlegen an und setzte sich auf den Drehstuhl vor seinem PC. „Volker!", Volker schaute sich um, entdeckte keinen anderen

---

[8] Microsoft Project – Standardsoftware zur Projektplanung und -kontrolle
[9] GAAP (Generally Accepted Accounting Principles) ist die US-amerikanische Richtlinie für Konzernrechnungslegung. Anhand wirtschaftlicher, politischer und kultureller Faktoren legt die GAAP den Jahresabschluß eines Unternehmens dar. Auch die IAS (International Accounting Standards) und die Richtlinien der EU gelten für die Konzernrechnungslegung, jedoch mit unterschiedlichen Richtlinien.

Stuhl in der Nähe und beschloss, sich auf die Tischkante zu hocken. „Moment, ich hole Dir einen Stuhl", sagte Heiko. Volker erwiderte: „Nein, nein, schon gut, ich habe oben bei Manfred schon genug gesessen." Dann begann Heiko: „Ich erzähle Dir mal was von Vadis, unserem Versicherungsaußendienst Informationssystem!" Er erklärte Volker fundiert, wie das Projekt aufgebaut war, welche Programmiersprachen und Datenbanken eingesetzt wurden und welche fachlichen Anforderungen abgedeckt wurden. Heiko sprach ruhig, bedacht und präzise über eine Stunde lang. Volker, erfahren genug, stellte diverse Zwischenfragen. Schließlich waren sie bei dem Punkt angelangt, dass die Software beim Kunden eingeführt werden und das Projekt somit zum Abschluss kommen sollte. Es stellte sich heraus, dass dieser Projektabschluss bereits zweimal anberaumt, aber beide Male gescheitert war. Beim ersten Mal hatte Insite feststellen müssen, dass die fachlichen Anforderungen nicht hinreichend getroffen waren. Deshalb hatten sie um Verschiebung des Einführungstermins zwecks Nachbesserung gebeten, Beim zweiten Mal hatte der Kunde, die Versicherung, die Praxiseinführung verweigert, weil sie Fehler in den Abnahmetests festgestellt hatten.

„Was ist denn insgesamt so an Manpower ins Projekt geflossen?", fragte Volker. „Na, wir sind jetzt seit knapp zwei Jahren mit fünf bis acht Personen dran", entgegnete Heiko, „also, etwa zehn bis fünfzehn Personenjahre." Volker pfiff leise durch die Zähne, sich wundernd, dass Heiko das gar nicht genau wusste; das war er von früheren Projekten anders gewohnt. „Dann sind das ja so bummelig drei Millionen Mark, die bislang ins Projekt investiert worden sind", rechnete Volker laut vor. „Und die der Kunde als Abschlagzahlungen auch geleistet hat", flocht Heiko ein. „Hält der Kunde denn noch still?", wollte Volker wissen. „Na ja, die motzen schon ein wenig", gestand Heiko ein. Es schien wohl Zeit zu werden, zumindest ein vernünftiges Controlling beim Projekt Vadis einzuziehen! „Heiko, hast Du ein Problem damit, wenn ich in das Projekt mit einsteige?", fragte Volker. „Nein, überhaupt nicht. Ich glaube, dass Du mit Deiner Erfahrung uns nur nützen kannst!", sagte Heiko. Der Pakt zwischen Volker und Heiko war geschlossen. Puh, dachte Volker, andere hätten jetzt gemeutert und um ihre Kompetenzen gefürchtet. Vom langen Sitzen auf der Tischkante tat ihm der Hintern weh. Im Stillen dachte Volker noch mal an das großartige Econ-Projekt, das Manfred ihm geschildert hatte. Lief das da auch so wie bei Vadis?

Volker wählte Claudias Handy-Nummer. Es war bereits fast Mitternacht. „Ja", klang es etwas verschlafen. „Claudia, ich habe den Job!" „Dann kommst Du nicht mehr nach Sylt, und ich kann hier den Urlaub den Kindern alleine verbringen?", fragte Claudia. „Nein, nein, ich habe ausgehandelt, dass die mir die Heimflüge bezahlen. Am nächsten Wochenende komme ich hoch. Ich fahre dann ab Hamburg mit der Bahn." „Ach Volker, ich wünsche mir, dass wir mal irgendwann Zeit füreinander und für die Kinder haben", seufzte Claudia.

Zwei Monate waren vergangen. Diverse Gespräche bei der Kölner Versicherung hatten stattgefunden. Der Kunde war wirklich ziemlich sauer und wollte endlich Leistung für sein investiertes Geld sehen. Es gelang Volker und Heiko aber recht gut, den Kunden davon zu überzeugen, dass das Projekt nunmehr auf einem Erfolg versprechenden Weg war. Heiko war in den Gesprächen stets der fachlich Kompetente, Volker der Toughe, der den Projektfortgang präzise und erfahren überwachte. Zwei Projektmitarbeiter, freie Mitarbeiter wie Volker, waren ausgetauscht worden. Sie stellten mitten im Projekt mit dem Hinweis auf die boomende IT-Welt unvermittelt inakzeptable finanzielle Forderungen. Volker besprach sich deswegen mit Manfred. „Raus mit denen!", lautete dessen Anweisung, „Wir lassen uns nicht erpressen! Was meinst Du wohl, wie viele Freelancer sich die Finger danach lecken, für ein so geiles Unternehmen wie Insite arbeiten zu dürfen!" Volker dachte nach: Stimmt! Er selbst war Freelancer, hatte einen guten Job in einer guten Firma.

Die Zusammenarbeit mit Heiko funktionierte bestens. Volker hatte den Part des bodenständigen Projektmanagers übernommen, und Heiko kümmerte sich ums Fachliche. Manfred fragte zwischenzeitlich kaum mal nach, wie das Projekt liefe und wenn, um dann stets zu sagen, er sehe, dass es liefe, und seine Entscheidung, Volker in das Projekt mit einzubauen, sei doch sehr wohl durchdacht gewesen. Volker hatte sich zwischenzeitlich auch ein wenig mit der Internet-Gang angefreundet, obwohl deren Denkweisen und Sprüche ihm fremd blieben. Einige traf er regelmäßig morgens am Brötchenautomaten. Er wurde auch aufgefordert, eine Partie mit zu flippern. Aber Volker war beileibe kein Spielhallentyp, gänzlich unbeleckt in der Kunst, einen Flipperautomaten zu bedienen. Er schob dann immer wichtige Projektarbeiten vor und verkrümelte sich.

Insite war in die Geschäftsbereiche Projekte, Organisation und Finanzen gegliedert. Manfred leitete neben seiner Funktion als Sprecher der Geschäftsführung den Bereich Projekte und trug deshalb die Titel CEO[10] und

---

[10] CEO Chief Executional Officer

CIO[11]. Der Bereich Organisation lag in den Händen von Marlene Schmidt-Pöfgens, die also COO[12] war. Der Finanzbereich unterstand dem CFO[13] Dr. Maren Stufitz. Insite war in den letzten zwei Jahren von ursprünglich ca. zwanzig Mitarbeitern auf derzeit ungefähr einhundertzwanzig gewachsen. Manfred hatte deshalb für Finanzen und Organisation die beiden Kolleginnen an Bord geholt.

Der Bereich ‚Projekte' war bei weitem der Größte. Er war in insgesamt sechs Leistungszentren aufgeteilt; Volker hätte vorher dazu Abteilungen gesagt; aber die abweichende Bezeichnung war wohl der geringste Unterschied zu den traditionellen Unternehmen, für die er bislang tätig gewesen war. Jedem Leistungszentrum stand ein Leiter vor. Diese Leiter wurden allgemein als Zitronenfalter, oder kurz Zifa, bezeichnet. „Wenn Du denkst, dass Zitronenfalter Zitronen falten, dann denkst Du auch, dass Leistungszentrumsleiter Leistungszentren leiten!", lautete der Standardwitz, der auch nach wiederholter Erwähnung stets von allen Anwesenden lauthals belacht wurde. Dieser Witz wurde von allen Mitarbeitern zu jeder Gelegenheit gemacht. Geschah das in Volkers Beisein, lächelte er dann immer solidarisch in der Hoffnung, diese Geste reiche. Manfred äußerte sich zur Organisationsform etwas differenziert: „Wir haben eben flache Hierarchien! Unsere Zifas kommunizieren direkt mit ihrem Beritt. Alle Jungs und Mädels bei Insite sind eigenverantwortliches Denken und Handeln gewohnt. Da können sich die Zitronenfalter doch gleich um ein paar Leute mehr kümmern. Und wenn sie nicht mehr weiterwissen, dann haben sie immer noch mich." Manfred hatte Volker anvertraut, dass er durch unterstützende Tätigkeiten für die Zifas sehr stark in Anspruch genommen würde. Aufgrund seiner eigenen Erfahrung im Projekt Vadis, wo Manfred sich fast nie blicken ließ, zweifelte Volker ein wenig an Manfreds Aussage, dachte sich aber: Nur gut, wenn er beschäftigt ist und sich nicht so stark um Projektdinge kümmert; dann ist mein Job wenigstens vorläufig sicher! Seine linke Hand juckte. „Oh, das gibt gutes Geld!", dachte er.

Von Montag bis Donnerstag war Volker in Frankfurt, um die anderen drei Tage als verlängertes Wochenende bei seiner Familie zu verbringen. Auch Claudia war mit dieser Regelung einverstanden. Schön, dass Du nun öfter bei Deiner Familie sein kannst, pflegte sie zu sagen, wobei Volker sich insgeheim darüber wunderte, dass sie von sich und ihren Kindern in der dritten Person sprach.

---

[11] CIO Chief Information Officer
[12] COO Chief Organisational Officer
[13] CFO Chief Financial Officer

„Volker", sagte Manfred. Er trug seit Neustem eine sündhaft teure, etwas überdimensionierte Lesebrille, über deren Rand er zu linsen pflegte, „Du bist nun zwei Monate bei uns." Stimmt, dachte Volker. „Du hast ja inzwischen die Insite etwas besser kennen lernen können", fuhr Manfred fort, „aber alles weißt Du ja noch nicht über Insite!" Mach's nicht so spannend, dachte Volker. „Volker, kennst Du eigentlich unsere Zifa-Meetings?", fragte Manfred. Volker schaute etwas ratlos. „Ja, nein, also so direkt nicht, aber ich habe davon schon gehört, wenn die Leutchen davon erzählt haben.", sagte Volker.

„Um eine perfekte Company zu bauen", dozierte Manfred über seine Lesebrille, „braucht es mehr als den Umgang mit simplem Tagesgeschehen. Du brauchst eine echte Community, die einander vertraut, wo jeder für jeden einsteht. Ein echtes Team – nicht so ein t.e.a.m. im herkömmlichen Sinne: Toll, ein anderer macht's! Unsere Zifas sind alle Hotshots, na ja, fast alle. Und denen musst Du das Potential bieten, sich entwickeln zu können, damit sie dann ihrerseits ihr Potential entfalten können, diese Falter! Neben unseren wöchentlichen Zifa-Meetings - da gibt es dann das permanente Feedback – machen wir zweimal im Jahr Zifa-Offsite. Wir ziehen uns dann übers Wochenende in ein nettes Hotel zurück, unser Trainer kommt, und wir arbeiten dann ein wenig mental an uns. Du weißt, was das heißt: Wir sind auf den Offsites ganz privat, kommen mal ein bisschen aus uns heraus. Wir nennen das: Talking without Status, vergessen da mal ganz unsere Stellung im Unternehmen, sind völlig vorbehaltlos." Volker wunderte sich ein wenig über Manfreds hobbypsychologischen Anwandlungen. „Wir pflegen", fuhr Manfred fort, „Zu diesen Offsites Special Guests einzuladen. Beim letzten wöchentlichen Zifa-Meeting habe ich auch Dich als Special Guest vorgeschlagen. Und Du wirst es nicht glauben: Alles Zifas haben zugestimmt, als ich Deinen Namen ins Spiel brachte! War ja nicht so leicht für mich; schließlich bist Du Externer!" Volker wunderte sich nicht so sehr darüber, dass alle Zifas einem Vorschlag zugestimmt hatten, der von Manfred kam, aber schon ein wenig darüber, dass ein externer Projektleiter zu diesem erlauchten Kreis stoßen sollte. „Also nächstes Wochenende! Die Anfahrtsskizze zum Hotel kriegst Du von Denise gemailt", schloß Manfred, um dann mit gesenkter, vertraulich klingender Stimme fortzufahren: „Das ist wirklich enorm, Volker, welche Akzeptanz bei den Zifas Du Dir in der kurzen Zeit erarbeitet hast! Ach so, und bildet Fahrgemeinschaften für An- und Rückreise, sprecht Euch ab!" Volker kannte eigentlich nur wenige der Zifas flüchtig, natürlich den Zifa des Leistungszentrums, in dem sein Projekt lief, sowie einige andere vom Brötchenautomaten oder Flurplausch. Zifas sah man auf den Fluren der Insite selten; sie waren immer stark beschäftigt, schienen rund um die Uhr zu arbeiten und hatten deshalb wenig Zeit, private Kontakte aufzunehmen.

04 Offsite

Ein Psychiater ist ein knapp mittelgroßer Mann. Er hat kurz geschnittene Haare und einen sorgfältig gepflegten, gestutzten weißen Bart. Seine Augen ruhen hinter einer runden Nickelbrille. Er trägt frisch gebügelte, dunkle Hosen, einen hellgrauen Rollkragenpullover und darüber ein Sportsakko. Seine schwarzen Schnürschuhe sind gepflegt. Er hat eine extrem sonore Stimme. Dieses Bild eines Seelenklempners hatte sich aus unerfindlichen Gründen in Volkers Gehirn eingebrannt.

Es war Freitag Nachmittag. Die Führungsmannschaft der Insite hatte sich in ein abgelegenes Golf-Hotel zurückgezogen und dort in einem Konferenzraum versammelt. Anwesend waren die drei Geschäftsleiter, Manfred sowie Maren und Marlene, alle sechs Zifas, Lorenz, der eine Kreuzung aus Zifa und grauer Eminenz zu sein schien, und zwei Special Guests, nämlich Volker und Sören. Die versammelte Mannschaft saß brav auf Stühlen, die in Hufeisenform angeordnet waren. Die Sitzordnung erinnerte Volker ein wenig an Elternabende in der Schule.

Mitten in diesem Hufeisen stand Roger, der Trainer. Mit ihm hatte Volker sein dejà vu! Roger war das fast perfekte Abbild des Psychiaters aus Volkers Vorstellung. Roger war etwa einen Meter fünfundsiebzig groß, seine Haare waren kurz geschnitten und an den Schläfen ergraut. Er trug einen gepflegten Dreitagebart. Bekleidet war er mit einer korrekt gebügelten schwarzen Hose, einem schwarzen Rollkragenpullover, schwarzen Schnallenschuhen sowie einem schwarzen Sakko in eigenartigem Trachtenschnitt. Irgendwo habe ich den schon mal gesehen! Krampfhaft versuchte Volker, sich an den Filmtitel zu erinnern – er wollte ihm partout nicht einfallen! Ist was, Volker?

„Schön, dass wir wieder mal ein gemeinsames Arbeitstreffen durchführen können, dass das Leben uns hierfür Zeit schenkt! Dass wir ein wenig Lebenszeit sinnvoll miteinander verbringen dürfen!", begann Roger mit extrem sonorer Stimme. Dann schwieg er eine ganze Weile und schaute einzelne im Kreis intensiv an. Keiner muckte sich. „Habt Ihr denn", Rogers Stimme schwoll zu einem kleinen Crescendo an, während er die Worte sorgsam wählte, „Eure Aufgaben aus unserer letzten Sitzung erledigt?" Das allgemeine Schweigen nahm nun fast schon beängstigende Züge an; einige begannen, nervös in irgendwelchen mitgebrachten Unterlagen zu blättern, andere schauten intensiv den Fußboden oder die Decke an. „Ihr habt bei unserem letzten Treffen zugesagt, die Aufgaben, die ich Euch aufgeschrieben hatte, zu bearbeiten. Nur wer sich kommittet, und dann das, wozu er sich kommittet hat, auch einhält, der ist in unserer Gemeinschaft ein vollwertiges Mitglied!" Rogers Worte hallten in voller Lautstärke durch den Konferenzraum.

„Benjamin!", Roger ging vor einem der Zifas in die Hocke, um ihm aus kurzem Abstand ganz intensiv in die Augen zu schauen. Dabei setzte Roger sich eine kantige Nickelbrille auf, deren komplizierten Klappmechanismus er souverän beherrschte. „Wozu hattest Du Dich kommittet?" Benjamin ließ etwas Luft aus dicken Backen ab. „Roger", begann er etwas zögerlich, „Du hattest mir aufgeschrieben", er begann in seinen Unterlagen hin und her zu blättern und schien endlich fündig geworden zu sein, „Dass ich die Zeit zwischen unseren Meetings nutzen sollte, allen anderen Zifas vorbehaltlose Unterstützung zuteil kommen zu lassen." „Und?", Roger blickte streng über seine Wunderbrille, um dann urplötzlich ganz sanft zu fragen: „Konntest Du Deine Vorsätze in die Tat umsetzen?" Benjamin begann nun zunächst zaghaft, dann aber ausführlich zu schildern, wann er welche guten Taten vollbracht hatte. Roger blieb dicht vor ihm in der Hocke und schaute Benjamin dabei aus nächster Nähe mit Röntgenblick an. Es schien ihn wirklich zu interessieren, was Benjamin von sich gab. Volker wunderte sich, wie lange Roger in dieser verkrampften Haltung verweilen konnte. Schließlich verebbte Benjamins stockend vorgetragener Wortschwall. Es herrschte eine lange Pause. Einige der Anwesenden nickten still vor sich hin, andere schauten aus dem Fenster, wo sich gerade eine Gesellschaft, es schienen lokale Größen wie Zahnärzte und Apotheker zu sein, die Golfwägelchen hinter sich her ziehend auf den Weg zum ersten Abschlag machte. „Benjamin!", Rogers Stimme glich einem sonoren Peitschen, „Schön, dass Du das sagst. Dein Ziel ist es also, jeden hier in unserem Kreis", Roger richtete sich wieder zur vollen Größe auf, sein rechter Arm vollführte ein langsame, halbkreisförmige Bewegung, und er schaute ein bisschen wie Napoleon, „ich wiederhole, jeden von uns, vorbehaltlos zu unterstützen!" Es folgte eine Kunstpause; Rogers Worte standen förmlich im Raum, zementiert. „Und wenn Du Dein Ziel erreichst, was ein Prozess ist, dann kannst Du genauso", fuhr er fort, „genauso!" Pause. „Kannst Du davon ausgehen, dass Dich hier jeder auffängt, wenn Du mal jemanden brauchst, der Dich abfedert gegen äh, gegen Widrigkeiten, die in unsere Gemeinschaft hinein getragen werden! Du gibst Vertrauen, und Du erhältst dafür Vertrauen. Und wie kannst Du ein solches Vertrauensverhältnis aufbauen? Was muss jeder, ich wiederhole: jeder, einbringen, damit ein Vertrauensverhältnis ungestört funktionieren kann?" Roger schaute wohlig in die Hufeisenrunde. „Offene Kommunikation! Sprecht alles an! Sagt, was zu sagen ist! Aber bleibt in der offenen Kommunikation sozialverträglich! Wer von Euch", fragte er, „kann uns eine Situation schildern, in der offene Kommunikation Wegbereiter des Vertrauens war?" Es folgte wieder ein langes, etwas betretenes Schweigen. Nicht einmal Marlene schien ein derartiges Beispiel parat zu haben. Volker war fasziniert von der Art, wie Roger seine Armbanduhr trug, nicht am Handgelenk, sondern mit dem Armband durch eine Gürtellasche gezogen. „Ihr habt doch solche Situationen schon vielfach erlebt", versuchte Roger zu ermuntern. Wieder kam nichts aus dem Halbkreis, obwohl Manfred aufmunternd zu nicken begann. „Hey!", Rogers sonore Stimme gewann einen fast schneidenden Beiklang, „Ihr seid wohl alle noch etwas müde von der Anfahrt! Auf alle! Wir bilden einen Kreis und massieren unserer jeweiligen Vorderfrau oder unserem jeweiligen Vordermann den Nacken. Das entspannt! Das regt den Gehirnfluss an! Und danach, dann können wir konzentriert arbeiten!"

Alle Zifas erhoben sich brav und stellten sich in der gewünschten Kreisformation auf. Vor Volker stand Marlene. Marlene, als COO bei Insite für das Organisatorische verantwortlich, wie beispielsweise auch für dieses Zifa-Offsite,. Marlene Schmidt-Pöfgens hatte einen weißen, fleischigen Nacken mit zwei, drei winzig kleinen Pickeln, den Volker nun wie befohlen zu massieren begann. Hinter Volker stand Maren, Maren Stufitz, die knochige CFO, zuständig für die Finanzen der Insite und derzeit auch für Volkers Nacken, den sie fest im Griff hatte. Auch Roger hatte sich in den Massagekreis eingereiht und stöhnte sonor: „Herrlich, da werden wir doch alle wach! Lassen den Alltag aus uns hinaus!" Nach einer Weile des Massierens verließ Roger den Kreis, nestelte an der Gürtellasche nach seiner Uhr und verkündete, nunmehr solle es eine Kaffeepause geben. Prima, dachte Volker, auch meine Uhr scheint noch nicht abgelaufen zu sein. Zunächst mal bin ich in diesem Kreis angekommen.

Volker schenkte sich eine Tasse Kaffee aus einer Warmhaltekanne ein, die im Vorraum des Konferenzraums aufgestellt war. Er blickte sich ein wenig nach allen Seiten um und gesellte sich schließlich zu Klaus und Marlene, die ihm am nächsten standen. „Mich würde interessieren", Klaus zog gierig an seiner Zigarette, „ob wir die Gelegenheit bekommen, mal eine kleine Runde über den Platz zu gehen. Ich habe extra meine Schläger mitgebracht." Marlene schaute Klaus streng an: „Also weißt Du, wir sind nur zwei Tage hier und können so viel von Roger lernen. Und Du willst golfen? Das kannst Du doch auch am nächsten Wochenende machen. Ich verstehe nicht, wie man hier seine Zeit mit Golf vertrödeln kann. Auch Du solltest Deine Lebenszeit mit Roger nutzen!" Klaus grinste, zog an seiner Kippe und erwiderte: „Ja,

Mami!" Marlene stampfte mit ihrem rechten Fuß trotzig auf den Boden: „Du musst wohl alles immer mindestens ein Stückweit durch den Kakao ziehen! Aber wenn Du der Meinung bist, hier nichts für Dich mitnehmen zu können ..." „Das habe ich nicht gesagt", erwiderte Klaus schnell. „Ich bin durchaus der Meinung, dass ...". „Dass Du nicht auch mal Dein Verhalten ein Stückweit verbessern kannst, dass Du es nicht nötig hast, an Dir zu arbeiten!", Marlene legte nach, ihre Stimme wurde etwas zu schrill. „Nun beruhige Dich, Marlene", versuchte Klaus, sie zu besänftigen, „was ist denn schon dabei, wenn man mal eine Runde Golf spielen will." „Daran eigentlich nichts", Marlenes Blick war kalt und schnippisch, „denke aber auch mal an Roger, der hat wirklich den schwierigsten Job hier von uns allen, und denke auch an uns, wir wollen alle möglichst intensiv mit Roger arbeiten. Da bleibt keine Zeit für Privatvergnügen!" „Mein Gott, Marlene, rege Dich ab. Du weißt ja offensichtlich gar nicht, wie viel ich arbeite. Mindestens sechzig Stunden in der Woche! Das einzige Vergnügen, das ich habe, ist das Golfen. Das wirst auch Du mir doch wohl gelegentlich gönnen!" „Hey, was ist denn mit Euch los?" Frederico gesellte sich mit dieser Frage zur Gruppe. Frederico war ein blendend aussehender Italiener, der stets ein sympathisches Lächeln auf den Lippen hatte. Frederico war der beste Freund von Klaus; die beiden waren fast unzertrennlich. „Zankt Ihr beiden Turteltäubchen Euch mal wieder?" Fredericos Anwesenheit besänftigte Marlene spürbar. „Hi, Fredi!", lächelte sie ihn an, „Dein Freund Klaus wollte nur ..." „Golfen!", schloss Frederico und grinste. Die Situation entspannte sich spürbar. „Du bist also unser neuer externer Projektleiter", wandte er sich an Volker und bezog ihn geschickt in das Gespräch mit ein. „Na, so neu auch wieder nicht!", sagte Volker, „immerhin bin ich ja schon gut zwei Monate da!" „Und, wie läuft es denn nun in Eurem Projekt, bei Vadis?", fragte Frederico Volker. Bevor Volker antworten konnte, klatschte Roger laut in seine Hände: „An die Arbeit! Genug der Pause! Der Geist ist jetzt frisch wie der Kaffee! Wir müssen unsere Lebenszeit nutzen! Denkt dran!" Roger stapfte entschlossen in Richtung Konferenzraum. Klaus nahm noch einen letzten Zug aus seiner Zigarette.

Das gemeinsame Abendessen war für 20:00 Uhr vorgesehen. Doch Roger überzog gnadenlos um eine Stunde mit der Begründung, anfangs sei kein vernünftiges Arbeiten möglich gewesen. Er sprach über Pflichten, die alle Anwesenden hätten. Diese Pflichten hätten alle zu erfüllen, um damit die Gemeinschaft verlässlich handlungsfähig zu machen. Roger steigerte sich; schließlich seien preußische Tugenden nicht umsonst aufgestellt worden: Pünktlichkeit, Sauberkeit, Regelmäßigkeit, Verlässlichkeit! Derlei Prinzipien, in der heutigen Zeit häufig verlacht, hätten durchaus ihren Sinn, was man beispielsweise auch in der Kindererziehung sähe. Roger schaute äußerst intensiv in das Hufeisen der Anwesenden: „Das gemeinsame Einnehmen der Mahlzeiten in der Familie festigt den Zusammenhalt. Das sollten auch Kinder bereits in frühestem Alter eingetrichtert bekommen. Ein gemeinsames Frühstück am Sonntag Morgen – die Kinder werden später einmal sehen, wie wertvoll das ist! Solche Regelmäßigkeiten, Rituale sollte man durchsetzen!" Wieder machte Roger eine Pause und schaute intensiv in die Runde.

In Volker regte sich unartikulierter Widerspruch. „Darf ich Sie mal was fragen?", begann er unvermittelt. Roger schaute, kaum überrascht, lächelnd in Volkers Richtung. „Natürlich", sagte er und bewegte sich zwei Schritte auf Volker zu. „Äh, haben Sie Kinder?", entfuhr es Volker. Alle Anwesenden schauten Volker interessiert mit einem Blick an, der zu sagen schien: Was kommt denn nun? „Ich habe einen achtzehnjährigen Sohn aus einer früheren Beziehung", sonor beherrschte Rogers Stimme den Raum. Volker schien etwas in die Defensive geraten zu sein, aber er blieb kalt wie ein Fisch. Er schaute kurz in die Runde; kaum einer der Anwesenden schien familiär so eingebunden zu sein wie er selbst. „Haben Sie oder hast Du mal probiert, Deinen achtzehnjährigen Sohn sonntags morgens an den Frühstückstisch zu bewegen?" Roger schaute Volker intensiv an. Er schien ihn mittlerweile ernst zu nehmen. „Inzwischen lebe ich in einer anderen Beziehung; da obliegt diese Pflicht natürlich der Mutter", Roger schien auf dem Rückzug zu sein. Aber Volker zog präzise durch: „Also, ich habe zwei Kinder, zwölf und zehn Jahre alt. Die sind aus dem Windelalter raus, aber sonntags morgens an den Frühstücktisch bekommst Du die nicht. Die wollen einfach schlafen! Und wenn Du das Aufstehen richtig ernsthaft probieren würdest, also meine Frau das anordnen würde, dann wäre die Stimmung zumindest für den Tag verdorben!" Volker wusste jetzt nicht mehr so ganz genau, worauf er eigentlich hinaus wollte; schließlich hatte er absolut nichts gegen preußische Prinzipien und Tugenden. Er entschloss sich, das irgendwie auszudrücken: „Nicht, dass ich was gegen Disziplin hätte, nur glaube ich, dass das der Situation adäquat sein sollte!" Volker dachte innerlich, er hätte sich mehr schlecht als recht hinübergerettet. Roger aber schaute Volker intensiv an, sehr intensiv sogar. Auch er ergriff den Rettungsanker: „Der Situation adäquat – das hast Du schön gesagt, Volker. Ein Übermaß schadet immer – sei es beim Alkohol" allgemeines Gelächter „bei partnerschaftlichen Beziehungen" allgemeines Schweigen „oder, wie Du, Volker, es erläutert hast, bei erziehungstechnischen Maßnahmen!" Kurze Zeit später ging es zum gemeinsamen Abendessen. Unklar blieb weiterhin, ob Rogers Sohn an gemeinsamen, sonntäglichen Frühstücken teilnahm.

Trotz seiner Marotten und seinem Hang zur Selbstdarstellung war Roger bei allen Zifas durchaus hoch angesehen. Für einige stellte er sogar so etwas wie einen Berater in allgemeinen Lebensfragen dar. Auch die Seminare standen, obwohl auf den Fluren der Insite manchmal belächelt und mit ironischen Kommentaren bedacht, hoch im Kurs. Zum einen war es die Visitenkarte, zum Führungskreis dieser coolen Truppe zu gehören. Andererseits war jeder der Teilnehmer dieses erlauchten Kreises durchaus ernsthaft bemüht, die in den Zifa Meetings gestellten Anforderungen als Herausforderung an die eigene Persönlichkeit und Führungskompetenz zu sehen. Etwas gelegentlich zu belächeln, hieß noch lange nicht, die Sache grundsätzlich nicht ernst zu nehmen. Und ein Gutteil der Zifas nahm die Seminare sogar sehr ernst!

Auf dem Weg zum Abendessen wurde Volker vielfach mit Blicken bedacht und mehrfach angesprochen. Die Kommentare bezogen sich weder auf seine Ausführungen zur Kindererziehung noch auf seine geschilderte familiäre Situation. Vielmehr waren sie allgemeiner Natur. „Wie findest Du denn unser Zifa Meeting?" Oder: „Ist doch mal ganz was anderes hier, so abgeschieden in der Prärie!" Offensichtlich war dies eine Anerkennung für Volkers bodenständigen Kommentar zur Kindererziehung. Damit war Volker als Berater in allgemeinen Lebensfragen Roger auf Augenhöhe begegnet; das wertete ihn offensichtlich auf.

Das Abendessen wurde an drei getrennten Tischen serviert. Roger thronte zwischen Manfred und Marlene. Volker fand sich an einem anderen Tisch wieder, zwischen Maren und Klaus, der sich gerade eine weitere Zigarette ansteckte. „Also, weißt Du", Klaus beugte sich zu Volker rüber, „Ich finde das ja gut, dass wir uns dazu entschließen, größere Projekte mal konsequent anzugehen. Ewig nur mit den kleinen Projektchen und Webseiten rum zu eiern, bringt die Firma doch nicht voran! Der Hype geht doch in eine ganz andere Richtung ab. Insite braucht Produkte und professionell gemanagte Großprojekte! Wenn Du siehst, welche Chancen der Ecommerce bietet, mein Gott, das können wir doch nicht verschlafen!" Volker hatte nicht so die rechte Ahnung, wovon Klaus redete, und lächelte etwas gequält: „Na ja, ich habe mich in meinem Leben bislang immer mit größeren Projekten beschäftigt, kann nichts anderes!" „Aber genau das ist es doch, woran es bei Insite krankt", hakte Klaus rauchend nach, „Hier mal eine Website, dort mal ein Miniprojekt, was meinst Du, was im Markt abgeht? Das siehst Du doch im Internet, Bestellungen über www, da liegt die Chance drin!" Maren auf der anderen Seite von Volker schaute etwas streng, das schien ihr Naturell zu sein. Dann ergriff sie das Wort: „Klaus", das Gespräch entwickelte sich an Volker vorbei oder vielmehr über ihn hinweg, „alles schön und gut. Aber wie willst Du mit diesen Visionen Geld verdienen? Unsere Projektchen, wie Du sie nennst, bringen Kohle. Jedes jeden Tag! Wenn Du aber größere Sachen für die Zukunft machen willst wie Deine Ecommerce Träume, musst Du in den Invest gehen. Ein Produkt musst Du erst mal entwickeln, bevor Du es verkaufen kannst. Die Entwicklung zahlt Dir zunächst niemand. Und weißt Du, wie sich das auf die Bilanzen auswirkt? Invest – das ist zunächst mal Verlust!" Maren schien unglaublich präzise zu sein, fast wie Claudia, dachte Volker.

Gegenüber am Tisch saß Lorenz Gründger, den Volker nur flüchtig kannte und dessen Funktion er nur unscharf eingrenzen konnte. Lorenz, so alt wie Volker, war die graue Eminenz und der Vertraute Manfreds. Lorenz selbst leitete kein Leistungszentrum, sondern schien so eine Art Oberzifa zu sein, ein Zifa für spezielle Fälle. Lorenz nahm einen Schluck Rotwein, beugte sich über den Tisch und begann: „Klaus, weiß Du denn, in welche Richtung sich der Markt entwickelt? Ich kenne das aus früheren Zyklen der IT, das ist nicht vorhersagbar: Egal! Öfter mal was Neues!" Klaus schüttelte den Kopf, während er an seiner Zigarette zog: „Abwarten ist hier nicht hilfreich! Entweder Du agierst, machst was, oder der Zug fährt ohne Dich ab!" Maren hielt sich mit einem Kommentar zurück, während Lorenz einwarf: „Der Zug fährt ab, aber in welche Richtung?" Lorenz stieß ein schnaubendes Lachen aus. „Für mich ist die Richtung nicht maßgebend", warf Klaus ein, „Hauptsache, der Zug fährt, und ich bin auf dem Zug!" Lorenz wiegte leise lächelnd den Kopf; ihm schienen die Argumente ausgegangen zu sein. Er winkte nach dem Kellner, um eine weitere Flasche Rotwein zu bestellen. Das war das Zeichen für Klaus, erst richtig loszulegen. „Lorenz, hast Du mal den Neuen Markt verfolgt, was da momentan abgeht?" Lorenz ließ sich vom Kellner das Etikett der Weinflasche zeigen und wiegte bedächtig sein Haupt. „Insite ist doch blöde!", hieb Klaus weiter in die Kerbe, „wir haben alle Karten in der Hand, um in diesem Spiel mitzuspielen! Frag doch mal unsere Jungs, mit welchen Aktien sie gerade zocken, voll online bei Consors! Natürlich ist das ein Risiko, aber no risk, no fun! Und wir, wir brauchen uns nicht mit Aktiengewinnen zufrieden geben. Wir sind doch eingeladen am Tisch zur Partie! Die ganze Firma, in vorderster Reihe! Warum soll die Party ohne uns abgehen?" Lorenz steckte seine Nase in das Probierglas, schwenkte den eingeschenkten Schluck und nippte, um dann mit anerkennendem Nicken den Kellner zu animieren, die Gläser am Tisch voll zu schenken. „Klaus", erwiderte er nach dem intensiven Weintest, „wenn das alles so einfach wäre. Wir müssten doch Auflagen erfüllen für eine Börsenzulassung, und wir müssten unsere Investoren überzeugen." Das war Wasser auf Klaus' Mühlen: „Die Amis haben wir doch sowieso im Sack. In Silicon Valley geht der Punk doch noch ganz anders ab als hier in Frankfurt. Die Amis kennen doch das Spiel. Da rennst Du doch offene Türen ein! Die sind doch froh, wenn die uns mit Profit an die Börse bringen können. Das ist doch Sinn und Zweck deren Engagements, Gewinne zu erzielen. Wo willst Du mehr verdienen als an der Börse? Mit Projekten? Wohl kaum! Und Auflagen für den Börsengang? Die erfüllen andere Firmen auch, das schaffen wir schon locker. Nein, weißt Du, was uns fehlt? Der Wille! Der Wille, das durchzuziehen. Und die Story! Mit unseren Projekten sind wir trotz Internet-Bindung nicht interessant genug. Was wir brauchen, sind Produkte, ist ein Firmen-Portfolio. Damit kannst Du punkten!" „Ok, Klaus", ließ sich Lorenz vernehmen, „das ist sicher ein interessantes Thema. Wir sollten das nach unserem Meeting mal im Büro diskutieren. Aber einstweilen machen wir erst mal unser Offsite, um auch persönlich weiter zu kommen." Klaus scharrte ein wenig mit den Schuhen, verdrehte noch kurz die Augen, gab dann aber sarkastisch lächelnd Ruhe.

Zwiespältig, mit diesem Wort lässt sich Volkers Gesamteindruck von dem Offsite Meeting am besten beschreiben. Die Szenerie wirkte manchmal etwas surreal, eine Mischung aus Seance und praktischen Verhaltenstipps. Roger schien eigentlich ein netter Kerl zu sein mit einigen Marotten, von denen es schwer war, sie als Masche, oder aber als echte Eigenart einzuordnen. Die Teilnehmer waren nett, aufgeschlossen und intelligent. Auch hier schien ein breites Spektrum vorzuliegen, beginnend mit Gläubigen wie Marlene bis hin zu Rationalen wie Maren und Skeptikern wie Klaus. Manfred, eher bekannt für flotte Sprüche, hielt sich auffallend zurück. Nur Lorenz schien zunächst nicht in dieses Bild zu passen; er schien eher arriviert und konservativ zu sein. Volker, das Arbeiten in konservativer Atmosphäre gewohnt, dachte sich: ‚Das wird sich schon fügen. Lorenz kann und wird mir sicher helfen, wenn ich die Besonderheiten von Insite mal näher kennen lernen muss.' Alle Mitarbeiter, die er jetzt näher kennen lernte, stehen für eine gemeinsame Sache ein. Alle wollten die Firma voranbringen, wenn auch auf unterschiedlichen Wegen. Aber gerade dieses etwas unausgerichtete Chaos schien eine wesentliche Stärke von Insite auszumachen. Die Übereinstimmung lautete: Wir finden es cool, hier zu arbeiten. Wir finden es cool, Initiative entwickeln zu dürfen. Wir finden es cool, unkonventionelle Wege gehen zu können. Wir finden es cool, etwas anders sein zu dürfen als andere, auf der Borderline zwischen Tugut und Kommerz. Mit diesen Gedanken entschlummerte Volker selig und mit etwas zu viel Rotwein im Blut im weichen Bett des angesehenen Golfhotels.

Heute Nachmittag, es war bereits Sonnabend, machen wir eine Gruppenübung, kündigte Roger an. Alles schaute interessiert auf Roger, aber der ließ die Katze noch nicht aus dem Sack. Der Vormittag quälte sich ein wenig dahin, das gestrige Abendessen und der damit verbundene erhöhte Alkoholkonsum forderten offensichtlich ihren Tribut. Roger hatte auch nach Mitternacht massiv darauf bestanden, den frühen Beginn des nächsten Trainingstages um acht Uhr dreißig einzuhalten, was naturgemäß damit verbunden war, dass der Wecker allgemein spätestens um sieben Uhr dreißig klingelte. Die Zeit der kleinen Augen dauerte somit den ganzen Vormittag über an. Nur Marlene war hellwach und stellte zu jeder von Rogers Ausführungen Fragen, nickte interessiert bei dessen Erwiderungen und fragte dann erneut nach. Gegen zwölf Uhr, das Mittagessen war von 12:15 bis 13:00 Uhr vorgesehen, wurde Roger konkret. Er begann die für den Nachmittag vorgesehene Übung zu besprechen, ein geschickt gewählter Zeitpunkt!

„Heute Nachmittag", begann Roger, „werden wir eine Gruppenübung machen." Das war allen Anwesenden sowieso schon bekannt; alles wartete auf das Mittagessen und wünschte sich sehnlich, Roger käme endlich zu Potte. „Wir werden vier Gruppen zu je drei Leuten bilden", Roger schmunzelte sonor, „ich hoffe, in dieser Runde zahlenorientierter Menschen habe ich mich nicht verzählt!" Ein vollauf gelungener Scherz! „Wir alle möchten etwas für die Gruppe vorbereiten", fuhr Roger fort, „ein Festmenü! Was haben wir zu feiern? Uns! Die Gruppe!" Rogers Stimme wechselte von sonor zum sonoren Forte. „Wir sind toll! Da haben wir uns ein Festmenü verdient! Wer ist denn da schon in der Lage, mit uns, der Führungsmannschaft von Insite, bei der Ausgestaltung des Festmenüs mitzuhalten?"

Dem einen oder anderen lief offensichtlich bereits das Wasser im Munde zusammen bei der Aussicht auf leckere Speisen, flaschenweise Rotwein und der Umkehr von derzeit vorherrschenden verkaterten Gefühlen zu fröhlicher Bankett Stimmung. „Wir werden eine festliche Tafel bereiten, für Speisen und Getränke sorgen, Spiele spielen!" Roger grinste. Wo war der Pferdefuß? „Allerdings", Roger machte eine selbst für seine Verhältnisse extrem lange Pause, „allerdings müssen wir uns all das erarbeiten! Und denkt daran! Heute ist der Tag, an dem abends Eure Partner kommen werden! Auch zum Festmenü!" Volker war völlig überrascht. Er hatte gar nicht gewusst, dass Claudia hätte kommen dürfen, was wegen der Kinder allerdings sowieso nicht möglich gewesen wäre. „Und Eure Partner", „Lebensabschnittspartner! Laps! Wenn die top sind, werden es Toplaps!", warf jemand zur allgemeinen Belustigung einen der Insite Dauerwitze ein, was auch Roger zu einem milden Grinsen veranlasste, „auch Eure Partner sollen sehen, was Ihr in Zusammenarbeit auf die Beine stellen könnt!" Roger spannte sein Auditorium regelrecht auf die Folter: „Das Besondere an diesem Menü wird sein, dass Ihr alles selbst macht!" Im Geiste sah Volker sich bereits in der Küche beim Zwiebeln schälen.

„Gruppe eins, wer will da mitmachen? Gruppe eins ist verantwortlich für die Tafel. Wer will da mitmachen?" Rasch fanden sich Marlene und zwei weitere Freiwillige. „Ihr sorgt dafür, dass der Tisch festlich gedeckt ist, dass Blumenschmuck vorhanden ist. Die Tafel wird unten am See hinter dem Hotel errichtet. Und: Keinerlei Hilfe durch das Hotelpersonal! Die haben die strikte Anweisung, keine Teller und Tassen herauszugeben. Also seht zu, wie Ihr das packt!" Allgemeines Gelächter, das klang ein wenig nach Indianerspiel. „Gruppe zwei, wer macht da mit?", fragte Roger. Auch hier gab es rasch Meldungen. „Verantwortlich für die Speisen! Da wird nichts aus der Küche angeliefert! Ihr bekommt dreißig Mark und müsst was zaubern! Wie? Das ist Euer Problem! Klaut was auf den Feldern, fahrt zur nächsten Pizzeria und bettelt! Seht zu, dass Ihr was ranschafft!" Sofort entspannen sich Diskussionen unter den Dreien, wer ein Auto da hätte und wohin man fahren könnte. „Gruppe drei!", Roger unterbrach die Beratschlagungen, und drei weitere meldeten sich sofort, „Ihr besorgt die Getränke. Und auch hier gilt: Dreißig Mark für alle! Wir wollen genügend zu trinken haben, nicht nur Alkoholika, sondern auch einen Kaffee danach!" Das sorgte für besorgte Mienen. „Nun zu Euch Dreien." Roger wandte sich an Klaus, Volker und Sören, den anderen Special Guest in dieser Runde. Sören war kein Zifa und hatte auch sonst keine besondere Funktion bei Insite. Sören war einfach ein cleverer Junge und ein immens guter Programmierer und Software Architekt, der zu viel arbeitete und aufgrund seines umfangreichen Fachwissens bei allen möglichen inhaltlichen Fragen mit heran gezogen wurde, eine Art Guru in IT-technischen Fragen. Sören war bekannt für seine entwaffnend ehrliche Wesensart. „Ihr sorgt für die Unterhaltung, denkt Euch Spiele aus, besorgt und verteilt Preise für die Gewinner! Auf geht's!", rief Roger, „Das reguläre Mittagessen fällt aus. Um sechzehn Uhr beginnen wir mit der Tafel. Und denkt daran: Eure Partner kommen. Ihr wollt auch die sicher nicht enttäuschen!"

Die nächsten Stunden waren ausgefüllt mit Einkäufen, Raubzügen und mittlerer Beschaffungskriminalität. Man sah Marlene, die sich als Allererste gemeldet hatte, durch nahe gelegene Felder streifen und mit einem Arm voll Wiesenblumen zurückkehren, um diese dann kunstvoll auf Länge zu scheiden. Was fehlte, waren Vasen, die Enrico dann aus dem Hotelfoyer mitgehen ließ. Maren verwaltete in der zweiten Gruppe die schmale Kasse und organisierte den Einkaufstrip in nahe gelegene Dörfer. Manfred, auch in dieser Gruppe, warf einen grinsenden Blick in sein Portemonnaie, wurde aber energisch von Maren zurückgepfiffen. Nicht schummeln! Lorenz, neben anderen in der dritten Gruppe für die Getränke zuständig, warf Manfred einen Blick zu: „Ohne Bareinlage läuft da wohl nichts!" „Das gilt auch für Dich, Lorenz!" Maren war gnadenlos!

Klaus und Sören schauten Volker verständnislos an. „Spiele, was für Spiele? Wir haben doch gar keine PCs hier! Und sonst? Andere Spiele? Kenne ich nicht!" Nun schlug Volkers Stunde: „Ich kenne jede Menge Spiele!" Klaus' und Sörens Verständnislosigkeit steigerte sich zur Ungläubigkeit. „Was meint Ihr wohl, was wir immer auf den Kindergeburtstagen machen?" Volker schaute optimistisch und versuchte, sich spontan an derartige Spiele zu erinnern. „Abzählreime, Dosenwerfen, Topfschlagen." Sörens skeptische Miene wich einem vorsichtigem Optimismus. „Also, als Kinder zuhause haben wir auch immer Spiele gespielt. Vielleicht fällt mir da auch noch was ein, so aus meinem früheren Leben!" Er lachte. „Gut!", Klaus nahm noch einen Zug aus seiner Zigarette, „Ich besorge dann die Preise für die Gewinner! Aber was für Preise? Was gibt man denn da?" Sören lachte immer noch: „Klaus, da gibt das Hotel einiges her! Ich habe da vorne eine Obstschale mit sehr gutem Inhalt stehen gesehen. Das wäre dann nur Mundraub, nicht Diebstahl. Und außerdem haben wir auf unseren Zimmern noch die Hotelseife und das Shampoo!"

In dieser Atmosphäre allgemeiner Geschäftigkeit betrat Roger pünktlich um 16:00 Uhr die Szene. Die Tafel am See war gerichtet. Sie bestand aus zusammengeklaubten Gartenmöbeln des Hotels. Auf dem Tisch lag eine weiße Tischdecke, die vorher ihr Dasein in einem anderen Konferenzraum gefristet hatte. Der Blumenschmuck aus den nahe gelegenen Feldern war umfangreich, die Vasen waren prall gefüllt, überall auf der Tischdecke und an den einzelnen Plätzen lagen weitere einzelne Margeriten und Kornblumen. „Das sieht ja prächtig aus!", rief Roger in die noch vor sich her wuselnde Menge. Maren strahlte ob dieses Lobes. „Aber denkt dran! Pünktlichkeit ist eine Tugend! 16:00 Uhr, Ihr habt Euch verpflichtet, jetzt fertig zu sein!" Allgemein wurde so etwas wie: Sind wir auch gleich! oder: Einen Moment noch! gemurmelt. Roger setzte ein nachsichtiges Lächeln auf und näherte sich dem Tisch. „Dann werde ich mich mal platzieren", ließ er sich vernehmen. „Oh, Platzkarten!" Roger schaute auf die Namensschilder aus dem Seminar. „Ihr habt aber auch an Alles gedacht!" „Wir haben die Namensschilder aus dem Seminar genommen und die Plätze dann ausgelost", sagte Maren leicht schelmisch und mit einem nicht zu überhörenden Stolz in der Stimme. Marens Namensschild stand direkt neben Rogers, Zufälle gibt es! Nach und nach setzten sich alle, nur drei Plätze blieben frei. Roger runzelte die Stirn. Wer fehlt? Manfred klärte ihn auf: „Das sind die Laps, die Lebensabschnittpartner." „Sind die unpünktlich?", fragte Roger und zog seine Augenbrauen dabei hoch und begann, an seiner Gürtelschnalle Richtung Uhr zu nesteln. „Und wieso kommen nur drei?", wollte er wissen. „Wegen wichtiger Termine sind leider diverse Laps verhindert. Und außerdem sind die erst für 17:00 bestellt", klärte Manfred ihn auf. Roger bohrte nicht nach; er war sich unsicher, ob er vielleicht selber die falsche Uhrzeit genannt hatte. „Bis die kommen", rettete Lorenz die Situation, „nehmen wir erst mal einen Aperitif, einen Kalterer See!" Lorenz ging zum Seeufer und zauberte aus dem Schilf eine wohl temperierte Zweiliterflasche italienischen Rotweins heraus. Er drehte den Schraubverschluss; an der Flasche klebte noch ein wenig Morast.

Gegen 17:30 trafen die drei Laps ein und platzierten sich auf die frei gehaltenen Stühle. Die Stimmung in der Gruppe konnte als bereits fortgeschritten bezeichnet werden. Lorenz hatte inzwischen die dritte Zwei-Liter-Flasche geköpft; der Vorrat an Kalterer See im Schilf schien unerschöpflich. Die Laps sind da! Es gibt Essen! Erst Vorspeise, und dann Pizza! Als Vorspeise wurde ein Gurkensalat aus nahe gelegenen Feldern serviert, verfeinert mit frisch gepflücktem Dill. Marlene verzehrte ihn unter allgemeinen Ahs und Ohs und Bemerkungen wie: Aus der Natur schmeckt es doch immer am frischesten! Die Mehrzahl der Zifas machte kurzen Prozess und unterwarf sich den Gesetzen des Hungers. Da der Nährwert von Gurkensalat durchaus begrenzt ist, wurden die verlockenden Inhalte der gestapelten Pizzakartons nahtlos zum Ziel der Begierde weiterer Nahrungsaufnahme. Bevor es hier jedoch zum Sturm auf die Kartons kam, schritt Maren ein: „Jetzt reißt Euch doch mal zusammen und esst gesittet! Es muss doch möglich sein, dass auch in der Firma Insite Tischmanieren einkehren! Genauso wie wir mit unseren Partnern den ersten Gang gemeinsam begonnen haben, werden wir jetzt auch den Hauptgang gemeinsam beginnen!" Das saß. Zwar wurden die Pizzakartons weiterhin mit hungrigen Blicken bedacht, aber die Finger danach auszustrecken, wagte niemand mehr.

Nachdem auch die Pizzen schließlich eingeatmet waren, ging man zum geselligen Teil des Abends über. Die Spiele standen auf dem Programm. Die kindlichsten Wettbewerbe wurden mit Inbrunst durchgeführt und über Erfolg und Misserfolg wurde lautstark gestritten. Inmitten der quirligen Menge thronte Roger, milde und huldvoll lächelnd. Er trug einen Indianer Kopfschmuck, den er als Preis bei einem der Spiele gewonnen hatte.

Doch nicht nur für die Führungsriege der Insite wurde das Fest zum vollen Erfolg. Mit beginnender Dämmerung machte sich unten im Schilf, bei der Kühlung des Rotweins, eine Armee auf, die sich ebenfalls über ein unverhofftes Festmahl zu freuen schien. Winzige Mücken stürzten sich auf die Fußgelenke der feiernden Meute.

Der nächste Morgen begann wie der gestrige: Zu früh! Die gefühlte Uhrzeit wich stark von der gemessenen ab. Die juckenden Mückenstiche verschafften hierbei keinerlei Linderung. Die ganze Stimmung bekam etwas Endzeitmäßiges. Doch dann, nach dem Mittagessen, schien Roger ein Erbarmen mit seinem geschundenen Auditorium zu haben. Es wurden Aufgaben verteilt, an denen bis zum nächsten Seminar intensiv gearbeitet werden sollte. Und schließlich saß man im vertrauten Hufeisen; Roger stand in der Mitte und forderte Manöverkritik ein. Es gab Zuspruch von allen Seiten. Speziell das gestrige Festmenü war sehr gut angekommen. Man drückte seine Hoffnung aus, möglichst bald wieder in dieser Runde zusammenfinden zu dürfen.

Roger fixierte Volker und Sören mit seinem Röntgenblick: „Zu allerletzt möchte ich von unseren Special Guests wissen, wie auf Euch denn das Seminar – immerhin Euer erstes von vielleicht einer langen Reihe – gewirkt hat?" Volker räusperte sich: „Wie Ihr wisst, habe ich bislang in eher konservativ geprägten Firmen gearbeitet." Alles hörte interessiert zu. „Das hat Vor- und Nachteile; Du machst Deine Arbeit, engagierst Dich auch und gehst dann nach Hause in Deine eigentliche Welt. Du kannst also regelrecht abschalten, ohne Deine Arbeit zu vernachlässigen. Hier erscheint mir das alles anders zu sein. Wir haben derart intensiv uns miteinander beschäftigt, dass kein Freiraum für irgendetwas außerhalb der Firma blieb. Ein Indiz dafür sehe ich im spärlichen Erscheinen der Lebenspartner; die bemerken, dass sie eigentlich hier das fünfte Rad am Wagen sind. Es geht eben zu eintausend Prozent um Insite. Gerade das macht aber auch die Stärke aus. Jeder engagiert sich zu jeder Zeit! Insite ist eine starke Firma mit diesen Leuten!" Roger wartete eine Weile, ob Volker noch etwas hinzufügen wollte. Volkers Worte standen buchstäblich im Raum und wurden vom einen oder anderen mit beifälligem Nicken quittiert.

Schließlich schaute Roger auf Sören, der begann: „Also, Volker, das mit dem Engagement hast Du sehr schön gesagt. Ich gehöre zu denen, die mit erhöhtem Engagement arbeiten. Und das seit geraumer Zeit. Darüber will ich mich auch nicht beschweren, das mache ich auch gerne, für mich ist das nichts Ungewöhnliches. Ungewöhnlich ist für mich nur diese Seminarsituation. So etwas habe ich noch nicht erlebt. Wie das mir vorkommt?" Sören dachte einen Moment nach. „Also, ich würde mal sagen, so ein bisschen wie bei den Anonymen Alkoholikern!" Der Rest von Sörens Rede ging im brüllenden Gelächter einiger unter, andere schüttelten den Kopf. Volker meinte, kurzzeitig Entsetzen in Rogers Augen aufblitzen gesehen zu haben. Vielleicht war es aber auch nur ein Lichtschein.

05 Der Abschluss

Heiko sah Volker an. „Also, die Workflows sind soweit implementiert. Der Rohdatenimport läuft. Das Rechenmodul lässt sich auf die verschiedenen Verdichtungsstufen justieren." „Du willst damit sagen, das Projekt Vadis ist soweit fertig?", fragte Volker nach. „Fertig ist man nie", relativierte Heiko, „aber die Vorgaben sind so weit umgesetzt. Wenn die Vorgaben dem entsprechen, was gewollt ist, könnte man mit einem Systemtest beginnen." Volker verstand; er kannte dieses kryptische Gelaber von der Uni. Hier musste er jetzt Pflöcke einschlagen. „Heiko, Du möchtest also den Kunden zur Abnahme auffordern". Der Peitschenhieb saß. Heiko zuckte regelrecht körperlich zusammen. „Also auffordern würde ich das nicht nennen. Man sollte mal drüber sprechen, ob an Anforderungen seitens des Kunden noch was hinzu kommt." „Heiko!", Peitschenhieb Nummer zwei folgte: „Wir werden das Projekt jetzt zum Abschluss bringen! Der Kunde will die neue Software doch auch in der Praxis einsetzen!". Heiko schaute skeptisch: „Na hoffentlich klappt das auch. Bei den letzten beiden Malen …".

Zum ersten Mal war vor etwa einem Jahr die Praxiseinführung probiert worden. Insite hatte die Software nach Köln zur Abnahme geschickt. Der dortige Administrator hatte zunächst Probleme bei der Installation auf dem Testsystem der Versicherung. Nach zwei Tagen ließ sich, auch dank telefonischer Unterstützung aus Frankfurt, die Applikation starten. Danach hörte Insite zwei Wochen lang gar nichts vom Kunden. Schließlich erhielt Heiko die Nachricht, die ausgelieferte Version entspräche nicht den fachlichen Vorgaben. Die Versicherung würde nunmehr das Abnahmeverfahren wegen schwerwiegender Mängel einstellen. Die Versicherung forderte Insite auf, die Mängel zu beseitigen. Die Versicherung behielt sich vor, weitergehende Ansprüche gegen Insite geltend zu machen. Das Vadis Projektteam fühlte sich wegen dieser Aussagen schwer in seiner Ehre getroffen. Schließlich hatte man die neuesten Technologien eingesetzt, raffinierten Code geschrieben, der zur Laufzeit die Versicherungsreports ad hoc erzeugte und ein super Administrationssystem implementiert, das die Berechtigungen für die Zugriffe auf die Informationen virtuos verwaltete. In einem Gespräch in Köln gelang es schließlich Manfred, den Schaden notdürftig einzugrenzen und den Kunden für eine intensivere Mitarbeit zu gewinnen. Ein Mitarbeiter der Versicherung stand seitdem dem Projekt als Koordinator einen Tag in der Woche zur Verfügung und überwachte den inhaltlichen Fortgang. Man einigte sich schließlich auf die Sprachregelung,

Insite habe Mängel am ausgelieferten System selbst erkannt und die Installation gestoppt.

Der zweite Versuch der Abnahme war vor nunmehr etwa vier Monaten, gut einen Monat vor Volkers Engagement, gestartet worden. Der Koordinator der Versicherung sowie die Projektleitung der Insite waren sich zu diesem Zeitpunkt einig: Wir haben jetzt die Lösung, und die Lösung ist lauffähig! Die Verantwortlichen der Versicherung zeigten sich zunächst skeptisch, erneut eine Abnahme zu versuchen, ließen sich dann aber nicht zuletzt durch ihren eigenen Mitarbeiter überzeugen: Versuch Nummer zwei für den Projektabschluss begann. Als erstes fuhr ein Mitarbeiter der Insite nach Köln und installierte dort das zu testende System, was problemlos klappte. Danach war ein vierwöchiger Zeitraum vorgesehen, in dem die einzelnen Abteilungen der Versicherung bestimmte Testfälle durchspielen sollten. Hierfür war extra ein Testleitfaden geschrieben worden, der die Eingaben und Ergebnisse darstellte. In den ersten drei Wochen des Testzeitraums wurden überhaupt keine Fehler gemeldet, so dass das Projektteam bereits sehr optimistisch gestimmt war. Dann aber, in der letzten Testwoche, häuften sich die Fehlermeldungen derart, dass das Projektteam nicht mehr mit der Fehlerbeseitigung hinterher kam. Die Reaktion des Kunden war vernichtend. Allein die Tatsache, dass ein eigener Mitarbeiter als Koordinator im Projektteam mitgearbeitet hatte, verhinderte, dass die Versicherung massiv gegen Insite vorging. Dieser Mitarbeiter der Versicherung stand natürlich ebenfalls unter schwerstem Beschuss; seinen Kopf rettete nur, dass niemand anderes diesen Job machen wollte.

So viel zur Historie der Projektabschlüsse – die Zeichen standen schlecht! Kein Wunder, dass Heiko die Hosen voll hatte. Kein Wunder, dass Manfred auf Tauchstation gegangen war. Volker als externer Projektleiter war irgendwo zwischen Buhmann und Heilsbringer angesiedelt. Er hatte nichts zu verlieren. Und er wusste, dass er sich auf Heiko zu einhundert Prozent verlassen konnte; Heiko war ein grundanständiger Kerl! „Pass auf, Heiko!", Heiko passte immer auf, wenn Volker was erzählte, „einen Versuch haben wir noch, aber auch nur genau einen! Unseren letzten! Wenn der nicht klappt, gibt es richtig Ärger. Rückabwicklung der Auftrages, Schadensersatz, eventuell Erstellung durch Dritte und Insite muss es zahlen." Heiko sah Volker fassungslos an: „Du meinst, ein anderes Softwarehaus programmiert das dann, und wir zahlen das? Die kriegen dann doch voll mit, wie clever wir das programmiert haben!" „Heiko", Volker holte nochmals aus, „darum geht es nicht. Dass das gut programmiert ist, wissen wir. Und selbst wenn Dritte unsere Programmiertricks mitbekommen - bei einem nochmaligen Scheitern der Installation wäre der für uns entstehende Schaden viel, viel größer! Allein der Imageschaden!" „Also, Volker, das möchte ich nicht, dass Dritte unseren Code klauen!" Volker gab es auf, Heiko Schadensszenarien vor Augen zu führen und beschränkte sich auf die praktische Vorgehensweise.

„Was meinst Du denn, Heiko, warum die Abnahme beim ersten Mal nicht geklappt hat?" „Ja, gut, wir hatten gedacht, denen sei klar, was die zu tun hätten. Wir hätten beim ersten Mal vielleicht, wie wir das beim zweiten Mal gemacht haben, zur Installation hinfahren müssen. Und einen Koordinator gab es damals auch nicht. Wir wussten gar nicht, ob und wann die was testen." „Genau da werden wir ansetzen", sagte Volker. „Wir werden zunächst mal ein Abnahmeteam bilden. Wir werden die Kommunikation im Projekt verbessern." „Aber beim zweiten Mal", warf Heiko ein, „hat es auch mit einem Koordinator nicht geklappt. Die kamen dann ganz zum Schluss plötzlich mit hunderttausend Fehlern!" „Und? Woran lag das?", wollte Volker wissen. Heiko zuckte die Achseln. „Vielleicht hatten die anfangs nicht so intensiv getestet?" „Genau!", bestätigte Volker dies zu Heikos Verblüffung: „Die hatten die ersten drei Wochen nämlich gar nicht getestet! In der letzten Woche begann bei denen dann der Stress: Wir müssen ja noch testen und ordentlich Fehler finden! In der letzten Woche zahlreiche Fehler gefunden, keine Zeit mehr zur Korrektur und bums, ist das Kind in den Brunnen gefallen!" Heiko nickte knapp; so hatte er das noch gar nicht gesehen. Volker konnte komplexe Sachverhalte immer so einfach erklären, fand Heiko. „Was schlägst Du vor?", fragte er Volker. Volkers Plan stand.

Zu dritt waren Manfred, Heiko und Volker nach Köln gefahren. „Du brauchst nichts zu machen, Manfred", hatte Volker ihn beruhigt, „außer den Jungs von der Versicherung ein wenig von der Fahrt zu erzählen. Den Rest machen Heiko und ich, halt Du Dich aus allem Inhaltlichen raus. Das klappt schon, Du wirst sehen."

Sie wurden von der Sekretärin in den Konferenzraum geführt. „Unsere Herren werden gleich da sein", kündigte diese an. Es dauerte dann allerdings noch etwa zwanzig Minuten, bevor die Delegation des Kunden den Raum betrat. Diese bestand aus drei Personen, dem Hauptabteilungsleiter des Vertriebes, dem EDV- und Organisations-Leiter sowie dem Projektbeauftragten des Kunden. „Schön, dass wir uns mal wieder sehen", begann der Vertriebsleiter, offensichtlich der Sprecher der Gruppe, „ich hoffe, Sie hatten eine angenehme Fahrt!" „Sofern das die heutigen Straßenverhältnisse überhaupt noch zulassen", flocht Manfred ein, „die A3 ist ja die reinste Circuit Training Strecke. Perfektes Intervalltraining! Andauernd Geschwindigkeitsbeschränkungen wegen der ICE-Baustelle. 100, 130, frei, und das x-mal hintereinander. Was soll's, wird der Wagen mal wieder richtig durchgepustet." Der Vertriebsleiter in seinem feinen Nadelstreifen grinste: „Und wenn die ICE-Strecke mal fertig werden sollte, geht es auf der auch nicht viel schneller voran. Dreihundert wollen die fahren, müssen dann aber wieder in Montabaur und Limburg halten. Ein Quatsch, das macht den ganzen Schnitt kaputt!" Manfred setzte noch einen drauf: „Jedem Bundesland seinen ICE-Bahnhof, das ist doch wohl gerecht!" Der Vertriebsleiter guckte etwas verunsichert und beschloss, diese Bemerkung als Sarkasmus zu verbuchen und mit Lachen zu quittieren.

„Nun gut, meine Herren, kommen wir zur Sache. Sie wissen, wir haben bisher eine Menge Geld an Sie gezahlt und dafür keinerlei Leistung gesehen. Das möchten Sie jetzt ändern; wie ich finde, wird das auch höchste Eisenbahn!" Volker musste innerlich an den gerade erwähnten ICE denken. „Herr Dr. Sander, wie haben Sie sich das denn diesmal gedacht? Glauben Sie, Ihr Programm kann jetzt all das, was es können sollte?"

Bevor der angesprochene Heiko etwas entgegnen konnte, schritt Volker ein: „Ja!", sagte er knapp. Der Vertriebsboß schaute nur kurzfristig überrascht: „Was macht Sie da so sicher? Wie wollen Sie gewährleisten, dass Ihr Programm diesmal einwandfrei funktioniert und nicht, wie beim letzten Mal, plötzlich wieder ganz viele Fehler auftreten?" „Das werden wir gemeinsam erreichen", antwortete Volker und kam sich ein bisschen wie Roger auf dem Offsite-Meeting vor. „Wir werden nicht nur unser Programm fehlerfrei laufen lassen, sondern wir werden gemeinsam ein Abnahmeteam bilden und das durchziehen!" Vertriebsleute haben häufig die Eigenschaft, begeisterungsfähig zu sein; der Vertriebsboss schien da keine Ausnahme zu bilden. Interessiert blickte er Volker an: „Was macht Sie da so sicher? Nur weil wir ein Team bilden, wird es keine Fehler mehr geben?" „Wir sind alle Menschen, und Menschen machen Fehler. Das ist nun mal leider so", erklärte Volker. „aber wir erklären die Fehlerdatenbank zu unserem gemeinsamen Feind; die bekämpfen wir zusammen! Natürlich werden wir Fehlereinträge bekommen, aber wir werden uns gemeinsam über jeden Fehlereintrag freuen, den wir als ‚korrigiert' wieder löschen können." Volker schien den richtigen Ton getroffen zu haben. „Wie ist es denn beim letzten Mal gelaufen? In den ersten drei Testwochen ist rein gar nichts passiert, und in der letzten Testwoche hieß es dann hektisch: Wir müssen unbedingt noch Fehler finden! Dass das so nicht zielführend ist, ist doch klar!" Der Vertriebsboss schaute nun recht interessiert: „Wie soll denn unsere Teamarbeit aussehen?" „Phase eins: Installation bei Ihnen vor Ort, durchgeführt von Insite unter Beteiligung Ihrer IT-Abteilung." Der Vertriebsboss sah den EDV-Leiter an, der ergriffen nickte. „Phase zwei: Ihr Projektleiter stellt einen detaillierten Testplan auf, in dem festgelegt ist, wer an welchem Tag von wann bis wann testet. Und Ihr Projektleiter überwacht das!" Der Vertriebsboss sah seinen Projektleiter an, der ebenfalls ergriffen nickte. „Phase drei: Nach vier Wochen Test hier in Köln bei Ihnen vor Ort kommt ein mehrköpfiges Team zu uns nach Frankfurt, und wir führen dort gemeinsam Abschlusstests durch. Wichtig: Das sollte bei uns im Büro passieren, damit wir unser gesamtes Entwicklungsteam direkt einspannen können!" Der Vertriebsboss nickte Volker anerkennend zu: „Ich habe das Gefühl, dass sich etwas bewegt, seit Sie dabei sind. Aber bewerten Sie das bitte nicht als Vorschlusslorbeeren! Sowas verteilen wir hier nicht! Also an die Arbeit, meine Herren! Nach Ihren Vorstellungen können wir dann in knapp zwei Monaten unser neues Reporting einsetzen. Gnade ihnen aber Gott, wenn das wieder nicht hinhauen sollte!"

Nach dem Meeting setzten sich Manfred, Heiko und Volker noch am Rheinufer in ein Cafe, um zu entspannen und zu rekapitulieren. „War so weit in Ordnung", befand Manfred. „Du hast den Vertriebsleiter ja mächtig beeindruckt, Volker, durch Deine toughe Vorgehensweise." „Das war unser Plan", entgegnete Volker, „So haben Heiko und ich uns das aufgeteilt. Heiko ist der Kompetente, ich der Konsequente. Nur müssen wir unseren Worten jetzt auch Taten folgen lassen!" Heiko wusste, die Hauptarbeit würde auf ihn zukommen.

In der Tat klappte der Plan hervorragend! Die Versicherungsangestellten testeten, was das Zeug hielt. Sobald ein Fehler auftrat, wurde dieser umgehend gemeldet und von Insite Mitarbeitern korrigiert. Die Korrektur wurde dann nochmals getestet und anschließend der Fehler gestrichen. So arbeiteten alle gegen den gemeinsamen Feind, die Fehlerdatenbank. Schon die morgendliche Begrüßungsmail an alle Projektmitarbeiter enthielt die aktuelle Anzahl der Einträge in der Fehlerdatenbank, klassifiziert nach Fehlerkategorie, verbunden mit dem Appell, weiterhin permanent an der Fehlerbeseitigung zu arbeiten. Das trug schon fast japanische Motivationszüge und erinnerte Heiko auch ein wenig an freiwillige Qualitätsverpflichtungen sozialistischer Brigaden.

Schließlich begann der letzte Testzeitraum, der zweiwöchige Abschlusstest bei Insite vor Ort. Die angereisten Versicherungsmitarbeiter saßen in einem Großraumbüro; zwei Mitarbeiter der Insite waren permanent als Ansprechpartner verfügbar und übermittelten Fehler und Wünsche an das

Programmierteam. Nach Ablauf einer Woche bescheinigte der Projektleiter der Versicherung, alles würde zufrieden stellend laufen und sie wüssten nicht mehr genau, was sie jetzt noch testen sollten. Doch Volker ließ nicht locker. Er setzte das Abschluss Meeting für den Donnerstag der nächsten Woche an. Wenn die am Donnerstag bescheinigen, dass einer Einführung nichts im Wege steht, bekommen sie freitags frei, war sein Kalkül. Und so kam es.

Köln, im November 1999, morgens um 9:00 Uhr. Diesmal ist auch die Versicherungscrew pünktlich und in großer Stärke mit acht Leuten versammelt. Ein hoch zufriedener Vertriebschef lobt seine Mitarbeiter. Es sei ganz hervorragend, wie das neue Reporting System entstanden sei, einzig seiner und der Initiative seiner Mitarbeiter zu verdanken. Professionell auch, wie die Tests durchgezogen worden seien. Als Nicht-Informatiker hätten die Mitarbeiter wohl den nötigen Abstand zur Materie gehabt, um effizient und sachbezogen sämtliche Fehler zu erkennen und zu beseitigen. Gegenüber am Tisch sitzt nickend das dreiköpfige Team der Insite, Manfred, Volker und Heiko. Die Arbeit seiner Versicherungsangestellten, führt der Vertriebsboss fort, sei so hervorragend gewesen, dass man dem Plan bereits ein Stück voraus sei. Die verbleibenden sechs Wochen bis zum Jahresende wolle man für eine Parallelinstallation der neuen Software sowie für weitere Tests nutzen, um dann zum 1.1.2000 pünktlich in Praxis gehen. Und die eigene Super Arbeit hätte wohl sogar ein wenig auf den Lieferanten abgefärbt. Das, was Insite jetzt gezeigt hätten, hätte genau im Erwartungshorizont dessen gelegen, warum man Insite ursprünglich als Lieferanten ausgewählt hätte. So, schloss der Versicherungsboss, bekomme Insite nun auch noch eine wunderbare Referenzinstallation.

Heiko schaute irritiert. Volker blickte etwas sparsam aus der Wäsche. Aber so geht nun mal das Spiel: Dem Kunden der Ruhm, dem Lieferanten das Geld. Manfred ergriff das Wort und dankte dem Kunden für die gute Zusammenarbeit während des Projektzeitraums. Für die künftige Zusammenarbeit könne Insite einen Wartungsvertrag anbieten, den man dann innerhalb der nächsten sechs Wochen aushandeln solle.

Es folgten noch ein paar Bemerkungen über den Fortgang der Neubauarbeiten an der ICE-Strecke; man verabschiedete sich dann. Diesmal verzichteten Manfred, Volker und Heiko auf den Kaffee in Köln am Rhein. Eigentlich hätten sie genügend Grund zur Freude gehabte, aber die wollte sich nicht so recht einstellen. Stattdessen fuhren sie, meist schweigend, nach

Frankfurt. Ok, damit hätten wir das also, dachte Volker. Und wie geht es jetzt weiter?

In Frankfurt angekommen, fanden sich Volker und Manfred in dessen Büro ein. „Ich denke, das haben wir doch ganz gut hingekriegt", Manfred grinste Volker über den Rand seiner Kaffeetasse an. „Als Team agieren wir doch gar nicht so schlecht, oder?" „Das wurde aber auch Zeit", entgegnete Volker. „Was denkst Du, wie lange die Versicherung noch stillgehalten hätte?" „Schon richtig, Heiko war mit dem Projekt doch etwas überfordert. Und Dir ist es gut gelungen, da einzusteigen. Kompliment!" „Manfred, Heiko hat einen guten Job gemacht. Ohne ihn wären wir jetzt nicht so weit!"

Manfred lehnte sich im Sessel zurück und starrte Volker über den Rand seiner neuen Lesebrille an. „Weißt Du", begann er nachdenklich und unvermittelt, „schön, dass Du unseren Teamgedanken aufgreifst, indem Du Heikos Leistung, nicht Deine in den Vordergrund stellst! Der ganze tolle Teamgedanke hier bei Insite, wie soll das damit nur weitergehen? Die wollen mir jetzt einen Vertrieb hier reindrücken. Und Du weißt, was das bedeutet!" Volker schwieg einen Moment und begann dann zögerlich, aber entschlossen: „Der Vertrieb ist der natürliche Feind der Programmierung. Jeder gute Programmierer hasst den Vertrieb und speziell Vertriebsleute!" „Genau! Programmierer akzeptieren nur Programmierer! Vertriebler haben keine Ahnung und stören in Projekten! Das ist die Meinung der Programmierer. Basta! Das ist deren Sichtweise. Aber das begreifen unsere Anteilseigner nicht! Wir machen nächste Woche mit denen die Planung fürs nächste Jahr; die kommen mit großer Mannschaft, haben wohl allerlei vor in 2000. Ich glaube nicht, dass ich die Sache mit dem Vertrieb verhindern kann!"

Volker fragte sich, ob es Manfred tatsächlich vorrangig um das Betriebsklima bei Insite ginge; schließlich könnte die Installation eines Vertriebes auch mit einem erheblichen Machtverlust für ihn selbst verbunden sein. Derzeit hatte Manfred mit Marlene und Maren den Laden souverän im Griff. „Die grundsätzliche Frage ist doch", flocht Volker ein, „ob der Vertrieb das Primat bekommt, also ob das die Offiziere werden. Falls das so kommen sollte, könnten schon einige gute Programmierer gehen!" Manfred ergriff den Rettungsanker: „Das könnte sich Insite nicht erlauben! Die Installation eines Vertriebs muss mit einer Stärkung der Technikseite einhergehen", dachte er laut. „Wie lange bist Du eigentlich noch bei uns, Volker?" „Meine Tage hier sind gezählt. Die Stunden habe ich fast abgedient, wahrscheinlich bin ich Ende nächster Woche weg. Es ist ja auch für mich nicht mehr viel zu tun im

Projekt Vadis; Heiko kriegt den Rest und die Sache mit dem Wartungsvertrag auch alleine gut auf die Reihe."

Manfred schien nicht zuzuhören: „Volker, wie wäre es denn, wenn Du für den Rest des Jahres im Projekt Econ mit einsteigst? Du weißt doch, unser internes Reporting Projekt." „Ich denke, das macht Lorenz. Und außerdem müsste das Projekt doch wohl auch allmählich fertig sein. Dafür waren doch nur zwei Monate geplant.", erwiderte Volker. „Na ja, es ist noch nicht ganz fertig", erklärte Manfred. „Wir könnten da schon noch ein wenig Unterstützung in der Projektleitung gebrauchen. Aber wenn Du nicht willst, …". „Nicht wollen – davon kann nicht die Rede sein! Nur, ob das Sinn hat, wenn ich in Econ auch noch mit einsteige?" Volker dachte daran, dass das zu Konflikten mit Lorenz, dem derzeitigen Projektleiter, führen könnte. Von dem würde er sicherlich nicht die Akzeptanz bekommen, die Heiko ihm entgegen gebracht hatte. „Na gut, dann lass uns in der nächsten Woche noch mal allgemein abschließend sprechen!" befand Manfred.

06 Die Jahresplanung

Jahresplanungen bargen für Manfred keine besonders großen Schrecken. Alle Jahre wieder liefen sie nach dem gleichen Schema ab. Das Wichtigste war: Die Anteilseigner erwarteten eine hochgradige Euphorie in Bezug auf die neu zu setzenden Ziele; man musste begeistert sein! Ob die im Vorjahr vereinbarten Ziele erreicht wurden, war eher nebensächlich. Deshalb war die Tagesordnung von Jahresplanungen stets die gleiche. Punkt 1: Zu erwartendes Ergebnis im ablaufenden Jahr. Diesen Punkt musste Maren vortragen. Das Gute daran war, dass das Ergebnis noch gar nicht feststand, so dass stets noch ein wenig Phantasie mit eingebaut werden konnte, wenn das Ergebnis allzu sehr vom Gewünschten abzuweichen drohte. Punkt 2: Entwicklung der Gesellschaft. Diesen Punkt referierte Marlene, meist ein wenig langatmig. Sie präsentierte Mitarbeiterzahlen, getätigte Projekte, alle möglichen Kennziffern pro Mitarbeiter und Projekt. Punkt 3: Ausblick auf des nächste Geschäftsjahr. Hier schlug Manfreds Stunde. Er konnte die Strategie und die Planungen erläutern.

Auch in diesem Jahr hatten sich die drei mehr oder weniger gewissenhaft vorbereitet. Manfred hatte die Folien aus dem letzten Jahr kopiert und an die aktuellen Gegebenheiten angepasst (Jahreszahlen, etc.). Maren hatte die aktuellen Zahlen eingearbeitet. Marlene hatte die Anzahl der Folien ihres Beitrages schlichtweg verdoppelt, was die beiden anderen dazu veranlasste, Marlene dringend um Kürzung ihres Beitrages zu bitten. Schließlich stellte Manfred noch das Motto für das kommende Jahr, das Jahr 2000 auf: Go Public! Das sollte reichen!

Die Anteilseigner kamen zu dritt, zwei Amerikaner, die überraschenderweise einen Deutschen im Schlepptau hatten. Bei der Begrüßungsrunde wurde der Deutsche, „Das ist Herbert", als zukünftiger Marketing Officer der Insite vorgestellt. „Du weißt doch, Manfred, wir haben viele Aufgaben, und die kannst Du nicht alle ganz alleine stemmen! Herb hat umfangreiche Erfahrung im Vertrieb von PC Systemen bei einem führenden Hersteller in den USA sammeln können!" Da wusste Manfred: Dies war keine der üblichen Jahresplanungen. Dieses Mal wird es ernst! Es wartet kein Spaziergang auf Dich!

Maren gab einen Überblick über die Zahlen. Sie waren grottenschlecht! Der Umsatz war zwar leicht gestiegen. Leider waren aber die Kosten kräftig gestiegen, so dass Maren einen negativen Gewinn, auch Verlust genannt, ankündigen musste. Die Anteilseigner schauten sich tief betroffen und bedeutungsschwanger gegenseitig an und nickten wissend. Kommentare zu den Ergebnissen kamen vorerst nicht.

Anschließend erläuterte Marlene emsig wie eine Biene ihre Folien. Sie stellte die Rangliste der Mitarbeiter nach erreichten fakturierten Stunden vor; sie zeigte die Liste der Mitarbeiter mit den meisten Überstunden. Nach der zwölften Folie hieß es dann, good job, Marlene! Lasst uns nun zum Wesentlichen kommen.

Manfred legte seine neue Folie auf, die nur aus zwei Wörtern bestand: Go Public! Exactly, Manfred! Genau das wollen wir! Und wir wissen auch schon, wie! Manfred kam jetzt nicht mehr zu Wort. Die beiden Amerikaner wollten das Ganze sehr stringent durchziehen: Der Name Insite sollte über eine einzigartige Imagekampagne bekannt gemacht werden. Hierzu sollte eine Story entworfen werden, die die Stärken der Firma darstellte und ihre frühe Entstehung, möglichst als Garagenfirma, skizzierte. Ferner sollte Insite stärker international aufgestellt werden mit Schwerpunkt in der Europäischen Union. Die Amerikaner erzählten, dass sie über die Mehrheit an einer französischen Firma namens ARF verfügten, wobei das Kürzel für irgendeine französische Wortkombination stand. (Später einmal gestand einer der Amerikaner Manfred in einer stillen Stunde, sie würden das immer mit ‚A Real Fuck' übersetzen.) Redet doch mal mit ARF! Vielleicht gibt es Synergieeffekte. Denkbar wäre alles, sogar ARF Europe oder Insite International. Und das Ganze bringen wir dann an den Neuen Markt in Deutschland. Der ist in den letzten Monaten richtig abgegangen!

Nun schlug Herberts Stunde. Zunächst referierte er, was führende Chart Analysten dem Neuen Markt vorhersagten, Trends, die die Decke durchschlugen! Man müsste auf jeden Fall in Deutschland an die Börse gehen; das Potential sei hier erheblich besser als etwa in Frankreich. ARF sollte man in Insite verschmelzen; das würde den europäischen Trend vorantreiben, schließlich stände in einem Jahr auch der Euro in den Startlöchern. Diesen Trend dürfe man nicht verschlafen! Er würde eine Story um Insite herum bauen, die sich sehen und hören lassen könne. Er würde die Marke Insite groß machen. Die Amerikaner nickten anerkennend, ohne Herberts Darstellung im Einzelnen zu kommentieren; geschweige denn zu hinterfragen.

Manfred hatte sich ein wenig gefangen. Nach dem starken Vortrag Herberts durfte er jetzt nicht den Anschluss verlieren, galt es, nicht zu schwächeln! Die

Insite Story, das war das Wesentliche, um einen gelungenen IPO machen zu können. Wir können aber keine Story um ein Nichts bauen! Was wir brauchen, sind Produkte, coole, hippe Ecommerce Produkte! (Das hatte ihm Lorenz erzählt. Weiß der Teeufel, wo der das her hatte.) Und dazu müssen wir unseren Programmierbereich verstärken. Wie machen es denn die anderen Firmen, die bereits auf dem Neuen Markt sind? Die stellen auf Teufel komm raus Leute ein. Begeben sich in die Startpositionen zum Wachstum! Wachstum ist das Gesetz der New Economy! Als CEO könne er, Manfred, dann nicht mehr für die einzelnen Projekte auch noch verantwortlich sein. Er bräuchte zwei CIOs als Mitarbeiter, die ihm in diesem Bereich zuarbeiten würden, einen für Products und einen für Infrastructure. (Mehr Mitarbeiter = wichtiger!)

Das war sehr clever von Manfred. Zum einen hatte er klar gemacht, dass er CEO sei, insbesondere Herbert gegenüber. Und außerdem hatte er sein Technik Claim abgesteckt und vergrößert vor dem Hintergrund einer New Economy Story, die sehr glaubhaft wirken musste. Wie sich das mit den Franzosen entwickeln würde, war derzeit noch nicht so recht abzusehen. Man stand da in den Startlöchern für einen Wettlauf zum Markt. Hier zogen er und Herbert aber offensichtlich am gleichen Strang: Der Lead musste bei Insite bleiben – deshalb eine Emission am Neuen Markt in Deutschland. Die Amis schienen überzeugt zu sein, verhielten sich aber abwartend.

„Das Beste ist", Manfred trumpfte noch einmal auf, „dass ich die neuen Führungskräfte, CIO Infrastructure und CIO Products, schon habe!" Die Amis nickten anerkennend, Marlene schaute irritiert. Maren schaltete schneller und warf ein: „Und zwar sehr erfahrene Leute, die nicht nur durch den jetzigen Hype hochgespült wurden!" Manfred grinste breit; er wusste, was er an Maren hatte. Absolut clever, die Frau denkt mit! Ob sie tatsächlich weiß, an wen ich denke? Herbert war nun seinerseits um Anschluss bemüht: „Die CIOs müssen natürlich ihr gesamtes Wirken auf die Marketing Idee abstellen! Die Story muss aus einem Guss kommen! Ich werde die beiden dann schon entsprechend einphasen!" Wieder nickten die Amis anerkennend. „Zusammen mit ARF machen wir den Global European Approach!", legte Herbert nach.

„Ach, Maren", wandte sich der eine der Anteilseigner an den CFO: „Kannst Du uns bitte einen Überblick geben, mit welchem Invest es verbunden wäre, wenn wir für den Neuen Markt taugliche Produkte einführen würden?" Eine gefährliche Frage, denn natürlich hatte Maren keine Ahnung, was Produkte kosten könnten, von denen sie nicht einmal wusste, was sie leisten sollten. Natürlich durfte Maren das nicht sagen. „Ein Personenjahr kalkulieren wir intern mit ungefähr zweihunderttausend Mark", begann sie. „Das Produkt können wir dann aktivieren und bilanzmäßig als Vermögen dagegen stellen!" „Also, nach meiner umfangreichen Erfahrung im PC Markt", lehnte sich Herbert aus dem Fenster, „Sollten wir von einem Invest von mindestens fünfzig Personenjahren ausgehen. Das holen wir dann über die verkauften Stückzahlen wieder rein. Also, nehmen wir mal an, wir bekommen zehn Prozent vom Markt – und das wollen wir auf jeden Fall haben – und der Markt ist hundert Millionen, dann bekommen wir zehn Millionen für die fünfzig Mannjahre. Kein schlechtes Geschäft, oder? Ungefähr das Doppelte von dem", er grinste Maren an, „Was Du direkt für Dienstleistungen verbuchen könntest. Das ist eben das Gute an Produkten: Deine Dienstleistung kannst Du nur einmal verkaufen; mit Produkten hast Du aber einen Multiplikator und kannst damit viel mehr verdienen."

Maren holte Luft, um dieser ökonomischen Triviallogik zu begegnen. Sie wusste allerdings nicht so recht, wo sie ansetzen sollte. Zu abstrus erschienen ihr Herberts Ideen, völlig frei von betriebswirtschaftlichen Grundüberlegungen. Maren zögerte ein wenig zu lange, ein tödlicher Fehler!

„Maren, die Bilanzierung werden wir über kurz oder lang auf den amerikanischen Bilanzierungsstandard IAS umstellen müssen", flocht einer der Anteilseigner ein: „Das macht man so in der IT Branche. Wir persönlich haben umfangreiche Erfahrung in der Bilanzierung nach IAS. Am besten übernehmen wir das gleich direkt." Maren schaute irritiert. „Die Bilanzen wollt Ihr dann selbst aufstellen?", fragte sie verunsichert. „Oh, das stimmen wir natürlich mit Dir ab! Ihr werdet hier ja auch weiterhin die Buchhaltung machen." Maren wusste, sie hatte verloren. Auch Manfred sprang ihr nicht bei, wie auch? Herbert hingegen hieb fröhlich in die Kerbe: „Das ist eine sehr gute Idee, die Bilanzierung nach internationalen Standards vorzunehmen. Darunter gibt es vierteljährliche Berichte. Damit Insite am Neuen Markt zugelassen werden kann, müssen wir auch Quartalsberichte vorlegen. Und das ist natürlich etwas, worin Ihr als Amerikaner viel mehr Erfahrung habt als wir mit unseren Old Economy Bilanzen!" Herbert lachte leicht bellend. Er hatte gerade kräftig zugebissen; Maren war angezählt.

„Zum Abschluss noch", die Anteilseigner wollten zum Lunch, „Wir werden eine Task Force IPO bilden. Da sollten Herbert, Manfred und Raphaël, der CEO von ARF, reingehen. Ihr werdet ihn bald kennen lernen." Herbert und Manfred schauten ein wenig betreten; ARF hatten sie offensichtlich noch nicht unter ihrer Knute. „Unser Ziel ist es, in einem Jahr an der Börse zu sein!

Ob getrennt in Paris und Frankfurt oder gemeinsam in Europa, we will see! Packen wir's an!"

07 Das Angebot

Lorenz blickte Manfred an: „Services und Produkte, so willst Du den operativen Bereich also aufteilen!" „Und Du hast die Wahl", ergänzte Manfred, „Du kannst Dir aussuchen, welchen Bereich Du übernehmen willst." „Den anderen Bereich willst Du Volker anbieten? Was qualifiziert den denn? Will der überhaupt so was machen? Ich denke, er ist Freelancer und Projektleiter." „Ich habe mit Volker noch nicht gesprochen, Lorenz. Ich wollte erst mal Deine Reaktion hören. Wenn Du meinst, Volker sei eher Projektleiter, dann würde sich ja anbieten, Volker in Richtung ‚Produkte' zu positionieren. Da muss ja zunächst einiges entwickelt werden in schnöder Projektarbeit! Du könntest dann ‚Services' übernehmen." Lorenz grinste kaum merklich. In diese Falle ging er nicht. Produkte versprach mehr Meriten abzuwerfen als Services. „Was genau verstehst Du unter Services?", fragte er nach. Manfred erklärte: „Ich fasse den Begriff Services sehr weit. Ich verstehe darunter nicht nur die Betreuung der installierten Hardware und Software, sondern darüber hinaus auch Kundenprojekte, Applikationen. Mit kundenspezifischen Projekten bieten wir unseren Kunden Dienstleistungen, also Services, an. Ich sehe Services als Gegenstück zu Produkten. Alles, was nicht Produkt ist, fällt unter Services. Unser Vorteil bei dieser Unterteilung: Wir können zwei getrennte Stränge innerhalb von Insite fahren. Die eine Seite, Produkte, entwickelt und testet Standard Software. Die andere Seite, Services, behandelt alle kundenspezifischen Probleme. Was von den Kunden als Service nachgefragt wird, kann dann auch zum Produkt weiterentwickelt werden. Also, was meinst Du, Lorenz? Wäre es sinnvoll, wenn Du den Bereich Services übernimmst?" „Ich denke, andersrum macht es mehr Sinn. Schließlich kenne ich Insite sehr viel länger als Volker. Mit den Leuten komme ich bestens aus, da habe ich richtig Rückhalt; das müsste Volker erst noch beweisen." „Da habe ich keine Bedenken", entgegnete Manfred, „im Vadis Projekt hat er eine gute Nummer abgegeben. Die Leute haben auf ihn gehört. Allerdings, wenn ich mir das recht überlege: Du solltest wirklich den Bereich ‚Produkte' übernehmen. Dein Projekt Econ steht ja kurz vor der Fertigstellung, und Du als Projektleiter bist mit diesem Produkt doch bestens vertraut. Wir könnten Econ als eines der ersten Produkte anbieten." Nun hatte die Falle doch zugeschnappt – allerdings aus einer ganz anderen Richtung. Es schien so, als ob Lorenz das ungeliebte Projekt Econ weiterhin an der Backe hatte. Lorenz lächelte äußerst gequält.

„Lorenz, das wirklich Wichtige für uns wird sein, in diesem Jahr unsere Authentizität zu bewahren. Insite muss seinen besonderen Geist, seine besondere Kultur erhalten! Wir dürfen nicht austauschbar werden, das sind wir unseren Mitarbeitern schuldig! Insite ist Insite und nicht irgendein Marketinggag, wie Herbert sich das vorstellt. Und auch kein deutscher Ableger einer französischen Firma, wie Raphaël sich das vorstellt." Manfred hatte Raphaël noch nie gesehen und kannte dessen Vorstellungen überhaupt nicht. Instinktiv wusste Manfred aber, dass ARF eine Gefahr für Insite sein könnte und Raphaël für ihn. Er beugte sich über den Tisch, näher an Lorenz heran. „Haben wir das hier jahrelang gemacht", redete er beschwörend auf Lorenz ein, „um uns in letzter Minute das Heft aus der Hand nehmen zu lassen? Sollten wir dafür unsere Zeit und jede Menge Energie investiert haben? Das kann es doch wohl wirklich nicht gewesen sein für uns! Unsere Leute bauen auf uns, die dürfen wir keinesfalls enttäuschen! Die müssen wir schützen vor einem Zuviel an Marketing und vor feindlichen Übernahmen aus Frankreich! Lorenz, Du weißt, Programmierer wollen kein Marketing. Programmierer wollen ihre Projekte machen und hassen alle Marketing- und Vertriebsleute. Ganz ohne Marketing und Vertrieb läuft eine Firma aber auch wieder nicht, besonders nicht in IPO-Zeiten. Wir müssen unsere Leute an das Marketing gewöhnen, und wir müssen das Marketing an unsere Leute gewöhnen! Das muss als Tröpfcheninfusion angelegt werden, kein Holzhammer, wie es Herbert vorschwebt." Endlich konnte Manfred diesen Seitenhieb auf den neuen CMO loswerden. Zwar hatte Herbert bislang überhaupt kein Konzept vorgestellt, aber es schien Manfred doch adäquat, zunächst mal konträr Stellung zu beziehen. „Lorenz, Du hast das nötige Standing und die nötige Seniorität bei den Leuten, wir brauchen Dich, wir alle!" Lorenz nickte geschmeichelt: „Manfred, das weißt Du doch. Auf mich kannst Du immer zählen!"

Für Volker war es einer der letzten Abende in Frankfurt. Seinen Vertrag mit Insite hatte er erfüllt; die Aufgabe war zur allgemeinen Zufriedenheit erledigt. Er würde in den Weihnachtsurlaub gehen und dann sehen, was das neue Jahr mit dem neuen Jahrtausend zu bieten haben werde. Lass uns noch mal quatschen, hatte Manfred ihn aufgefordert. Manfred hatte eine Gaststätte in einem Taunusvorort ausgesucht. Das Wetter war bereits sehr herbstlich, das Lokal nicht sonderlich gefüllt. Nur vereinzelte Gäste, offensichtlich Anwohner aus der näheren Umgebung, unterhielten sich in hessischer Mundart. Als Kontrast zum furiosen Einstand damals bei Gino jetzt ein geruhsamer Ausklang von Volkers Frankfurt-Engagement. „Volker", Manfred klang nachdenklich, „zunächst möchte ich Dir danken für Deinen Einsatz. Du hast das Projekt und den Kunden im Griff gehabt. Du hast zum richtigen Zeitpunkt die richtigen Maßnahmen ergriffen. Die Maßnahmen haben dann richtig gegriffen. Good Job. Ohne Dich hätten wir es nicht geschafft, das Projekt derart souverän zu Ende zu bringen!" „Na ja, Heiko war auch noch da", wehrte Volker bescheiden ab. „Und hat eine Menge bei Dir gelernt. Das kann er ja jetzt auch bei neuen Projekten unter Beweis stellen.", ergänzte Manfred.

Manfred lehnte sich zurück und zog an seiner Zigarre. Es entstand eine Minute des Schweigens, während derer Manfred versonnen in Richtung Fenster schaute. Das trübe Wetter schien sich auf die Stimmung zu übertragen. „Bei Insite wird sich einiges ändern!", begann Manfred bedeutungsschwer: „In einem Jahr wirst Du die Firma nicht wieder erkennen. Das Marketing erhält Einzug in unser cooles Unternehmen. Wir werden eine richtig erwachsene Firma werden. Die Firma, die Du kennen gelernt hast, wird es so nicht mehr geben." Volker schaute ein wenig irritiert. „Ich male Dir mal das Bild auf", fuhr Manfred fort: „Insite ist am Neuen Markt ein Star! Insite hat sich zu einem innovativen Unternehmen mit namhaften Produkten gewandelt." Manfred zog erneut an der Zigarre nach diesem bedeutungsschwangeren Ausblick. „Ich habe gehört, ein Vertriebsmensch sei bei Euch eingestiegen", warf Volker ein. Manfred nahm noch einen Zug aus seiner Havanna. „Das habe ich Dir bereits vor einiger Zeit angedeutet; nun ist es perfekt." Manfred suchte wieder den Blickkontakt mit dem Fenster. „Das wird ein schwieriger Prozess für unsere Firma. Es wird nicht leicht werden, unsere Mitarbeiter davon zu überzeugen, dass dies der richtige Weg ist. Aber eines ist klar: Nur mit einem funktionierenden Marketing können wir unser Ziel für 2000, den IPO, erreichen. Und da ist natürlich jede Hand gefragt, die uns dabei helfen könnte." Volkers linke Hand juckte. Er kannte dieses Zeichen aus seiner Tabelle des Aberglaubens; es versprach Geld. War das etwa ein verkapptes Angebot, über den 1.1.2000 hinaus für Insite tätig sein zu können? In welcher Funktion? Das Projekt Vadis war quasi beendet, Econ stand nicht zur Debatte, ein weiteres Projekt hatte er bislang nicht entdecken können. Manfred schien sein Zwiegespräch mit dem Fenster beendet zu haben. „Um dieses neue Gedankengut in den Köpfen unserer Mitarbeiter verankern zu können, werden wir auch die Struktur auf der operativen Seite der Insite ändern. Du weißt, dass ich selbst mit der Führung des Unternehmens eigentlich bereits zu einhundertfünfzig Prozent ausgelastet bin. Zusätzlich muss ich mich dann noch um die Leistungszentren und deren Leiter kümmern. Wenn jetzt noch der IPO dazu kommt, ist das nicht mehr zu schaffen, auch nicht mit meinem sechzehn Stunden Tag. Ich habe mich deshalb dazu durchgerungen, eine weitere Ebene einzuziehen in Form von zwei CIOs, die mir die tägliche Arbeit aus dem Kreuz nehmen." „Zwei?", fragte Volker: „Du willst den operativen Unternehmensteil aufspalten?" „Das hängt an den Themen, die wir zu bewältigen haben werden", erklärte Manfred. „Einerseits wollen wir Produkte entwickeln und verkaufen. Das wird ein wesentliches Standbein werden. Andererseits wollen wir unseren Kunden weiterhin unser bewährtes Angebot an Dienstleistungen zur Verfügung stellen, damit diese die schöne neue Welt des Internets nutzen können. Wie wichtig dieser Bereich ‚Services' ist, kannst Du täglich daran sehen, wie hoch Firmen mit diesem Angebot am Neuen Markt und an der Nasdaq gehandelt werden. Mit diesen beiden Bereichen stehen wir dann ganz ausgewogen da!" Manfred nahm wieder sein vertrautes Zwiegespräch mit dem Fenster auf. Was will der nur von mir, dachte sich Volker.

„Volker, ich muss gestehen, ich habe Dich beobachtet im letzten halben Jahr." Manfred blies eine Tabakwolke in Richtung Fenster. „Ich habe Dich beobachtet auf unserem Offsite Meeting." Manfred beugte sich über den Tisch und sah Volker fest in die Augen. Sein Interesse am Fenster schien schlagartig erloschen zu sein. „Volker", er sah ihn beschwörend an, „Du hast Dir eine immense Akzeptanz bei unseren Leuten erarbeitet. Die steht schon fast auf einer Stufe mit der, die Lorenz entgegen gebracht wird." Volker fand das gar nicht so schmeichelhaft, was Manfred da äußerte. Schließlich hatte er den Eindruck, dass Lorenz' Projekt Econ gewaltig vergurkt war, während er doch im Projekt Vadis die Kastanien aus dem Feuer geholt hatte. Als Freelancer, so sein persönlicher Eindruck, hätte Lorenz keine Überlebenschance; dazu war er schlicht zu schlecht. „Mit Deinem Wissen, Deiner Erfahrung und Deiner Seniorität könntest Du für Insite sehr wichtig werden. Wenn Du Interesse hast, könnte ich mir Dich gut als CIO vorstellen." Das war es also. Volker war ein wenig überrascht. „Natürlich nur, wenn Du auch so etwas Spannendes wie einen IPO mal direkt mitgestalten willst!" Volker schnappte nach Luft: „Das würde bedeuten, dass ich meine Freelancer-Tätigkeit aufgeben müsste. An welchen Posten bei Insite hast Du denn konkret gedacht?" „Du bist doch derjenige, der Projekte und Kunden im Griff hat. Der auch unsere Jungs weiterbringen kann, der flexibel auf sich schnell ändernde Situationen reagiert. Genau solche Leute brauchen wir, welche mit dem Blick fürs Ganze", kam es aus den Schwaden des Zigarrenrauches. „Leute mit einem klaren Commitment für Insite. Und für den Weg an die Börse! Du bist für mich die Idealbesetzung für den CIO Services!"

Volker lächelte; das war also der Plan! Manfred fuhr fort: „Super Leute brauchen wir nicht nur im Marketingbereich, sondern auch im operativen Geschäft! Da, wo die eigentlichen Innovationen entstehen. Wir müssen uns auf der CIO Seite stark aufstellen. Auch mit einem fähigen Mann im Bereich

Produkte!" „Denkst Du da an Lorenz?", wollte Volker wissen. Manfred nickte grinsend. Das Angebot war starker Tobak für Volker, während Manfred genüsslich an seiner Zigarre nuckelte. „An mich dieses Angebot? Das kommt überraschend!" Volker reagierte ein wenig zappelig. Manfred grinste durch die Rauchschwaden: „Überlege es Dir!"

Volker überlegte nicht lange. So ein Angebot bekommt man nicht alle Tage und dieses Angebot sicherlich nur einmal. Im Grunde könnte er es gleich hier zusagen, aber das wäre gegen die Regeln gewesen. Er musste sich noch ein wenig zieren. „Manfred", begann er, „Das muss ich natürlich mit Claudia besprechen." „Natürlich, das würde ich an Deiner Stelle auch tun. Sie muss das ja mittragen." Volker dachte fieberhaft nach, wie er noch Zeit gewinnen konnte. „Die Rahmenbedingungen müssten dann auch so etwa den jetzigen entsprechen. Ich kann mich ja nicht wirklich verschlechtern." „Daran soll es nicht scheitern." „Manfred, ich werde Dich immer unterstützen. Aber auch wenn ich diesen Job machen werde, werde ich meine Meinung nicht an der Garderobe abgeben. Ich will weiterhin klar Stellung zu allen Themen beziehen. Das möchte ich mir ausbedingen." „Volker, was meinst Du wohl, warum ich gerade Dich frage, CIO zu werden? Weil mir Deine Meinung wichtig ist, weil ich viel auf Dein Urteil gebe. Das bedeutet: Ja, Du darfst nicht nur Deine Meinung sagen. Ich bitte Dich sogar explizit darum. Du hast doch Insite ein wenig kennen gelernt. Bist Du der Meinung, hier würden Duckmäuser herangezogen?" Volker lächelte: „Ganz sicher nicht! Das Betriebsklima bei Insite ist ein entscheidender Punkt für mich. Ich mag es, und ich mag auch die Leute hier. Ich glaube, auf dieser ehrlichen und vertrauensvollen Basis kann man eine gedeihliche Zusammenarbeit entwickeln. Anfangs hat das Unkonventionelle bei Insite auf mich sehr ungewohnt gewirkt; schließlich habe ich Zeit meines beruflichen Lebens in konservativen Läden gearbeitet. Aber während meiner Zeit hier in Frankfurt habe ich viel gelernt und muss sagen: Mit diesem Betriebsklima kann Insite sein Potential und das seiner Mitarbeiter am besten entwickeln." Manfred grinste nun seinerseits: „Volker, willst Du auch eine Zigarre?" Volker, eigentlich Nichtraucher, griff zu.

08 Kickoff mit Herbert

„Ich hoffe", Manfred schaute einen nach dem anderen an, „Ihr seid alle gut ins Neue Jahr gekommen." Die neu formierte Führungsmannschaft der Insite AG saß zusammen: Manfred, Herbert, Maren, Marlene, Lorenz und Volker. „Und ich hoffe, es ist Euch besser ergangen als einem unserer Mitarbeiter, der über den Millennium Wechsel Dienst hatte." Alle schauten Manfred fragend an. „Ach, habt Ihr das nicht gehört? Er hatte Dienst in einem Rechenzentrum beim Kunden. Zum Jahrtausendwechsel kann ja in den Tiefen der RAMs allerlei passieren. Wie Ihr wisst, waren viele von uns Silvester busy. Kurz vor Mitternacht ist unser Mitarbeiter dann raus aus dem Rechenzentrum auf die Dachterrasse, um sich das Feuerwerk über der Skyline von Frankfurt anzusehen. So nach zehn Minuten dachte er sich: Ist doch ganz schön kalt hier draußen nur im Oberhemd. Da gehe ich mal lieber wieder zurück in die warme Stube zu meinen Rechnern. Er geht also zur Eingangstür auf der Dachterrasse und schiebt seine Magnetkarte in den Schlitz. Es passiert – nichts! Es sagt nicht klack. Die Tür geht nicht auf. Gott sei Dank hatte er sein Handy dabei und konnte auf seine missliche Lage aufmerksam machen. Die haben ihn dann nach einer Viertelstunde befreit. Sonst hättest Du ihn am nächsten Morgen als Schneemann von der Dachterrasse kratzen können!" Allgemeines Gelächter. Manfred wedelte unterbrechend mit den Händen in der Luft: „Und wisst Ihr, warum nichts ging? Ganz einfach, Millenniumfehler! Die Karte war am 31.12.1999, 24:00, abgelaufen!" Es folgten ein allgemeines Oh und Ah, einige kurze Lacher sowie aufrichtige Worte des Bedauerns.

„Damit uns so was nicht passiert, damit wir also nicht im Regen oder der Kälte stehen, sondern immer wissen, wo es lang geht und wie wir von A nach B kommen, dafür bin ich engagiert worden!" Es klang reichlich kraus, was Herbert von sich gab; aber er musste Manfreds launige Einleitung offenbar zwanghaft und umgehend kontern. „Schließlich müssen wir ja für unseren Weg an die Börse die Eintrittskarte bekommen und die muss natürlich gültig sein, länger gültig als 31.12.1999, 24:00 Uhr, ha ha. Nicht ungültig wie die Chipkarte. Das Wichtigste an 2000 ist für uns: Wir brauchen eine Story! Ohne die brauchen wir gar nicht erst anzutreten. Diese Story werde ich Euch liefern. Eine Story, die jeden Analysten überzeugen wird. Ihr müsst mich dabei unterstützen und mir die Fakten liefern!" Herbert wollte mit dieser Äußerung offensichtlich profilieren und Manfred die alleinige Gesprächsführung aus der Hand nehmen.

Maren schaute Herbert interessiert an. „Herbert, schön, dass wir uns auch persönlich kennen lernen. Ich bin davon überzeugt, dass Insite sowohl auf der Marketing- als auch auf der Vertriebsseite Nachholbedarf hat, aber auch durchaus entwicklungsfähig ist. Würdest Du Dich als Vertriebler oder eher als Marketier bezeichnen?" Herbert brauchte offensichtlich einen Moment, um diese Frage umzusetzen. Maren legte nach: „Denkst Du primär verkaufsorientiert? Möchtest Du verkaufen, was produziert wird? Oder legst Du das Schwergewicht auf die Marke Insite? Möchtest Du mit bedarfsorientiertem Angebot den Kunden langfristig binden?" Das war ein Exkurs Marens in marktorientierte Unternehmensführung, wie sie an der Hochschule gelehrt wird. Die anderen staunten nicht schlecht über ihre präzisen und kompetenten Fragen. Herbert hatte sich mittlerweile gefangen, wirkte aber weitgehend ahnungslos: „Natürlich denke ich ans Ganze, das ist mein Fokus. Und das Ganze können wir nur fördern, wenn wir vertriebliche Ziele erreichen. Also sagen wir mal, wir haben einen Markt, und von dem Markt schnappen wir uns dann einen Prozentsatz, ich sage mal zehn Prozent. Neue Märkte sind ja meist stark zersplittert. Und Internet ist ein neuer Markt, ein super neuer Markt! Wenn wir dann mit unserer Verkaufsmaschinerie zuschlagen, dann wirst Du schon sehen, der Rubel rollt!"

Maren schaute ein wenig irritiert. Mit dieser Antwort hatte sie nicht gerechnet. Sie erkannte keinerlei Bezug zu klassischen Marketing-Thesen. Hatte sie sich unklar ausgedrückt, hat Herbert davon überhaupt keine Ahnung, oder vertritt er eine neue Form des Marketings, fragte sie sich im Stillen, um dann aber nochmals zu insistieren: „Lass mich so fragen: Willst Du situativ vorgehen. Willst Du verkaufen, was wir produziert haben. Willst Du also wesentlich als Vertriebler agieren? Oder möchtest Du den Schwerpunkt auf eine innovative, marktorientierte Führung legen?" Herbert schaute Maren an. „Wenn Ihr mir vernünftige Produkte an die Hand gebt, schnappe ich mir meinen Marktanteil. Und Du", sein Finger zeigte auf Maren, „Du musst dann liefern! Also sieh zu, dass Du Deine Ressourcen im Griff hast und in genügender Anzahl bereitstellen kannst!" Maren war nun vollständig konsterniert. An Herbert schien alles abzuprallen. „Ich bin hier für die Finanzen, nicht aber für das operative Geschäft zuständig", klärte sie Herbert auf, der verstehend vor sich hin grunzte und trotz allem einen zufriedenen Eindruck machte.

„Für Dich als CFO dürfte das folgende genauso interessant sein wie für alle anderen Anwesenden", begann Herbert, „denn ich möchte eine Ankündigung machen, die einen gewaltigen Einfluss auf Insite ausüben wird, sowohl unter finanziellem als auch unter operativem Aspekt, sowohl in der unmittelbaren

Zukunft als auch mittelfristig für den IPO." Herbert lehnte sich behaglich zurück: „Es ist mir gelungen, eine der größten deutschen Banken als Kunden für Insite zu gewinnen. Wir werden für die sowohl die gesamte Betreuung des Webauftrittes übernehmen als auch im Bereich Internet Banking Unterstützungsleistungen durchführen. Könnt Ihr Euch dazu kommitten, dass Ihr das auch leisten könnt, dass wir diese weitgehenden Verpflichtungen auch erfüllen werden?" Er sah sich in der Runde um und versuchte, jeden einzelnen scharf zu mustern. „Ich werde in der nächsten Woche den Sack zu machen; dann habe ich den abschließenden Termin mit dem Bereichsvorstand. Ich muss also von Euch wissen: Steht Ihr hinter mir? Kann ich ruhigen Gewissens den Deal abschließen? Das versteht Ihr doch!"

„Das ist ja ganz phantastisch!" Manfred ergriff das Wort. „Ein Einstand nach Maß mit einem großartigen Brautgeschenk! Herbert, ich gratuliere Dir ganz herzlich zu diesem spektakulären Erfolg!" Innerlich kochte Manfred vor Wut; diese Ankündigung hatte er mit Herbert im Vorfeld ganz anders abgesprochen. Was hatte Herbert nur geritten, die Absprache so leichtfertig zu brechen? Hatte Maren ihn zu sehr in die Enge getrieben? Brauchte er einen Befreiungsschlag? Oder zog Herbert bereits ein Programm durch, das gegen ihn, Manfred, gerichtet war. „Herbert, auch im Namen des hierfür zuständigen neuen CIO Infrastructure, in dessen Verantwortungsbereich die Projekte mit der Bank liegen werden, sage ich Dir", Manfred blickte Volker Zustimmung heischend an, „dass wir derartige Projekte für einen derartig renommierten Kunden professionell in Time und Budget abwickeln können und werden. Darüber hinaus ergibt sich sicherlich die Möglichkeit, aus derart komplexen Projekten Ansätze für eigene Produkte zu generieren und somit unser Portfolio zu erweitern." Manfred schaute jetzt zu Lorenz hinüber, der zustimmend nickend beipflichtete: „Ganz sicher, Manfred. Wir werden die nötige Manpower hierfür bereithalten. Das Beste wird sein, wenn ich Dich, Herbert, in der nächsten Woche bei Deinem Termin begleiten kann, um die notwendigen Informationen für die Zusammenarbeit abzufragen."

Volker überlegte sich: Was sagt Herbert der Bank zu? Versteht er, was er der Bank verspricht? Warum versucht Lorenz, mit zu gehen und sich in diese Sache reinzudrängen? Will er damit klarstellen, daß er die Nummer eins der CIOs ist? Wenn meine Leute dann in den Projekten für die Bank arbeiten, wie kann der Wissenstransfer zu Lorenz' Leuten, zur Produktentwicklung gelingen? Volker fühlte sich irgendwie ausgebootet.

„Lorenz", Herbert widmete sich ihm, „in der nächsten Woche wäre es sicherlich besser, wenn ich die Angelegenheit zunächst mit dem

Bereichsvorstand prinzipiell und alleine abkläre. Da geht es nicht um fachliche Dinge. Der will Insite als zuverlässigen Partner kennen lernen, als Firma, mit der er eine langfristige, partnerschaftliche Beziehung eingehen kann. Wenn es ums Fachliche geht, dann musst Du sowieso mit!" Nun war es für Volker höchste Zeit zu intervenieren: „Schau, Lorenz, wir müssen die beiden Schritte in der richtigen Reihenfolge machen. Zuallererst sollten wir die Projektverpflichtungen ausloten und daran orientiert die Projektorganisation und die personelle Besetzung hochziehen. Da gebe ich Herbert Recht. Optimalerweise mache ich das Fachliche in einem Meeting nach dem Grünen Licht des Bereichsvorstandes in der nächsten Woche. Im zweiten Schritt dann müssen wir beide festlegen, welche von Deinen Leuten im Projekt mitarbeiten, um einen reibungslosen Wissenstransfer zur bedarfsorientierten Produkterstellung zu ermöglichen." Lorenz schaute Hilfe suchend zu Manfred, der mit nachdenklicher Miene in Richtung Fenster sah, den Versuch der Kontaktaufnahme ignorierend. „Ja, dann machen wir das so", fügte sich Lorenz.

Nun wandte sich Marlene an Herbert: „Zunächst einmal möchte ich zum Ausdruck bringen, dass ich mich darüber freue, dass Du unser Team verstärkst. Und ganz besonders freue ich mich, weil die Ausprägung Vertrieb und Marketing in unserer Firma eher unterrepräsentiert war, ein Stückweit fehlte." Sie schaute Herbert mit ihrem liebevollsten Lächeln an, das dieser huldvoll erwiderte. „Ich möchte Dir meine Unterstützung anbieten. Wenn Du irgendwelche Fragen hast, wenn Dir irgendwas bei Insite noch nicht klar ist, wenn Du wissen willst, wie manches läuft: Komm einfach zu mir. Ich helfe Dir!" „Danke, das ist sehr nett von Dir. Als Neuer freut man sich, wenn einem die Besonderheiten der Firma näher gebracht werden. In der Tat hätte ich Bedarf an Deiner Unterstützung. Um Marketing und Vertrieb effektiv aufzubauen, werde ich eine Reihe von Einstellungen neuer Leute vornehmen. In Deinem Geschäftsbereich ist doch auch die Personalabteilung angesiedelt. Vielleicht könntest Du mich bei den Einstellungen unterstützen." „Das mache ich sehr gerne. Ich finde es schlichtweg spannend, dass sich unser Baby Insite zu einer richtigen, ausgewachsenen Firma entwickelt."

Schließlich hatte auch Volker noch eine Frage an Herbert: „Ich finde das ganz toll, dass wir von der Bank Aufträge bekommen sollen, die wir wohl im wesentlichen in meinem Bereich, ‚Services' erledigen werden. Nach so einem Kunden leckt sich doch jedes Softwarehaus alle zehn Finger! Wie ist es Dir gelungen, zeitgleich mit Deinem Antritt hier bei Insite eine derartig hochkarätige Geschäftsbeziehung herzustellen?" Herbert blickte Volker gönnerhaft an: „In der Tat, das ist nicht leicht, ein hartes Stück Arbeit!

Natürlich habe ich gute Kontakte ins Top Management dort, sonst könnte so was nicht laufen! Du musst mir natürlich sicherstellen, dass die Aufträge top erledigt werden. Schließlich hänge ich mit meinem guten Namen drin. Und Du kannst bestimmt noch Leute einstellen. Die Maschine läuft!"

Maren schaute in die Runde und versuchte die veränderte Lage und die Akteure einzuschätzen. Auf wen sollte sie in Zukunft bauen? Marlene, die sie zur Genüge kannte, ein wenig hilflos, gutgläubig und naiv wie eh und je, aber herzensgut, sagte nie nein. Lorenz, langjährig gedient, das Faktotum, von dem sie nicht sicher war, ob er die gestellten Anforderungen werde erfüllen können. Volker, der Aufsteiger, der gezeigt hatte, dass er Projekte machen kann; würde er auch die jetzt an ihn gestellten Erwartungen erfüllen können? Brachte er auch die nötige politische Cleverness und Routine mit? Herbert, ein großmäuliger Typ; wie kann ein unsympathischer Mensch ohne theoretischen Background wie der Kunden gewinnen, Bereichsvorstände von Großbanken fundiert ansprechen und dort Abschlüsse bringen? Manfred, sie kannte ihn nun schon lange; kein Kind von Traurigkeit, warum ließ er sich das gefallen, dass Herbert ihm in diesem Meeting das Heft aus der Hand nimmt?

09 Das Brautkleid

Armes Schwein! Volker dachte an Heiko. Nun kannst Du Dich mit diesem vergurkten Projekt Econ rumschlagen! Lorenz hatte den Kopf aus der Schlinge gezogen und das Projekt Econ an Heiko delegiert. Das kam so: Auf einem Zifa-Meeting muckten die Leiter der Leistungszentren auf. Von uns wird verlangt, so der Tenor, dass wir unsere Projekte professionell managen. Wir sollen jederzeit einen Überblick über getätigte Investitionen, verbrauchte Ressourcen sowie aktuelle Terminplanungen haben. Und vor allen sollen wir sofort Alarm geben, wenn Verzögerungen im Projekt drohen oder nur eine Gefahr hierfür erkennbar ist. Was, bitte, geschieht aber im Projekt Econ? Econ ist unser ureigenes Projekt, für das wir sämtliche Regeln selber aufstellen können und wo uns kein Kunde reinredet. Ausgerechnet in so einem Projekt geht es drunter und drüber! Ursprünglich hieß es, Econ benötige zwei Monate Entwicklungszeit. Die sind heute längst überschritten! Was ist derzeit vorzuweisen? Nichts! Wie viele Ressourcen sind bereits in das Projekt geflossen? Unbekannt! Wo sind denn überhaupt die Vorgaben für die Entwicklung? Fehlen völlig! Würden wir in Kundenprojekten so arbeiten, würde man uns zu Recht den Kopf abreißen! Und last not least würden die Leistungszentren gerne Econ selber nutzen. Schließlich war das doch der Sinn der Entwicklung von Econ. Insite ist eine Firma mit offener Kommunikation. Alle Informationen sind allen zugängig, zumindest fast alle Informationen sind fast allen zugängig. Wo sind die Informationen zum Projekt Econ?

Lorenz stand böse auf dem Schlauch, kannte weder die aktuellen Eckdaten des Projekts Econ, noch konnte er Vorgaben vorweisen oder Entwicklungsstände darlegen. Manfred rettete ihn, indem er auf dessen derzeitige starke Auslastung aufmerksam machte. Manfred schlug vor, Lorenz zu entlasten und ihm das Projekt Econ aus dem Kreuz zu nehmen. Die aufgeladene Stimmung konnte er mit einem geschickten Schachzug besänftigen: Volker sollte sich solidarisch mit Lorenz zeigen und aushelfen, indem er Heiko als Projektleiter zur Verfügung stellte. Gegen diese praktizierte Solidarität auf der CIO Ebene war die Wut der Zifas machtlos. Klaus versuchte zwar noch eine Tirade: „Ich stelle fest: Es gibt keine Vorgaben! Es gibt keinen Plan! Das steht im krassen Gegensatz zum Insite Projektvorgehen!" Aber letztendlich versickerte auch dies. Auch Volker war machtlos. Er musste sich mit Lorenz solidarisch zeigen und konnte Heiko nicht vor diesem Himmelfahrtskommando bewahren.

Somit hatte Lorenz den Rücken frei, um sich fulltime um den Aufbau der Produkte zu kümmern. Zunächst allerdings musste Lorenz sich überlegen, welche Produkte er aufbauen wollte. Lorenz saß in seinem Büro und grübelte. Nur gelegentlich suchte er die Diskussion mit einigen ausgewählten Mitarbeitern wie Sören. Lorenz achtete peinlich genau darauf, in dieser Angelegenheit keinen von Volkers Mitarbeitern anzusprechen. Alle zwei Tage schaute Herbert bei Lorenz vorbei und erkundete sich nach dem Fortgang der Dinge. Lorenz machte dann regelmäßig dicke Backen und vertröstete Herbert: In Kürze sei er so weit, dass er konkrete Aussagen machen könne; einstweilen wolle er sich aber lieber bedeckt halten. Er wolle nicht Hoffnungen auf Produkte schüren, die später vielleicht gar nicht so kämen. Ein wenig Geduld noch, schließlich sei das Softwaregeschäft ein schwieriges. Herbert faselte dann etwas von offener Kommunikation, klopfte Lorenz – Du wirst das schon machen – auf die Schulter und empfahl sich. So ging das einige Wochen lang.

„Volker", Manfred erhob sich hinter seinem Acryl-Schreibtisch und setzte sich zu Volker in die Sitzecke, „ich möchte Dir danken, dass Du Lorenz so wirkungsvoll bei Econ unterstützt. Das ist gelebte Solidarität und setzt ein Zeichen auch für unsere Zifas! Wir, die Führungsmannschaft von Insite, halten zusammen! Und auch bei Lorenz hast Du damit einen dicken Stein im Brett; er weiß: Auf meinen CIO Partner ist Verlass!" Volker war sich nicht sicher, ob das stimmte. Vielmehr hatte er den Eindruck, Lorenz machte ihm gegenüber alle Schotten dicht und sah ihn nur als Konkurrenten. Trotzdem ließ er sich zu einer salbungsvollen Bemerkung hinreißen: „Manfred, es geht hier sicher auch um die Kongruenz von Wort und Tat. Man sollte gewisse Prinzipien nicht nur predigen, sondern auch vorleben! Solidarität darf nicht nur versprochen werden, dem müssen dann auch Taten folgen!" Volker fand sich richtig gut. Diese Bemerkung hätte sogar dem Guru Roger zur Ehre gereicht, fand er. Allerdings hatte Volker eine Sache übersehen. „Und in diesem Sinne", hieb Manfred in die Kerbe, „möchte ich Dich um einen weiteren Akt der Solidarität bitten. Du weißt, dass Lorenz derzeit die Produktpalette der Insite designt. Das ist eine enorm schwierige Aufgabe. Schließlich hängen daran nicht weniger als unser zukünftiger Ausgabekurs an der Börse sowie die Zukunft des Unternehmens. Was wir brauchen, ist ein aussagekräftiges Schaubild, in dem das sinnvolle Zusammenspiel unserer Produkte visualisiert wird. Nicht, dass ich glaube, Lorenz könne das nicht darstellen; aber es ist doch besser, wenn zwei Vorschläge auf dem Tisch liegen. Ein Wettbewerb der Ideen hat zwangsläufig positive Auswirkungen auf das Gelingen!"

Manfred verschwieg Volker wohl wissend, dass Herbert nach seinen Besuchen bei Lorenz alle zwei Tage bei ihm auf der Matte stand, die desolate Situation bei der Ideenentwicklung bezüglich der Produktpalette beklagte und die Verzögerungen Lorenz und damit implizit auch Manfred anlastete. Herbert lamentierte dann, die Zeit würde ihm weglaufen; er müsse die Designer beauftragen, Prospektmaterial zu entwickeln. Er müsse die Informationen über die Insite Produktpalette wichtigen Branchengremien zugänglich machen. Wenn er nicht bald was bekäme, würde sich alles drastisch verzögern, sei der IPO Termin in diesem Jahr gefährdet. Bei der nächsten Sitzung der Task Force IPO, wenn die Amis wieder da wären, werde er diesen Sachverhalt zur Sprache bringen. In einer Firma mit offener Kommunikation müssten solche Risiken eben frühzeitig diskutiert werden.

Volker sah Manfred an: „Willst Du, dass ich Lorenz Konkurrenz mache?" „Um Gottes Willen, keine Konkurrenz! Ich möchte einen kreativen und konstruktiven Wettstreit der Ideen fördern, Synergieeffekte erzielen!" Volker dachte einen Moment nach. Natürlich reizte ihn die Aufgabe. Und allzu viel Rücksicht auf Lorenz brauchte er wahrhaftig nicht zu nehmen! „Das kann ich nicht alleine machen. Ich brauche dafür Unterstützung." „Jede Unterstützung, die Du willst", warf Manfred sofort ein. „Ich möchte das nicht in einer großen Runde machen; auf keinen Fall mit allen Zifas oder so. Ich werde drei Leute dazu einladen, und wir werden uns einige Tage in ein abgelegenes Hotel zurückziehen." „Perfekt", sagte Manfred, „Denise wird Euch ein Hotel im Rheingau besorgen, ohne Handy-Empfang. Wen willst Du mitnehmen? Suche Dir die drei aus!" „Ich möchte gerne Klaus, Frederico und Sören dazu bitten." Manfred ließ sich in seinem Sessel zurückfallen, verschränkte die Hände im Nacken und starrte zur Decke: „Sören ist in Lorenz' Bereich", stellte er fest. „Na, und? Verhindert das den Wettbewerb der kreativen Ideen? Haben wir keine offene Kommunikation?" Manfred hatte immer noch die Hände im Nacken verschränkt und begann nun, zögerlich zwei, drei Mal zu nicken: „Du hast Recht! Mach Du das Meeting, wie Du es willst. Ich werde das mit Sören und Lorenz schon regeln."

Das Hotel lag total einsam in den Weinbergen. Um diese Jahreszeit, Ende Januar, war es regelrecht ausgestorben dort oben. Mobilfunk funktionierte tatsächlich nicht. Sören, Klaus, Frederico und Volker waren gemeinsam in Volkers Wagen angereist. Schon unterwegs entspannten sich heftige Diskussionen über Produkte und deren Einordnung in Portfolios. Volker fuhr; er hielt sich weitgehend mit Wortbeiträgen zurück. Angekommen erschien es ihnen, als seien sie die einzigen Gäste. Der Hotelier hatte einen kleinen

Konferenzraum für sie vorbereitet. Die vier brachten ihr Gepäck auf die Zimmer und trafen sich nach zehn Minuten wieder an der Rezeption. „Wollen wir erst mal einen Kaffee trinken?", schlug Volker vor. „Wieso?", Klaus sah Volker verständnislos an, „wir können uns doch Kaffee in den Konferenzraum bringen lassen und schon mal anfangen." Frederico und Sören nickten zustimmend.

„Also, wenn niemand was dagegen hat, mache ich hier vorne mal den Moderator", fasste Klaus sich kurz. „Vielleicht kannst Du, Frederico, mir dann gelegentlich mit Deinem grafischen Talent ein wenig helfen." Es entspann sich eine lange Diskussion über mögliche Produkte, in der der Tonfall zwischen lebhaft und engagiert variierte, in der unterschiedliche Portfolios entworfen und wieder verworfen wurden. Volker staunte nicht schlecht, wie die drei sich gegenseitig die Bälle zuspielten, und war im Wesentlichen mit Kaffee trinken beschäftigt; seine inhaltlichen Beiträge waren eher knapp bemessen. Inhaltlich verstand er schlichtweg nicht genügend von der Materie. Er schien die Funktion eines Katalysators zu haben. Nach einigen Stunden war ein ganzer Stapel von Flipchart Blättern mit Texten, wilden Zeichnungen und für Außenstehende unverständlichen Zeichen gefüllt. Diese Blätter lagen als großer Haufen in einer Ecke des Konferenzzimmers auf der Erde. Es war längst dunkel geworden. Für das Abendessen wurde eine kurze Arbeitspause eingeschoben; danach ging es unmittelbar weiter mit dem Entwurf des Produktportfolios. Schließlich sprach Volker ein gelindes Machtwort. Wenn man noch einen geselligen Teil des Meetings pflegen wolle, müsse man sich allmählich zur Hotelbar begeben. Schließlich sei allgemein bekannt, dass das Hotel eher mäßig besucht sei, was zu verkürzten Öffnungszeiten des gastronomischen Angebots, speziell auch der Bar, führen könnte. Ein Argument, dessen Stichhaltigkeit überzeugte.

Die vier trafen in der Hotelbar ein, als der Besitzer gerade schließen wollte. Es waren keine weiteren Gäste dort anwesend. Dem Hotelbesitzer war die Firma Insite von anderen Offsite Meetings her als seriöses Unternehmen bekannt. Deshalb schlug er vor, dass die vier sich mit Getränken selbst versorgen und das Verzehrte anschreiben sollten. Dann wären doch alle zufrieden; er könne sich zurückziehen, und die Gäste bekämen noch ihren Schlummertrunk. Insgeheim wunderte sich Volker, dass der Wirt ihnen so einfach seine Bar anvertraute. Aber auch das schien ihm geradezu typisch für Insite zu sein: Unkonventionell und etwas wild der erste Eindruck und das Auftreten, aber im Grunde genommen lieb, verlässlich und stinksolide! Der Wirt sah das schon richtig!

Klaus stellte sich hinter den Tresen und zapfte Bier, die anderen drei saßen auf Barhockern davor. Volker versuchte das Thema von der speziellen Produktproblematik wegzulenken und sprach deshalb den Kontext an: „Ein Produktportfolio ist für Insite etwas Neues", warf er in den Raum. Sören nahm den Ball auf: „Ich bin sozusagen Urgestein, jetzt drei Jahre bei Insite, oder soll ich besser sagen GVS." Sören sah Volker fragend an. „GVS kennst Du wohl nicht mehr? Das heißt Gesellschaft für die Versicherungsbranche oder so." „Klotzkopf", warf Frederico ein, „GVS, S kann doch nicht die Abkürzung für Branche sein, S steht für Systeme, Gesellschaft für Versicherungssysteme hieß der Laden." „Egal", erwiderte Sören, „Branche oder Systeme, ist doch klar, was damit gemeint war: So ein Laden für Versicherungssoftware. He, Frederico, S kann auch für Software stehen." Alles lachte. „Na, auf jeden Fall habe ich nach meinem Studium zunächst bei der GVS gearbeitet." „Wann haben die denn umfirmiert?", fragte Volker. „Das war so vor einem Jahr oder so. Wir hatten damals alle neue Arbeitsverträge bekommen", erklärte Sören. „Genauer gesagt", Klaus meldete sich hinter seinem Zapfhahn, „sind das jetzt fast zwei Jahre her, am 1. April sind es genau zwei Jahre!" „Kann sein", bestätigte Sören. „Warum haben die denn umfirmiert?", wollte Volker wissen. „Also, das ist so gelaufen", Klaus gab Auskunft, „die GVS gehörte irgend so einem Versicherungsverband oder so. Die wollten die GVS loswerden, weil die sich in diesem Verband untereinander nicht grün waren oder die Strategie ändern wollten oder so. Auf jeden Fall haben die damals die GVS verkauft. Und weil die GVS nun nicht mehr exklusiv für die Versicherungen tätig sein sollte, wurde die GVS umgetauft. Das sperrige Kürzel weg, ein cooler Name musste her. Dann sind die auf Inside gekommen, mit weichem ‚d' wie Dieter. Leider war der Name schon vergeben. Da konnten die sich nicht mehr ‚Inside' nennen; unsere Leute sind Insider und so. Da haben die wohl lange rumüberlegt und sind auf Insite gekommen, mit ‚t' wie Theodor. So ähnlich wie Insight, die Einsicht. Also die Company der Einsichtigen." „Oder der Einäugigen! Und weißt Du, was das Lustigste ist?", fragt Frederico Volker. „Weißt Du, was Inside umgangssprachlich im Englischen bedeutet?" Es entstand eine kurze Pause. „Im Knast. Inside – drinnen im Gefängnis. So wollten die uns benennen: Die Firma der Knastologen!" Allgemeines Gelächter in der Bar. „Ich habe ja in London studiert und noch einige gute Freunde aus der Zeit. Die haben sich totgelacht über den Namen. Reinstes Denglisch! So wie Handy. Sagt auch kein Mensch weltweit. Das heißt Mobile. Nur der Deutsche sagt: Handy!" Wiederum Gelächter. „Na Gott sei Dank haben die noch Einsicht gehabt und uns Insite genannt", gab Sören zu bedenken.

Klaus schenkte Bier nach. „Also, das wundert mich aber", sagte Volker, „Ich denke, die Eigentümer sind Amerikaner. Die müssen krasse Fälle des Denglischen doch erkennen. Die sollten doch die neuesten In-Ausdrücke perfekt kennen und zumindest vor einem solchen Namensflop gewahrt sein. Was sind denn das für Leute?" Klaus war mit den Bieren beschäftigt und kratzte den Schaum ab. Sören antwortete: „Das sind, soviel ich weiß, Investmentbanker. Von irgend so einer Zockerbude in New York. Vor zwei Jahren hieß es zunächst, wir würden von einer deutschen Großbank geschluckt werden. Aber dann kamen die Amis. Die haben weder Ahnung von Software, noch kennen die den deutschen Markt. Aber sie kontrollieren Insite! Deshalb ist es umso wichtiger, dass wir hier bei Produktdesign und Festlegung des Portfolios vernünftige Arbeit machen. Wir müssen einerseits die Firma vor allzu großen Flops bewahren, andererseits haben wir die Chance, die Zukunft der Firma aktiv zu gestalten." Es entstand eine kurze Gesprächspause. Klaus verteilte die frisch gezapften Biere; man nahm einen Schluck.

„Meinst Du denn", Volker fragte weiter, „der Auftrag für die Versicherung, für den ich als Projektleiter engagiert wurde, dieses System Vadis, kommt noch aus alten GVS-Zeiten?" „Schon möglich", antwortete Klaus, „Das Projekt läuft ja auch schon ewig. Allerdings weiß ich viel zu wenig über Vadis. Das lief in einem anderen Leistungszentrum und hatte immer den Sonderstatus der Never Ending Story. Das gab es wohl sogar schon, als ich hier angefangen hatte, und das ist auch bald drei Jahre her. Wie gesagt: Ich weiß zu wenig davon. Ich weiß noch nicht mal, wofür Vadis eigentlich steht." „Vadis - Versicherungsaußendienst Informationssystem", erklärte Volker. „Sollte der Auftrag noch aus den alten Zeiten stammen, ist mir auch klar, warum der Auftraggeber, die Versicherung, Insite trotz langer Verzögerungen im Projekt und mehrmaligen fehlgeschlagenen Einführungsversuchen stets mit Samthandschuhen angefasst hat, das alles trotz geäußerter Kritik im Grunde klaglos hingenommen hat. Das ist die alte Verbundenheit zu einem ehemals verbunden Unternehmen." „He, Sören", Frederico wandte sich an seinen Kollegen „Vadis: Versicherungsaußendienst Informationsbranche!" Allgemeines Gelächter. „Wie findest Du das? VadiB von GVB!" „Ich sage mal so", erwiderte Sören: „Solange wir das nicht in unser Produktportfolio übernehmen müssen, ist das ok!"

Pünktlich um 9:00 Uhr am nächsten Morgen ging es weiter. Zwar war der gestrige Abend in der privat genutzten Hotelbar zeitlich bis in die frühen Morgenstunden ausgedehnt worden und das Schlafbedürfnis der jungen

Männer verlangte tendenziell eher spätere Weckzeiten, das Thema Produktstrategie war aber so interessant, dass Kleinigkeiten wie Schlafmangel in den Hintergrund traten. Den ganzen Tag lang bis in den späten Abend ging es mit dem gleichen Tempo und Enthusiasmus weiter wie am gestrigen Tage. Der Stapel der Flipchart Blätter nahm beängstigende Ausmaße an. Wer sollte das je sortieren? Wer konnte dahinter noch eine Systematik erkennen? Wer blickte da eigentlich noch durch? Doch schließlich, so wie sich nach verhangenem, regenreichem Wetter eine kleine Aufhellung zeigt, so kam auch hier der Silberstreif am Horizont. Sören erklärte kurz nach 20:00 Uhr: „Na, dann ist ja alles klar!" Klaus wandte ein: „Na ja, wir müssen das noch ein wenig ordnen." Und Frederico ergänzte: „Ich habe schon eine Idee, wie wir die Graphik aufbereiten können. Das muss ein richtig schönes Architektur Schaubild werden!" Volker erschien alles recht rätselhaft. Deshalb fragte er: „Wie lange brauchen wir denn noch?" Die Antwort lautete: „Bis morgen Mittag!" „Dann mache ich Euch einen Vorschlag. Ich rufe Manfred an und bitte ihn, morgen Nachmittag vorbei zu kommen. Das sind eh nur siebzig Kilometer zu fahren, das Thema ist extrem wichtig, da wird er sich doch mal für freimachen können!" Ohne zu zögern stimmten die anderen drei zu: „Ein guter Vorschlag! Manfred kann seine Meinung zu unseren Produktportfolio direkt kundtun. Dann bekommt das alles Hand und Fuß. Dann machen wir gleich Nägel mit Köpfen!" Tatsächlich lag am Mittag des folgenden Tages ein Vorschlag für ein Produktportfolio auf dem Tisch. Zwar waren die Folien noch nicht in Powerpoint aufbereitet, sondern schlicht handgezeichnet; grundsätzlich war aber die Linie klar zu erkennen. Für eine interne Präsentation der Ergebnisse reichte es allemal!

Manfreds Wagen bog auf dem Hof hinter dem Hotel ein. Zwei Personen entstiegen der Limousine, Manfred und Lorenz. „Was will der denn hier?" raunte Klaus Frederico zu. „Keine Ahnung. Mal angucken, was er selbst an Arbeit hätte machen sollen! Du wirst sehen, was hier liegt, ist die Strategie der Insite AG. Das gibt ein paar marginale Änderungen, das war's!"

Volker war es vorbehalten, die einleitenden Worte für die Präsentation des zukünftigen Produktportfolios der Insite zu sprechen. Wozu sollten die Produkte dienen? Das Internet ist eine Ansammlung anonymer Nutzer. Wenn nun Internetnutzer miteinander in Kontakt treten, um Geschäfte abzuwickeln, dann muss diese Anonymität in eine gesicherte Identifizierung des Partners gewandelt werden. Schließlich möchte jeder stets wissen, mit wem er Geschäfte macht. Dies erfordert eine sichere und zuverlässige Authentifizierung der Nutzer / Geschäftspartner. Um diese gewährleisten zu können, bietet die Insite AG eine Reihe von Produkten an, von der

Registrierung bis zur Überprüfung der Identität zum Zeitpunkt des Geschäftsabschusses im Internet. Auf einer Überblicksfolie waren die für das Produktportfolio benötigten Softwarekomponenten nebeneinander angeordnet. Klaus übernahm nun den Part, diese einzelnen Softwarekomponenten mit ihrer jeweiligen Wirkungsweise vorzustellen. Er erläuterte das Zusammenspiel der einzelnen Teile zum großen Ganzen. Er gab Grobschätzungen für den Erstellungsaufwand der einzelnen Teile ab. Obwohl Teile bereits vorhanden waren, wurde etwa ein Jahr geschätzt, in dem die Teams arbeiten mussten, um das Portfolio vollständig verfügbar zu machen. „Manfred", fragte Sören, „wann soll denn der Börsengang starten? Ich habe das bisher nur so gerüchtweise gehört – in diesem Jahr noch, stimmt das? Bis dahin haben wir aber kaum das alles implementiert!"

„Kein Problem, Sören. Was meinst Du, was andere Firmen fertig haben, wenn sie Produkte ankündigen. Potentiellen Kunden wird in der Angebotsphase erzählt, dass spezielle Anpassungen für deren Belange gemacht werden müssen. Das verschafft uns Zeit für die Erstellung. Was wir unbedingt brauchen, ist erst mal eine Demo, damit wir den Kunden zeigen können, dass etwas flimmert und wie das alles aussieht und zusammenspielt."

Lorenz meldete sich zu Wort: „Zunächst mal möchte ich Euch danken, dass Ihr Euch die Mühe gemacht habt, diese Produktsuite zu entwerfen. Das ist der erste Punkt: Ich möchte es nicht Produktportfolio nennen, sondern vielmehr Produktsuite. Das trifft meines Erachtens den Charakter der Produkte besser!" Wenn es weiter nichts ist, dachte sich Volker. „Außerdem", fuhr Lorenz fort „Möchte ich die Eingangsfolie, auf der die einzelnen Komponenten nebeneinander angeordnet sind, lieber in eine hochformatige Darstellung abändern. Nicht im Querformat, wie Ihr das darstellt. Hochformatig liest sich das besser; es erweckt beim Interessenten einen nachhaltigeren Eindruck!" Blödsinn, dachte sich Volker. Wegen solchen Geschwafels ändern wir nichts! Das bin ich dem Einsatz und Engagement der drei schuldig! „Ansonsten", Lorenz kam zum Ende seiner spärlichen Kritik, „das ist fast genau das, was ich mir überlegt habe. Wir müssen wohl im Bereich Produkte sehr transparent gearbeitet haben, wenn das Euch auch so klar ist. Nun ja, Sören ist ja in meinem Bereich, und er hat offensichtlich dafür gesorgt, dass unser Gedankengut auch hier Niederschlag gefunden hat! Ihr habt das schön visualisiert, guter Job!" Klaus lief rot an vor Wut. „Lorenz, das ist ja schön, dass Du mit unserer Visualisierung, wie Du Dich auszudrücken pflegst, zufrieden bist! Hast Du denn irgendwelche Unterlagen mit, anhand derer Du uns den Status Deiner Bemühungen mal aufzeigen könntest? So ein bisschen Powerpoint vielleicht oder auch nur Schmierzettel?" Nun schritt Manfred ein:

„Klaus, wir wollen uns hier intern nichts gegenseitig aufrechnen! Es ist Insite, die dieses Konzept entworfen hat. Die Firma, das ist das Wichtigste, persönliche Dinge haben da hintenan zu stehen! Im Übrigen finde ich den Vortrag eindrucksvoll, super strukturiert, als Basis für das Produktportfolio oder", er wandte sich an Lorenz „die Produktsuite übersichtlich und überzeugend. Super Arbeit! In drei Tagen so was hinzustellen, Hut ab! Ich möchte jetzt kurz mit Lorenz und Volker noch etwas besprechen. Wir kommen gleich nach ins Restaurant!" Ein eindeutiger Rausschmiss, Klaus, Frederico und Sören zogen ab.

„Was soll das?", giftete Lorenz, als er mit Manfred und Volker alleine war. Er wandte sich an Volker: „Willst Du meinen Job? Du bist doch für Produkte gar nicht zuständig. Das ist meine Aufgabe! Ich hatte das auch alles so weit fertig, und nun kommst Du mir zuvor. Das ist kein guter Stil!" Volker blieb cool. Er sagte gar nichts. Ihm war klar: Manfred musste etwas sagen. Also ließ er Manfred für sich sprechen: „Lorenz, die Vorbereitung auf den IPO ist für jede Firma eine schwierige Phase. Sie erfordert den Einsatz des gesamten Potentials und aller Ressourcen einer Firma, darüber hinaus auch noch externe Beratung in erheblichem Umfang. Das ist bei allen Firmen so; warum sollte Insite da eine Ausnahme bilden? Wie Du sagst, seid Ihr unabhängig voneinander zu den selben Ergebnissen gekommen. Freue Dich doch, wenn Du so objektiv die Bestätigung für die Richtigkeit Deiner Bemühungen erhältst! Das stärkt die Firma und zeigt die inhaltliche Übereinstimmung! Was hier Experten eines Softwarelieferanten übereinstimmend herausfinden, das wird zukünftig auch zahlreiche Kunden überzeugen!" Schließlich einigte man sich darauf, gemeinsam die Lösung für die Produktsuite gefunden zu haben.

10 Die Maschine läuft

Die Einnahmen sprudelten. Die Bank erteilte Aufträge am laufenden Band. Nahezu sämtliche Mitarbeiter aus dem Bereich Services waren in den Projekten der Bank beschäftigt. Dieser Bereich brummte und spülte reichlich Geld in die Kasse der Insite. Volker fragte sich im Stillen, woher diese unverhoffte Auftragflut eigentlich stammte. Diese Arbeiten waren für die Bank auch angefallen, bevor Insite damit beauftragt wurde. Es war kaum anzunehmen, dass die Bank die Arbeiten mit eigenem Personal erledigt hatte; große Banken, so seine Erfahrung, führten Projekte nicht selbst durch, sondern beauftragten Firmen damit und beaufsichtigten dann die Projekte. Also musste Insite eine andere Firma abgelöst haben, die vorher diese Leistungen für die Bank erbracht hatte. Warum hatte die Bank diesen abrupten Lieferantenwechsel vollzogen? Danach kann man seinen Auftraggeber natürlich nicht direkt befragen. Er musste auf eine passende Gelegenheit warten. Volker beschloss, dieser Sache langfristig auf den Grund zu gehen.

Die Kollegen aus dem Bereich Produkte werkelten einstweilen eifrig an der Produktsuite. Lorenz hatte dafür gesorgt, dass diese Bezeichnung endgültig und bindend eingeführt wurde, so als wäre die Namensgebung für die Produktentwicklung am wichtigsten. Seine Mitarbeiter waren eifrig dabei, diese Bezeichnung durch den Kakao zu ziehen. Da war von ‚Sweets for my Sweet' die Rede, klingt ja so ähnlich wie Suite. In Emails tauchten obskure Geschichten von Hotelsuiten mit Jenifer Lorenz auf. Die Jungs wussten genau: Lorenz ärgert sich über solchen Schwachsinn; dann produzieren wir mal welchen! Nicht, dass sie Lorenz ernsthaft am Zeuge flicken wollten; es handelte sich einzig und allein um Jux aus Übermut. Dieser Bereich brachte zwar kein Geld in die Kasse der Insite, die Entwicklungsarbeiten mussten vorfinanziert werden; der allgemein etwas übermütigen Stimmung tat dies aber keinen Abbruch. Und die noch zu entwickelnden Produkte sollten natürlich den Bekanntheitsgrad der Insite steigern, somit zum gelungenen Börsendebut beitragen. Die Ankündigung der Produkte sollte auf der Messe CeBIT stattfinden.

„Auf der CeBIT verteilen wir coole Give-aways." Herbert lehnte sich entspannt zurück und genoss die rhetorische Pause. Die versammelte Geschäftsleitung der Insite schaute interessiert. „Woran hast Du gedacht?", fragte ihn Marlene. Herbert grinste: „Präservative. Das liegt voll im Trend, ist progressiv und witzig. Heh, stell' Dir vor, ein Präservativ als Werbegeschenk, das sprengt doch wohl herkömmliches Denken. Das passt genau zu neuen Themen, zur New Economy, zu uns. Die Präser gibt es auch mit Beschriftungen. Damit können wir uns als fortschrittliche Firma präsentieren! Oder präservatieren!" Herbert lachte schallend über seinen, wie er meinte, äußerst gelungenen Scherz. Marlene schien ihre Zweifel zu haben: „Ich will nicht prüde erscheinen. Aber Präservative als Werbegeschenke haben die meines Wissens nach bei der Love Parade in Berlin schon vor zwei Jahren verteilt." „Warst Du da?", fragte Herbert listig nach. „Natürlich nicht!", bestätigte Marlene. „Ist denn die Love Parade für Dich das Maß der Dinge?" Herbert schien Marlene in die Enge zu treiben. Wie so häufig in derartigen Situationen sprang Maren ihr bei: „Herbert, darum geht es doch nicht!" „So? Worum denn?", hakte Herbert ein. „Wir wollen nicht diejenigen sein, die Trends in gebührendem Abstand hinterherlaufen. Die Love Parade machte es vor zwei Jahren; wir ziehen mit Verspätung nach. Das wirkt dann gewollt, aber nicht gekonnt!" „So!", Herbert nahm Maren aufs Korn: „Du als CFO willst also mir für das Marketing gute Ratschläge geben. Interessant!" Maren verdrehte die Augen: „Nein, Herbert. Ich möchte nur einfach, dass wir solide und ordentliche Dinge auf der CeBIT machen, ohne dass wir uns der Lächerlichkeit preisgeben." Herbert grinste: „Okay, Du wirst ja sehen, welche Give-aways wir aussuchen werden! Und außerdem", fuhr er fort, „lassen wir auf der CeBIT die Korken knallen!"

Marlene sah ihn interessiert an: „Soll ich mal ein Event organisieren? Eine Party oder so was?" „Nicht nötig!", entgegnete Herbert, „Alles schon angeleiert!" Marlene guckte überrascht und enttäuscht. „Wir machen eine große Saturday Night Party. Zunächst zieht eine Marching Band in die Halle. Die holen die Leute ab, machen die locker. Dann tritt ein Conferencier auf. Ich kenne den von einem unserer Events bei meiner letzten Firma. Weltklasse, der Typ, nicht billig, aber jede Mark wert!" Marlene bot sich erneut an: „Herbert, das hätte ich doch alles für Dich organisieren können. Das ist doch unsere Aufgabe. Den Sonnabend hätten wir allerdings nicht ausgesucht. Da ist zu wenig hochkarätiges Fachpublikum auf der Messe. Sonnabend ist eher der Familientag. Wollen wir das nicht noch umstellen?" Herbert wischte das Argument vom Tisch: „Danke für den Hinweis. Ich habe eine Event Agentur mit der Ausrichtung beauftragt. Die kennen sich richtig aus. Die machen sowas x-mal im Jahr, nicht nur einmal im Leben wie Du. Die Jungs von der Event-Agentur haben mir versichert, dass der Samstag der beste Tag ist. Das wissen die aus langjähriger Erfahrung. Wir wollen doch offen miteinander kommunizieren: Für eine derart wichtige Party brauchen wir absolute Profis, die das organisieren, mit Bordmitteln geht das nicht.

Denn ich habe eine hochkarätige Einladungsliste zusammengestellt. Denen müssen wir etwas bieten; die sind anspruchsvoll. Da könntest Du mich unterstützen, Marlene, und die Leute anschreiben." Marlene nickte ergeben, verunsichert und verbittert: „Welche Adressen willst Du anschreiben? Wir haben unsere Kundendatei. Die müssten da auf jeden Fall rein." „Die Adressen habe ich gekauft", erklärte Herbert. „Tausend Top Entscheider in der IT Welt. Habe ich recht günstig bekommen." Herbert nannte einen Preis, der Marlene fast in Ohnmacht fallen ließ. Trotzdem war ihr bewusst: Die Veranstaltung auf der CeBIT läuft ohne mich! Marlene war zutiefst enttäuscht.

Insite war mit zwei Ständen auf der Messe vertreten, einem großen Stand, auf dem für die Produkte geworben wurde, und einem kleinen Stand, wo Personal akquiriert werden sollte. Der Produktstand sollte von Lorenz und Herbert betreut werden. Lorenz deckte die technische Seite ab; Herbert zeichnete für Vertrieb und Marketing verantwortlich. Für den Personalstand waren Marlene und Volker vorgesehen. Marlene vertrat die Personalseite, Volker war der fachliche Ansprechpartner. Zusätzlich gab es auf beiden Ständen weiteres Fachpersonal aus den Reihen der Insite. Kurz vor Messebeginn meldete Marlene sich aber krank. Ob aus Enttäuschung darüber, dass sie bei der Eventplanung ausgespart wurde, oder aus Kummer darüber, der sich organisch niederschlägt, ließ sich nicht ergründen. Kurzerhand wurde Maren statt Marlene für den Personalstand eingeplant. Als Quartier für das verantwortliche Messestand-Personal hatte Insite ein Einfamilienhaus in einem Vorort Hannovers bezogen, deren Besitzer sich zur Messezeit ausquartiert hatten, um die üppige Miete zu kassieren, eine zu diesem Zeitpunkt dort sehr verbreitete Praxis. Hier hatten Maren, Herbert, Lorenz und Volker ihre Zimmer. Das übrige Standpersonal war in Wohnwagen direkt am Messegelände untergebracht. Das wiederum hatte den Vorteil kurzer Wege, so dass die Stände stets pünktlich geöffnet werden konnten, selbst wenn endlose Staus die Anfahrt der vier aus dem Vorort verzögern sollten.

Messezeiten sind anstrengend. Die CeBIT macht da wahrhaftig keine Ausnahme! Die Unterbringung im gemieteten Privathaus trägt das ihre dazu bei. Die Tage beginnen damit, dass man morgens im Bett darauf horcht, ob das gemeinsam genutzte Bad frei sei. Es folgt ein kurzes Frühstück in der Küche, zu dessen Vorbereitung die ausquartierte Hausfrau anreist. Es schließt sich eine PKW-Fahrt im Kriechgang zum Messeparkplatz an. Dann den ganzen Tag lang Standdienst. Nach Messeschluss beginnt das eigentliche Leben in den Hallen, die Messeparties. Jede Firma, die etwas auf sich hält, veranstaltet eine Party. Welche Party wann läuft und wo man hingeht, baldowern die Jungs von den Messeständen rechtzeitig aus. Eine zünftige Messeparty verzichtet auf sämtlichen Schnickschnack, da wird einfach zu superlauter Musik aus der Konserve gehottet. Häufig geht es nach der Party noch in irgendwelche Lokale, so dass vor Mitternacht kaum jemand ins Bett kommt. Klar, dass das schlaucht! Nach der Messe ist man urlaubsreif.

Die Messe geht über eine Woche mit einem eingeschlossenen Wochenende. Viele versuchen, am Messewochenende etwas kürzer zu treten, um für die Folgewoche genügend Kondition zu sammeln. Das gelingt natürlich nicht, wenn man auch sonnabends das gesamte Programm inklusive Messe-Party durchzieht. Der Besuch der Insite Party war dann auch mehr als mäßig – Sonnabend ist nun mal der Familientag auf der Messe. Zwar gab sich die von Herbert engagierte Marching Band alle Mühe, die Leute mitzureißen. Bei vielen Anwesenden reichte es aber nur zu rhythmischem Fußwippen; man war übersättigt. Den offerierten Cocktails wurde von den unentwegten Besuchern kräftig zugesprochen; Spitzenreiter war hier das Modegetränk Caipirinha. Der Conferencier, den Herbert für die Party besorgt hatte, war tatsächlich ausgesprochen witzig; nur erreichte er die Leute nicht wirklich. Das ganze Programm ging am Publikum vorbei, erschien fast ein wenig zu anspruchsvoll. Von Herberts avisierten Top Entscheidern war wenig zu sehen. Die zogen es offensichtlich vor, den Abend anderweitig zu verbringen. Nicht, dass die Party schlecht war, sie war einfach nur oversized und ein wenig langweilig. „Ich werde mich mal aus dem Staub machen", sagte Volker gegen 21:00 Uhr zu Maren. „Kunden und Interessenten brauche ich nicht zu betreuen. Das machen Herbert und Lorenz schon." Die beiden Genannten saßen einträchtig vor einer Flasche Rotwein an der improvisierten Bar und unterhielten sich; von Kunden und Interessenten auch dort keine Spur. „Weißt Du was, ich komme mit", sagte Maren, „Ist eh langweilig hier, da kann ich lieber etwas ausspannen und Kräfte für die nächste Woche sammeln." Auf der Fahrt zum gemieteten Einfamilienhaus kamen die beiden überein, noch in einem nahe gelegenen Lokal eine Kleinigkeit gemeinsam zu essen.

„Eigentlich bin ich ja nur Ersatz hier", sagte Maren. Die beiden hatten im Lokal Platz genommen. „Ich finde wirklich nicht, dass Du Ersatz bist, ich freue mich, mit Dir hier zusammen arbeiten zu können." Volker trug vielleicht etwas zu dick auf. „Danke! Unser Marlenchen ist wirklich stocksauer! Herbert hat sie dermaßen auf den Topf gesetzt!" „Wieso?", fragte Volker nach. „Mit der Begründung, er brauche Professionals, hat er sie bei der Ausrichtung der super Megaparty ausgebootet. Krasser kann man wohl nicht sagen, was man vom anderen hält!" Volker hielt mit seiner Meinung nicht hinterm Berg: „Herbert ist nun alles andere als ein Leisetreter; da ähnelt er Manfred. Aber im Gegensatz zu Manfred ist Herbert inkompetent und unfair!" Das war Wasser auf Marens Mühlen. „Inkompetent, das hat sich mir gezeigt, als ich ihn nach dem Unterschied zwischen Vertrieb und Marketing fragte: Er wusste nicht einmal, dass es einen solchen gibt. Mein Gott, erstes Semester BWL, da lernst Du das."

Maren machte eine Pause und fuhr dann listig fort: „Ich habe Marlene mal gefragt, was Herbert eigentlich studiert hat. Die weiß das ja aus den Personalunterlagen." „Na, ich würde tippen: Betriebswirtschaft", schätzte Volker. „Falsch! Grundfalsch! Dann hätte er wohl den Unterschied zwischen Marketing und Vertrieb gekannt. Oder hörte ich in Deiner Antwort eine leise Verachtung gegenüber BWLern mitschwingen? Paß auf, was Du sagst, Du hast es mit einer zu tun!" Maren lachte. „Um Gottes willen!", flocht Volker ein, „BWLer sind für mich die Spitze der Gesellschaft." Beide lächelten sich freundlich an. „Was meinst Du nun? Welches Studium hat Herbert denn absolviert?", hakte Maren nach. Volker gab auf und zuckte die Achseln: „Keine Ahnung." „Medizintechnik an irgendeiner Akademie, ein Abschlusszeugnis gibt es nicht!" klärte Maren ihn auf und prustete los. „Häufig sind ja Leute ohne Abschluss sehr erfolgreiche Vertriebler." Volker versuchte etwas abzuschwächen. „Aber doch nicht Herbert!", insistierte Maren. „Der hat erstens überhaupt keine Ahnung von der Technik, noch erheblich weniger als ich. Und außerdem ist er ein blöder Kerl; so einer wie er kommt auch bei Kunden nicht gut an! Der wirkt doch auf alle Menschen gleich: Inkompetent und aufgeblasen!" „Von der Technik versteht er wirklich nichts, das ist sonnenklar", bestätigte Volker. „Aber vertriebsmäßig muss er doch ganz geschickt sein. Schließlich hat er uns den Bankauftrag beschert. Das ist sicher nicht ganz ohne, so etwas zu akquirieren!" Maren schaute Volker verdutzt und ein wenig bedauernd an. „Oh, Volker, Du kennst offensichtlich nicht die ganze Wahrheit!"

Volker sah sie fragend an. „Weißt Du denn gar nicht, warum wir die ganzen Bankaufträge plötzlich bekommen haben?" Die Fragezeichen in Volkers Gesicht wurden immer größer. Maren legte ihre Hand auf Volkers Unterarm: „Volker, wach auf! Wir gehören der Bank! Das ist unsere Muttergesellschaft. Die ernähren ihr Töchterchen, damit es halbwegs reicht mit den Kohlen bis zum IPO!" Volker war wie vom Donner gerührt. „Wir gehören unserem Kunden, der Bank? Und was ist mit diesen ominösen Amis, mit denen Manfred sich immer rumschlägt. Ich meine, die gibt es doch wirklich, das sind doch keine Phantome!" Marlene lachte. „Nein! Keine Phantome! Keine Aliens! Die gehören auch der Bank. Das sind Strohleute!" Volker bestellte erstmal noch zwei Weizenbier für Maren und sich selbst. Diese Nachricht warf sein gesamtes Weltbild durcheinander. „Was soll denn das ganze Theater? Warum verschleiern die denn die Besitzverhältnisse?" „Vorsicht! Von Verschleierung der Besitzverhältnisse kann nicht die Rede sein. So etwas würde ich, vor allem in Beisein von Bankern, niemals äußern! Es ist einfach so, dass die Amis mehr Ahnung davon haben, wie man Startups börsenfähig macht. Das Spielchen läuft an der Nasdaq nun mal länger als bei uns am Neuen Markt. Da ist es absolut legitim und legal sowieso, sich seiner besten Leute zu bedienen. Entwicklungshilfe nennt man so was! Dass dann die wahren Besitzverhältnisse nicht plakativ benannt werden können, ist nur ein Nebeneffekt!"

Volker nahm einen großen Schluck Weizenbier. „Dann machen wir ja den größten Teil unseres Umsatzes im eigenen Konzern", stellte Volker fest. „Ja, genau! In diesem Jahr bislang exakt 82%, wenn Du den Konzernbegriff weit genug fasst", klärte Maren ihn auf. Volker war völlig konsterniert. „Dann ist Herberts Heldentat nicht das Aufreißen eines grandiosen Neukunden, sondern nur die Rückbesinnung auf Mami", stellte Volker fest. Maren lachte: „Soviel zur Vertriebsstärke Deines Freundes Herbert! Vertriebsstark ist er schon, weil er uns dieses abgekartete Spiel als seine eigene Leistung verkauft hat. Und das macht mich wütend; ich lasse mich nicht gerne verarschen!" Maren wurde sehr deutlich. Volker legte ihr beschwichtigend die Hand auf den Unterarm. „Was regst Du Dich auf? Dann ist der ganze Typ nicht echt. Er ist nur ein Phantasieprodukt, eigentlich gibt es ihn gar nicht. Denn er zeigt keinerlei Leistung!" „Wenn das so einfach wäre! Herbert existiert schon real! Vor allem im Kopf des Bereichsvorstandes der Bank, den er als seinen Auftraggeber tituliert. Der hat ihn nämlich eingesetzt, ihn quasi kreiert! Die Bank ist ganz einfach der Meinung, es würde sich mehr lohnen, mit Insite an der Börse Erlöse zu erzielen, als weiterhin Projekte mühsam durchzuziehen. Und dazu braucht man einen Zampano, der nach der Pfeife der Banker tanzt." „Und den meint man, hätte man in Herbert gefunden, in jemandem, der PCs verkauft hat, bevor er sich mit Internet, Projekten und Börsengang beschäftigt! Wenn einer das Wort Computer aussprechen kann, ist er dazu prädestiniert, ein Softwarehaus mit extrem komplexer Produktpalette an der Börse zu platzieren!" Volker schüttelte resigniert den Kopf. „Das nimmt der ganzen Sache auch noch den letzten Hauch von Authentizität, die innerhalb der Insite stets beschworen wird!" „Siehe die Party heute Abend", ergänzte Maren, „Authentisch wäre ein Gelage mit lauter Rockmusik gewesen, damit das Standpersonal sich nach einem stressigen Tag abreagieren kann. Was wurde draus? Ein aufgesetzter Abend, an dem niemand Freude hatte! Ein Abend, an dem der Funke niemals übersprang!" „Das würde ich nicht so sagen!" Volker schaute Maren in die Augen. Maren lächelte zurück. Die

Weizenbiere hämmerten schon ein wenig in seinen Schläfen. Er legte wiederum die Hand auf Marens Arm: „Für mich ist schon ein Funke übergesprungen. Wenn auch nicht während der Standparty, sondern erst danach!" Maren wurde auf einmal sehr still und schaute Volker an. Sie schien kein Wort heraus zu bringen. Im Moment schien es ihr zu gehen, wie es Volker immer bei Denise erging: Einfach gehemmt! Richtig dämlich gehemmt, sie kriegte kein Wort heraus. Volker, locker vom Bier und ohne blockierende Emotionen, schaute nun Maren direkt an: „Ich meine das ernst! Das ist wohl absolut selten, dass eine derartige Kongruenz der Meinungen besteht!" Er beugte sich zu ihr und strich ihr über das Haar, viel lockerer, als er es bei Denise je hätte machen können.

Im Taxi legte Volker den Arm um Marens Schulter und zog sie an sich. Sie wehrte sich nicht, fühlte sich nur etwas knochig an. Sie küssten sich lange und intensiv. „Volker", flüsterte Maren „Lass mich wieder Luft kriegen." Volker hielt einen Moment inne. Er strich ihr mit der Hand über die Brust. Maren schaute ihn ihm Dunkeln an und wandte ihm ihr Gesicht zu. Sie küssten sich wieder, intensiv und ausdauernd.

Vor Volkers Zimmertür schauten sie sich wortlos an und gingen gemeinsam ins eheliche Schlafzimmer der Wirtsleute hinein. In Ermangelung einer weiteren Sitzgelegenheit setzten sie sich nebeneinander auf die Kante des Hannoverschen Ehebetts. Einen Moment schien es fast so, als hinge der Fortgang dieses Abends davon ab, wie stark die prosaische Umgebung die Akteure beeinflussen konnte. Mit einer energischen Bewegung zog aber Maren ihre Bluse aus und Volker öffnete ihren BH. Irgendwie schaffte er es auch, sich seines Hemdes zu entledigen, und presste seinen nackten Oberkörper gegen den ihren. Seine Hände fanden ihre Brüste, klein, aber recht stramm, wie er empfand. Seine Hände nestelten am Verschluss ihres Kostümrockes, während Maren sich an seinem Hosenbund zu schaffen machte. Schließlich lagen sie nackt im Bett. Gemeinsam schienen sie sich gefunden zu haben. Volker packte ihren Po und zog sie an sich. „Moment", hauchte Maren. Volker hörte ein metallisches Klirren, das er im Überschwang der Gefühle nicht recht zuzuordnen wusste und das ihm letztendlich auch völlig egal war. Maren legte ihren Ehering auf Volkers Nachttisch ab.

11 Offene Kommunikation

„Manfred, Du erinnerst Dich an meine Drohung?", Volker lachte. „Ich wollte meine Meinung nicht an der Garderobe abgeben, wenn ich hier arbeite." Manfred sah Volker an; einen Moment lang schien eine Mischung aus Überraschung und Besorgnis in seinem Blick zu liegen. „Nur zu! Spann mich nicht auf die Folter!" Die beiden hatten es sich in Manfreds Büro gemütlich gemacht und flätzten sich in den cognacfarbenen Sesseln. Denise hatte Kaffee serviert. Manfred nahm einen Schluck aus seiner Tasse und wartete darauf, was Volkers großartiger Ankündigung nun folgen würde.

„Ich erinnere mich", begann Volker, „An Rogers Worte auf dem Offsite Meeting. Er hatte offene Kommunikation sehr stark in den Mittelpunkt gestellt. Damals war Herbert ja noch nicht dabei. Insofern muss man ihm sein Verhalten vielleicht nachsehen. Aber das wäre auch der einzige Entschuldigungsgrund, den Herbert vorbringen könnte." „Langsam, langsam", unterbrach Manfred, „willst Du jetzt Herbert vorwerfen, er würde nicht offen kommunizieren? Dann sollten wir offene Kommunikation praktizieren und ihn gleich mit hinzu bitten." Das Argument stach natürlich und nahm den Druck aus dem Vorwurf. Volker musste zurückrudern. „Manfred, lass uns die Sache erst mal untereinander abklären. Was mich irritiert, ist folgendes: Herbert erklärt, er hätte die Bank als neuen Kunden gewonnen. Dabei ist die Bank nicht nur neuer Kunde, sondern unser aller Mütterchen!" Manfred setzte die Kaffeetasse abrupt ab und beugte sich in Richtung Volker vor: „Woher weißt Du das denn?", fragte er leise. Typisch, dachte Volker, hier wird nicht nach der Sache selbst gefragt, sondern nur nach dem Informationskanal. „Stimmt das?", fragte er zurück.

Manfred ließ sich in seinen Sessel zurückfallen, verschränkte die Hände im Nacken und sah zur Decke. Er begann zu erzählen: „Insite ist aus der GVS hervorgegangen, der Gesellschaft für Versicherungssysteme. Aus dieser Connection stammt auch noch der Auftrag für Vadis, Dein Starprojekt, Deine Eintrittskarte ins Management der Insite. Mit dem Kauf der GVS wollte die Bank ursprünglich ihren Einfluss in der Versicherungsbranche steigern. Du weißt, dass die gesamte Versicherungsbranche im Umbruch ist. Die kaufen und verkaufen sich gegenseitig, dass das Licht ausgeht. Die eine kauft die andere, die nächste dann wieder alle beide. Da herrscht die totale Fusionitis.

Klar, dass Banken mit ihren M&A[14] Abteilungen da gerne mitspielen wollen. Für die gibt es in diesem Business gutes Geld zu verdienen, Traumprovisionen. Nun geschehen die Fusionen in der Versicherungsbranche nicht aus reinem Übermut; es ist insgesamt wohl auch eine gewisse Marktsättigung vorhanden. Rechne doch mal selber nach, was Du an Versicherungen hast. Du bist doch gegen alles und jedes versichert. Mit neuen Produkten sieht es in der Branche also dünn aus. Da hat die Bank sich gedacht: Positionieren wir uns mal auf der Technologieseite rein, damit können wir dann wenigstens die Abläufe verschlanken. Und in der Tat gibt es bei Versicherungen hier ein enormes Verbesserungspotential. Hast Du schon mal bei Deiner Versicherung angerufen, weil Du was wolltest? Eine Vertragsänderung oder sogar einen Schaden melden? Das ist schlimmer, als wenn Du was vom Amt willst. In den Abläufen steckt also tatsächlich erhebliches Optimierungspotential. Die Bank wollte aber nicht, dass der Mitbewerb so schnell mitbekommt, dass die in dieser Branche was machen. Deshalb hatten sie damals die amerikanischen Investmentbanker treuhänderisch eingesetzt. Und die haben dann erklärt, sie seien wegen der Technologie eingestiegen, was eigentlich allen ziemlich egal war." „Wegen der Technologie?" „Ja, die haben erklärt, sie hätten ein Softwarepaket für den amerikanischen Versicherungsmarkt über eine Beteiligung verfügbar. Dieses amerikanische Softwarepaket sollte an die deutschen Anforderungen und Gegebenheiten angepasst werden. Die wollten sich also einen zusätzlichen Markt für die Technologie erschließen. Die Idee ist ja eigentlich nicht so ganz blöd. Was die Banker aber alle übersehen haben ist, dass sie weder vom Versicherungswesen noch von Software richtig Ahnung haben. Es stellte sich dann ziemlich bald heraus, dass die deutsche Gesetzlage und Abwicklung im Versicherungswesen sich sehr stark von der amerikanischen unterscheiden. Hätte man die amerikanische Software an die deutschen Erfordernisse anpassen wollen, wäre hierfür ein Riesenaufwand erforderlich geworden. Und der Erfolg eines solchen Invests wäre zumindest zweifelhaft geblieben. Also beschloß man, das ganze lieber zu lassen. Was aber tun mit der GVS? Die GVS hatten sie ja schon gekauft. Für die musste ein neuer Geschäftszweck her. Die Internetschiene lief damals los, sie beschlossen, mit der GVS auf diesen Zug zu steigen. Das war die Zeit, als sie mich gebeten hatten, den Laden auf- und umzubauen." Manfred lächelte etwas selbstgefällig. Er nahm die gefalteten Hände aus seinem Nacken, reckte sie kurz in die Höhe und beugte sich in seinem Sessel vor, um sich mit seiner leeren Kaffeetasse zu beschäftigen. „Na ja, nun weißt Du alles!", schloss er. Einen Moment lang herrschte Schweigen.

---

[14] M&A Merger and Aquisition: Abteilungen im Investmentbereich von Banken, die Firmenfusionen und Firmenaufkäufe tätigen oder betreuen

„Warum bekommen wir denn erst jetzt die dicken Aufträge von der Bank und nicht schon vorher?", wollte Volker wissen. Manfred kratzte mittlerweile mit einem Teelöffel in seiner leeren Tasse rum. Der passt gut auf, der Bursche, dachte er, lässt sich nicht so leicht abspeisen. „Alles Tarnung!", erklärte er, „Die ersten Pläne für einen Börsengang wurden schon vor fast zwei Jahren im Geheimen geschmiedet. Natürlich waren die zu diesem Zeitpunkt in keiner Weise konkret; man hörte nur so ein Rauschen aus Silicon Valley, das verheißen konnte, dass dort irgendwann mal der Punk abgehen und Geld ohne Ende fließen könnte. Da haben sich die Banker, clever wie sie sind, auf die Taktik des Sich-auf-die-Lauer-legens besonnen. Die haben vorsichtig und umsichtig erst mal gar nichts gemacht, die Chancen beäugt!" Volker war platt. Als Kind von IT-Projekten war er mit derlei strategischem Vorgehen überhaupt nicht vertraut. „Du meinst, die machen gar nichts, bringen auch ihre eigene Firma nicht voran – obwohl sie es könnten – um zu sehen, wie sich die Chancen entwickeln? Benutzen Insite sozusagen als Brückenkopf in die IT-Welt?" „Genau!", erklärte Manfred, „Das scheue Reh wittert am Waldesrand und verrät sich vorerst nicht. Es wartet ab, ob die Luft rein ist. Und Du kennst ja den Spruch: Das Kapital ist ein scheues Reh!" „Und warum kommen gerade jetzt die Aufträge von der Bank an Insite?" „Die haben gemerkt, dass Insite an Substanz zulegen muss. Wenn wir an der Börse erfolgreich sein wollen, müssen wir unseren Umsatz steigern, ein Produktportfolio vorweisen sowie eine IPO-Story haben. Der Umsatz soll mit den neuen Aufträgen generiert werden. Die Produktentwicklung soll – wenigstens teilweise – auch darüber finanziert werden. Und für die Story haben sie Herbert engagiert; er soll sie schreiben!" Katastrophe, dachte Volker. Herbert hat null Ahnung; der kann doch kaum Software von Hardware unterscheiden.

„Herbert startet dann zunächst seine persönliche Story bei Insite, indem er uns vorgaukelt, er hätte die Geschäftskontakte zur Bank aufgebaut, obwohl er nur ausführendes Organ in einem abgekarteten Spiel ist. Super Einstand! Passt perfekt zu unserem Anspruch an offene Kommunikation, verlässliches Agieren und Rogers sonstigem Instrumentarium!" Volker war sehr engagiert. Manfred blickt ihn ein wenig belustigt an. „So? Was würdest Du denn vorschlagen, was er hätte machen sollen? Mit Marlene diskutieren und ankündigen: Hey, Leute, die Bank schickt mich mit einem Riesenhaufen Kohle zu Euch? Wenn Ihr nicht zu blöd seid, schnappt ihn Euch? Und dann bauen wir daraus unsere Erfolgsstory? Das wäre ja wohl nicht aufgegangen. Da hätte spätestens nach drei Tagen die Frankfurter Szene alles raus gefunden und über uns gelacht. Die Bank hübscht ihr Töchterchen auf und versucht, es an der Börse zu verkaufen. Für den IPO hätten wir dann wohl eher Gegenwind. Nein, nein, das sollte so verkündet werden: Ist doch schon eine Erfolgsstory, ein Ritterschlag für ein Unternehmen wie Insite, wenn die Creme de la Creme des deutschen Bankhochadels uns beauftragt." „Über kurz oder lang kommt doch aber raus, dass die Bank Karten in diesem Geschäft hat", wandte Volker ein. „Na klar!", bestätigte Manfred, „Wichtig ist das Timing! Die können immer zu einem späteren Zeitpunkt die Anteile von ihrem Treuhänder übernehmen. Klingt doch wohl viel besser, wenn die Bank durch die Leistung der Firma Insite von einem Einstieg überzeugt wird, Leistung, die Insite in gemeinsamen Projekten erbracht hat, und wenn Insite bereits vorher für amerikanische Investoren interessant war. Das ist sozusagen eine bescheidene Art von Silicon Valley Export nach Germany!"

Volker schwirrte der Kopf! Derartige taktische Überlegungen waren ihm fremd. Außerdem, so dachte er, war das Ganze ein gewagtes Spiel mit Halbwahrheiten und dosierten Informationen. Das Gerede über offene Kommunikation blieb offensichtlich auf der Strecke; es siegte der Kommerz über die Moral. Manfred nutzte die entstandene Gesprächspause: „Wie ich hörte, hast Du die CeBIT genutzt, um Deine guten Kontakte zu Maren auszubauen?" Volker saß wie elektrisiert da. „Woher weißt Du das denn?", fragte er leise. Manfred grinste. „Stimmt das?", fragte er zurück.

„Manche Dinge passieren nun mal", erklärte Volker. „Maren ist doch auch eine sehr nette und attraktive Frau!" Manfred bohrte nach: „Du bist ja auch selten zu Hause, führst hier in Frankfurt auch so eine Art Gastarbeiterleben. Hat das damit zu tun?" Volker war ein wenig verunsichert, aber auch in gewisser Weise dankbar dafür, dass er sich zu diesem Thema äußern konnte: „Na klar, wenn Du so häufig von der Familie weg bist wie ich, dann kommst Du schon mal auf andere Gedanken. Aber Du weißt, dass meine familiäre Bindung sehr fest ist, dass Claudia die beste Ehefrau, die ich mir wünschen kann. Sie hält mir in jeder Beziehung den Rücken frei, ist zuverlässig und akkurat. Ich brauche mich zu Hause um nichts zu kümmern. Auch die Kinder hat sie bestens im Griff." Manfred grinste: „Du Glückspilz! Und dann noch Maren als Draufgabe! Ich stimme Dir zu; sie ist schon attraktiv, nach meinem Geschmack aber ein wenig zu knochig. Trotzdem: Von der Bettkante würde ich die auch nicht gerade stoßen. Wie willst Du denn das weiterlaufen lassen?" Volker zuckte die Achseln. „Willst Du denn die offene Kommunikation mit Claudia oder hier in der Firma suchen?" Volker blickte etwas betreten auf die Tischplatte. Er schüttelte den Kopf: „Ich warte erst mal ab!" Manfred grinste. „Wie das Reh am Waldessaum!" Und nach einer Weile: „Im Ernst, Volker. Ich kenne das selber aus eigener Erfahrung. Schließlich lebe ich auch in einer festen Beziehung, wenn auch ohne Trauschein und Kinder. Aber A gegen B zu tauschen, ist das das Ziel? Eigentlich willst Du doch A und manchmal ein bisschen B. Das macht die Sache perfekt, rundet Dein Leben ab. Du hast ein bisschen schlechtes Gewissen, aber das ist der Spaß wert. A und ab und zu ein bisschen B, das ist doch perfekt. Wenn Du aber A gegen B tauschst, hast Du nichts gewonnen. Es dauert nicht lange, und B wird zur neuen A. Dann suchst Du wieder ein bisschen neues B. Und so weiter. Du hast absolut nichts gewonnen! Es sei denn, Du willst A nicht mehr. Das trifft aber bei Dir nicht zu, wie Du mir gerade erklärt hast." Volker nickte schwach. Irgendwie hatte Manfred Recht, befand er. Auch wenn sich Manfreds pragmatische Erklärungen zumindest in der Wortwahl sehr stark von Rogers ganzheitlicher Herangehensweise an zwischenmenschliche Problemstellungen unterschieden. „Manfred, mache Dir keine Gedanken wegen dieser Sache mit Maren. Das letzte, was ich will, ist ein Skandal. Also werde ich nirgendwo etwas an die große Glocke hängen, zumal Maren selber auch verheiratet ist." „Das macht die Sache eigentlich perfekt", grinste Manfred, „Kein Coming out mit großer Liebe und so gewünscht. Es sei denn, Ihr beide wollt Eure Beziehung ändern", fügte er tiefsinnig hinzu. „Falls es dazu kommen sollte, bist Du der erste, der es erfährt!" Volker erhob sich, selbstsicher grinsend und verließ das Büro. Manfred schaute ihm hinterher und griff zum Telefon: „Herbert, einen Moment Zeit für einen kurzen Plausch?"

Umgehend betrat Herbert das Büro. „Bist Du mit Volker durch?", fragte er. „Ja, wir hatten einiges zu besprechen. Volker hilft uns operativ enorm. Ich bin froh, dass Volker bei uns ist." „Wie gesagt", grinste Herbert „Du bist nicht der einzige, der darüber froh ist. Maren ist auch froh, wenn Volker bei ihr, auf ihr oder in ihr ist. Hat Volker alles gestanden?" „Nun hänge die Sache nicht so hoch. Das sind doch beide erwachsene Menschen. Die können schon selber entscheiden, was sie tun oder lassen." „Vielleicht", entgegnete Herbert. „In meiner alten Firma, dem amerikanischen Unternehmen, wären beide wahrscheinlich sofort geflogen, zumindest einer oder eine hätte gehen müssen." Es passt nicht zusammen, dass Herbert einerseits herabwürdigend über Maren redet, andererseits aber den Moralapostel herauskehren will, überlegte Manfred, der verfolgt doch knallhart seine Interessen. Und die sind primär die, die anderen in der Geschäftsführung an den Rand zu drücken. „Herbert, wir dürfen unser großes gemeinsames Ziel nicht aus den Augen verlieren, den IPO. Dafür brauchen wir unser gesamtes Potential, vor allem das aufgestellte Humankapital. Volker ist wichtig für uns. Er wird von der Mannschaft akzeptiert. Frage mich nicht, warum, aber die Leute hören auf ihn. Maren ist genauso wichtig. Sie ist ein extrem guter CFO. Sie weiß, wie wir aufgestellt sind und kennt auch die Hintergründe, die nicht überall bekannt sein müssen. Sie ist geschickt genug, dieses Wissen gezielt einzusetzen." „Und demnächst", warf Herbert ein, „Wird auch Volker das alles wissen, wenn Madamchen im Bett plaudert!" Manfred grinste, wohl wissend, dass er Herbert auf keinen Fall den Kenntnisstand von Volker schildern sollte. „Meinst Du, dass sie plaudert? Vielleicht stöhnt sie ja nur ein bisschen!"

Herbert lachte. Manfred hoffte, ihn von der Fährte gelockt zu haben. Er war schon sauer auf Maren, denn es war offensichtlich, dass sie geplaudert hatte. Ihm war gar keine andere Wahl geblieben, als die Flucht nach vorn anzutreten, Volker einzuweihen und auf ein dauerhaftes Bündnis mit ihm zu hoffen.

„Wann willst Du denn offiziell bekannt geben, dass die Bank eingestiegen ist?", fragte Manfred, „Das kannst Du den Mitarbeitern nicht mehr lange verheimlichen." „Dazu benötige ich erst mal das Plazet der Bank; ohne dies mache oder sage ich gar nichts!" „Dann besorge es Dir, bevor der Käse ganz löcherig wird. Schließlich wäre es ganz schlecht, wenn die Belegschaft es von anderer Seite erführe. Im Unternehmen Insite, wo Werte wie Idealismus und Entfaltung zählen!" Herbert war dabei, Manfred in die Enge zu drängen. „Herbert, eins nach dem anderen! Wir sind keine Waldorfschule, in der es einzig und allein auf ethische Werte ankommt, sondern ein Wirtschaftsunternehmen, das seine kommerziellen Interessen verfolgen muss. Und das natürlich vorrangig kundenorientiert arbeitet. Dafür bist Du ja zu uns gestoßen, und Du wirst Insite marketingmäßig sicher hervorragend aufstellen. Ich bin schon gespannt auf Deine Kampagnen!" Manfred verschaffte sich so etwas Luft; Herbert hatte bislang seine Strategie nicht vorgestellt. „In der nächsten Woche haben wir Plenum, unser internes Meeting mit allen Mitarbeitern. Da möchte ich Dich bitten, unsere neue Marktorientierung in dieser Runde mal vorzustellen." „Das mache ich gerne", antwortete Herbert, „Und Du erzählst dann was zu den Beteiligungsverhältnissen!" „Falls ich bis dahin dafür die Genehmigung von der Bank bekomme, herzlich gerne!"

12 Plenum

Eine halbe Stunde vor Beginn des Plenums hatte sich die Führungscrew der Insite, Marlene, Maren, Lorenz, Volker und Herbert in Manfreds Büro versammelt. Manfred ergriff das Wort: „Zwei wesentliche Ziele für heute: Wir wollen unsere Mannschaft nochmals auf den IPO einschwören. Es muß klar werden, dass wir dieses Ziel nur mit vereinten Kräften und äußerstem Engagement jedes einzelnen erreichen werden." „Und mit der unbedingten Befolgung der Marketingregeln", flocht Herbert ein. „Das Marketing braucht Vorfahrt bis zum IPO. Ohne unsere Marketingstory werden wir es sehr schwer haben und zumindest nicht den optimalen Ausgabekurs realisieren." „Das wäre der zweite Punkt", ergänzte Manfred, „wir müssen erreichen, dass unsere Entwickler das Marketing akzeptieren. Wie Herbert schon ausführte: Technik alleine reicht nicht. Wir brauchen einen Marketing-Überbau. Das wünscht auch die Bank so."

„Welche Bank?", fragte Marlene, „Wieso erwartet eine Bank von uns gewisse Verhaltensweisen? Ist das die Bank, die unsere Emission begleiten soll?" Manfred schaute fragend in die Runde: „Euch ist doch klar, in welchem Verhältnis wir zur Bank stehen?" Und an Marlene gewandt: „Marlene, sorry, da ist wohl etwas an Dir vorbei gelaufen." Rasch erklärte er ihr, dass die Bank die eigentliche Besitzerin von Insite war und die Amerikaner nur Treuhänder. Marlene lief puterrot an, schaute irritiert und wandte sich an Herbert: „Du hattest doch erklärt, Du hättest die Bank als neuen Kunden gewonnen. Dabei ist die Bank nicht nur neuer Kunde, sondern ein Stückweit unsere Mutter!" Herbert rutschte ein wenig auf seinem Stuhl hin und her und erklärte: „Damit Insite in den Augen der Analysten blendend dasteht, ist es wichtig, Umsätze bei deutschen Top-Companies zu generieren." „Und deshalb hast Du Dich damit gebrüstet, obwohl es sich nur um Muttis Mitgift handelt!", sprang Maren Marlene bei. „Immerhin besser, Umsätze bei führenden Unternehmen zu erzielen, als Geschäftsgeheimnisse herumzuposaunen", schnappte Herbert zurück und starrte Maren kalt an. Maren beugte sich leicht vor: „Was meinst Du damit?" „Als CFO warst Du natürlich im Bilde, was unsere Besitzverhältnisse anbelangt. Kein Grund, das weiter zu erzählen!" Manfred versuchte das Wort zu ergreifen, um die angespannte Lage ein wenig zu deeskalieren; er kam aber nicht zu Wort. „Herbert", setzte Maren entschlossen nach, „meinst Du die Tatsache, dass ich das Volker erzählt habe? Sonst habe ich niemand anderen eingeweiht. Gehört Volker nicht zu unserem Führungskreis? Wollen wir nicht hier, in diesem Kreise, offen über derlei Dinge kommunizieren?" Manfred versuchte erneut, zu Wort zu kommen – vergeblich. Mit schriller Stimme unterbrach ihn Marlene: „Und ich? Wer hat mich in Kenntnis gesetzt? Gehöre ich nicht mal ein Stückweit mehr zu diesem Kreis hier?" Nun reichte es Manfred endgültig. Er haute mit der Faust auf den Tisch: „Ruhe! Wir können das doch wohl vernünftig diskutieren!" Denise steckte ihren Kopf durch die Tür: „Es ist Zeit, Ihr müsst los." „Laß uns in Ruhe!", donnerte Manfred, so dass Denise erschrocken zurückzuckte. Er wandte sich an seine Kolleginnen und Kollegen: „Nochmals! Wir stellen den IPO in den Vordergrund. Wir erklären die Notwendigkeit, ein Marketing einzuziehen. Herbert hat hierzu eine Präsentation vorbereitet, die er halten wird. Lorenz erläutert das Produktportfolio. Und das mit den Besitzverhältnissen erkläre ich zum Schluss. Alles klar?"

Alle Insite Mitarbeiter hatten sich im großen Besprechungsraum versammelt. Man saß auf den aufgestellten Stühlen, den Fensterbänken, auf dem Boden, wie bei überfüllten Vorlesungen an der Uni. Als die sechs leicht verspätet den Raum betraten, herrschte dort eine Stimmung wie in einer Schulklasse, kurz bevor der Lehrer erscheint. Unser Sixpack kommt, hörte man rufen, als diese sich in der ersten Reihe platzierten. Volker grinste, als er das hörte; den Jungs fiel immer wieder was Lustiges ein. Lorenz und Herbert blickten missbilligend, als sie den Spruch hörten.

Die Moderation des Plenums übernahmen die Zifas umschichtig; heute war Benjamin an der Reihe. Der stand vorne und wartete, dass der Lärmpegel abschwoll. Tatsächlich war er mit dieser Taktik erfolgreich – fast wider Erwarten. Benjamin moderierte in seiner ruhigen Art, dass im heutigen Plenum der Schwerpunkt auf dem Thema IPO liege. Lorenz würde das neue Produktportfolio vorstellen, und Herbert wolle in diesem Zusammenhang einen Powerpoint Vortrag zum Thema ‚Marketingkonzept der Insite' halten. Anschließend gäbe es eine Fragestunde, gefolgt von Brötchen, Bier und Säften. Die Spannung im Auditorium stieg; es war mucksmäuschenstill.

Dann sprach Manfred einleitend einige motivierende Worte. Die Zeit der New Economy sei angebrochen. Allerorten seien innovative Firmen auf vehementem Vormarsch. Nur wer ein Portfolio böte, könnte mithalten. Marketing sei ganz wichtig, schließlich wolle jedermann von einem Börsenneuling die Erfolgsgeschichte hören. Insite sei auf gutem Wege, diese Voraussetzungen für einen Börsengang zu erfüllen; es liege aber auch noch eine gute Strecke Weges vor ihnen. Man solle die eigene Position positiv beurteilen, so wie man ein Glas als halb voll, nicht aber als halb leer bezeichnen solle.

Für ein Glas sei das ja ok, war von hinten ein Kommentar halblaut zu vernehmen. Was sei denn mit einem Sixpack? Seien da die Flaschen halb voll oder halb leer. Unterdrücktes Gelächter; auch Volker musste grinsen. Lorenz schaute sich um und machte dabei ein sehr böses Gesicht. Die Juxerei ging weiter. Das uralte Gleichnis vom Glas hätte man bereits bis zum Erbrechen gehört. Dabei würde stets übersehen, dass es weniger auf das Glas, sondern vielmehr auf dessen Inhalt ankäme. Wie wolle man denn anders feststellen, ob man nach einem weiteren Schluck halb voll oder komplett betrunken sei. Lorenz schaute sich erneut grimmig um. Dann schritt er nach vorne, um seinen Vortrag über das Produktportfolio zu halten.

„Zuallererst", begann Lorenz, „möchte ich hervorheben, dass es sich hier um eine ernsthafte Veranstaltung handelt. In anderen Firmen kann man sich auch nicht so benehmen, wie man gerade will. Und wenn wir erst mal an der Börse sind, dann müssen wir sowieso eine andere Firma werden, richtig ernsthaft!" Im Publikum herrschte Erstaunen. Für diejenigen, und das waren offenbar die meisten, die die Sprüche mit dem Sixpack nicht mitbekommen hatten, sprach Lorenz in Rätseln. Deshalb regte sich leiser Widerspruch. Es wurde gefragt, was die Standpauke solle, worauf sie sich beziehe. Lorenz blieb tapfer bei seiner Linie: „Ihr wisst genau, was ich meine! Mit Blödeleien kommt man nicht an die Börse!" Einigen reichte es nun endgültig, sie wollten Aufklärung. Lorenz aber hob den Finger: „Nee, nee, nee! Auf dieses Eis gehe ich nicht! Diejenigen, die ich meine, wissen genau, was ich meine." Er erntete Kopfschütteln und leisen Spott. Lorenz ging nahtlos in seinen Strategievortrag über und erläuterte das Produktportfolio. Es war klar, dass nach dieser hölzernen Einleitung das Auditorium nicht allzu positiv eingestimmt war und seinen Ausführungen kritisch gegenüber stand. Richtig böse wurde es für Lorenz, als einige begannen, technische Fragen zu stellen, darauf abzielend, den Vortrag zu zerpflücken. Lorenz war technisch bei weitem nicht versiert genug, derlei Fragen zu beantworten, verstand manche Fragen schon gar nicht. Hilflos stand er vorn, wie ein angezählter Boxer, und flüchtete sich in Allgemeinplätze wie ‚das müssen wir dann noch mal sehen' oder ‚wird entschieden, wenn es so weit ist'. Das Ganze gipfelte in einem Beitrag aus dem Auditorium: Ich stelle fest, das Produktportfolio ist definiert, aber unklar!

Das rief Klaus auf den Plan. Schließlich fühlte er sich nach dem Offsite Meeting im Rheingau für das Portfolio verantwortlich, wenn auch er Lorenz persönlich gerne hätte im Regen stehen lassen. „Also ganz so ist es ja nicht! Soll ich das noch mal erklären?" Allgemeine Zustimmung. Klaus ging nach vorne und erläuterte die Folien. Aus dem Auditorium unterstützten ihn dabei Frederico und Sören. So entspann sich eine lange fachliche Diskussion mit interessierten Fragen und kompetenten Antworten. Lorenz stand zunächst noch vorne neben Klaus, nickte das eine oder andere Mal zustimmend und ruderte gelegentlich mit den Armen. Nach zwanzig Minuten untätigen Abwartens in dieser Position zog er sich zurück und setzte sich auf seinen Stuhl in der ersten Reihe. Die Diskussion dauerte noch gut eine halbe Stunde länger und endete mit dem Vorschlag, in den Projektgruppen weiter zu diskutieren. Lorenz erhob sich, ging nach vorne und stellte die Frage: „Gibt es noch Fragen hierzu? Zum Produktportfolio? Zur Umsetzungsstrategie?" Welch' Wunder – kein Finger rührte sich!

Nun war Herbert an der Reihe, den Marketingplan zu erläutern. Herbert stellte das mittels eines ausgeklügelten Foliensatzes vor. Da schrie ein Baby – Geburt eines Börsenstars. Ein Kuckuck rief – Präsentation eines Produktes, das dann im Porsche abfuhr. Mit einem derartigen Foliensatz kann man sicher einen viel beklatschten Vortrag bei der Industrie- und Handelskammer halten, vor Leuten, die von der Technik wenig bis gar nichts verstehen und derlei Gimmicks bestaunen. Gestandene Informatiker dagegen betrachten so was als alte Hüte, gähnend langweilig, gestrig! Und das sollte die Zukunft der Insite sein? Die Basis für den Börsenplan? So was Hausbackenes? Kein bisschen Abgefahrenes? Das war Old Economy, nicht New Economy! Herbert hielt keinen schlechten Vortrag, aber kein einziger seiner eingebauten Lacher zündete. Kein Ah und Oh bei den technischen Spielereien. Zum Schluss schaute Herbert in die Runde, zu Nachfragen ermunternd. Nach langem Schweigen meldete sich schließlich jemand zu Wort: „Ich bin neu hier in der Firma und arbeite im Bereich Services. Dieser Begriff ist hier ja sehr weit gefasst und umfasst auch alle kundenspezifischen Projekte, daran musste ich mich erst mal gewöhnen. Auf den Folien habe ich den Begriff ‚Services' nicht entdecken können. Heißt das, dass wir in Zukunft überflüssig sind?" Herbert antwortete: „Services ist immer notwendig. Ohne Services haben wir keine PCs, und ohne PCs können wir nichts entwickeln. Also brauchen wir immer Services." Der Fragesteller hakte nach: „Das verstehe ich. Ich bin aber nicht im Benutzerservice tätig, wo Arbeitsplätze und Netzwerke eingerichtet und betreut werden, sondern arbeite in einem ganz normalen Kundenprojekt für die Bank. Also in dem Bereich, der hier Services genannt wird. Wir bearbeiten Kundenprojekte. Im Vortrag gerade eben habe ich viel über Produkte gehört, aber kein Wort zu Projekten oder Services. Wird Insite denn den Bereich Services aufgeben? Werden wir alle dann im Bereich ‚Produkte' arbeiten?" Herbert schaute den Fragesteller direkt an; seine Augen verengten sich zu Schlitzen: „Egal, ob Du für Projekte oder Produkte arbeitest, Du wirst immer einen PC benötigen. Gewisse Services werden stets vonnöten sein. Deshalb werden wir den Bereich Services auch keinesfalls auflösen. Da kannst Du ganz beruhigt sein!" Der Fragesteller gab auf, nickte ergeben und demotiviert. Sören, der neben Klaus saß, schüttelte den Kopf und raunte letzterem zu: „Der hat ja überhaupt keine Ahnung. Der versteht gar nicht, worum es geht. Und für so was arbeiten wir! Und so was soll uns an die Börse führen?"

Nun übernahm Manfred den dritten Teil der Veranstaltung. Er klärte die Mitarbeiter über die wahren Besitzverhältnisse der Insite auf. Wir sind jetzt Tochtergesellschaft der Bank; die Amerikaner halten unsere Anteile nur treuhänderisch. Das wurde allgemein zur Kenntnis genommen mit Kommentaren wie: Cool, dann sind wir ja alle Banker; die Tragweite dieser Enthüllung wurde aber nur von wenigen erkannt und von Manfred auch nicht explizit erläutert. Er erklärte nur, dass die Aufträge der Bank Insite finanziell voranbringen würden, dass damit der Produktaufbau gefördert würde. Somit erhielte Insite den notwendigen finanziellen Spielraum für die aufwendige Produktentwicklung. Dass damit das gesamte Los der Insite in den Händen der Bank lag, die sowohl Eigentümer als auch Hauptauftraggeber waren, führte Manfred nicht aus.

Es kamen noch einige Nachfragen aus dem Auditorium. Die erste bezog sich auf den Status von Econ, dem neuen Abrechnungssystem, das bereits lange hätte fertig sein sollen. Wann denn mit der Liveschaltung von Econ zurechnen sei? Schließlich müssten dann auch alle Mitarbeiter ihr Time Reporting mit Econ machen und dementsprechend eingewiesen werden. Lorenz, direkt angesprochen, befand sich erneut im Erklärungsnotstand. Es schien so, als ob einige bewusst den Finger in diese Wunde legten, um ihm noch eins auszuwischen. Natürlich sprang aber Heiko Lorenz bei und erläuterte aus der Sicht des Projektleiters den aktuellen Stand sowie die weitere Vorgehensweise. Aus Heikos Sicht würde es noch etwa zwei Monate bis zur Praxiseinführung dauern. Diese Projektrestlaufzeit entsprach zwar exakt dem ursprünglich benannten gesamten Entwicklungszeitraum von zwei Monaten, erschien aber mittlerweile nach den endlosen Verzögerungen als Licht am Ende des Tunnels.

Die nächste Nachfrage bezog sich auf das Volumen der Aufträge aus der Bank. Insite hänge damit zu einem erheblichen Prozentsatz am Tropf der Bank. Was würde geschehen, wenn die Bank den Projekt- und damit den Geldhahn zudrehe. Hätte Insite ein Recht auf Abnahme von Systemunterstützungsleistungen? Sei die Bank verpflichtet, eine gewisses

Kontingent an Projekten anzubieten und Insite damit zu beauftragen? Manfred ging auf diese Fragestellung ein, indem er das vertrauensvolle Verhältnis zwischen der Bank und Insite in den Vordergrund stellte. Darüber hinaus wäre es doch widersinnig, wenn die Bank ihre eigene Tochter verhungern ließe. Mit einem Entzug von Aufträgen würde die Bank sich letztendlich selber schaden. Daraufhin kam der Einwand, die Bank würde sich sicherlich selber schaden, wenn sie Leistungen überteuert bei Insite einkaufte; Insite müsse sich mit dem bescheiden, was die Bank für sie vorsah. Manfred parierte dies mit dem Hinweis, dass die Bank Insite an die Börse bringen wolle und somit dafür sorgen werde, dass ihre Tochter gut ausgestattet sei. Diese Bemerkung wurde mit allgemeiner Heiterkeit quittiert; Manfred hatte es einfach drauf, die Belegschaft adäquat anzusprechen.

Dies führte naturgemäß zur Frage nach der Strategie Insites. War Insite, fremd gesteuert durch die Bank, einseitig nur auf das Ziel ‚Börsengang' fixiert, oder gab es inhaltliche Ziele, die man erreichen wollte? Eine Frage, die Manfred leicht parierte. Es gäbe keinen Widerspruch zwischen dem bankseitig gesetzten Ziel des Börsenganges und den selbst gesetzten Zielen wie dem Aufbau der Produktsuite. All diese Ziele bedingten einander und bauten aufeinander auf, was zur harmonischen Weiterentwicklung der Insite beitrüge.

Schließlich wurde es doch noch einmal brenzlich. Die Frage lautete: Wozu, um alles in der Welt, benötigen wir denn einen Vertrieb, wenn wir zunächst von der Bank mit Aufträgen versorgt werden und später einmal vom Börsengang mit Geld? Hierzu nahm Herbert Stellung und erklärte, für einen Börsengang sei Marketing notwendig. Schließlich müsse der Welt draußen erklärt werden, welche Story hinter Insite stehe und warum Insite der Toptitel sei. Und das könne ein Techniker nicht leisten. Dazu müsse professionelles Marketing eingesetzt werden. Nun meldete sich aus dem Auditorium Sören zu Wort: „Also, wenn ich das so höre, Sie klingen ein wenig wie ein Pyromane, der überall Feuer legt. Und der sich dann anschließend lobt, wie toll er die Brände löscht. Weil er nämlich zugleich Chef der Feuerwehr ist." Brüllendes Gelächter! Herbert hatte keine Chance; er musste gute Miene zum bösen Spiel machen und blieb lächelnd vorne stehen. Volker war klar, warum Sören, zur intellektuellen Spitze der Insite zählend, hier nie Karriere würde machen können.

13 Task Force IPO

„Wir möchten", begann der Banker „Mit dem heutigen Meeting der Task Force IPO auch das Rechnungswesen an die Gepflogenheiten des Neuen Marktes heranführen; deshalb haben wir das vierteljährliche Reporting mit Bilanzierung nach IAS eingeführt. Unsere heutige Agenda sieht vor, neben der Besprechung des Jahresabschlusses 1999 das Ergebnis des ersten Quartals 2000 zu diskutieren." Der Banker war Bereichsvorstand der Bank und ergriff wie selbstverständlich als erster das Wort, obwohl außer ihm noch die beiden Amerikaner für die Kapitalseite anwesend waren, die sich mit zustimmendem Nicken begnügten. Erwartungsvoll schaute alles auf Maren, die sich erhob, um die Ergebnisse zu präsentieren. Insite war durch sie, Manfred und Herbert vertreten, dem es mithin gelungen war, zumindest in diesem Gremium Marlene zu verdrängen.

Zunächst erläuterte Maren den Jahresabschluss des Vorjahres. „Ich würde der Kapitalseite gerne bessere Nachrichten überbringen, aber leider müssen wir das letzte Jahr mit einem Verlust abschließen. Unser Stammkapital ist hierdurch nicht vollständig aufgezehrt, aber Vorsicht ist geboten! Ein beträchtlicher Teil des Stammkapitals ist verbraucht!" Maren stellte die einzelnen Positionen der Bilanz und der Gewinn- und Verlustrechnung vor. Der Banker stellte routiniert einige Zwischenfragen und bedachte Marens kurze und exakte Antworten mit beifälligem Nicken. „Wichtig erscheint mir", warf Herbert ein, „Dass die Perspektive stimmt, unabhängig von den konkret realisierten Zahlen. Worauf achtet der Markt?" Er sah sich im Kreise um und beantwortete seine Frage selbst. „Auf die Perspektive, auf das Entwicklungspotential. Das sagen einem alle Marktanalysten. In der New Economy ist der Status egal. Wichtig ist einzig und allein das Entwicklungspotential. Und das stimmt wahrhaftig bei Insite!" Der Banker schaute Herbert ein wenig überrascht an und zögerte einen kleinen Moment, als ob er überlegte, ob er dem zustimmen sollte oder nicht. Er löste diesen Konflikt, indem er erneut zu nicken begann: „Ja, da haben Sie wohl Recht! Die New Economy scheint anderen Gesetzen zu gehorchen als die Old Economy." Er lächelte in die Runde. „Gestatten Sie einem Banker, dass er sich daran erst gewöhnen musste." Die drei von Insite lächelten erleichtert zurück. „Gestatten Sie aber einem Banker auch eine Frage: Sind denn die operativen Verluste durch die aufgebauten Vermögenswerte im Produktbereich gedeckt?" Maren erklärte, dass für das vergangene Jahr keinerlei Anlagevermögen im Produktbereich gebildet worden war. Interessiert fragte der Banker nach, warum dies nicht geschehen sei. Sollte man ihm nun die Wahrheit sagen? Dass zum Jahresendtermin keinerlei Produkte konzipiert geschweige denn lauffähig waren? Maren entschied sich für eine Umgehungslösung. Sie erklärte, in der Quartalsbilanz des ersten Quartals seien Produkte aktiviert worden. Aber so leicht ließ sich der Banker nicht von seiner Fährte locken. Er insistierte und fragte gezielt, warum die Produktsuite zum 31.12.1999 mit Null bewertet worden sei. Maren blieb keine Wahl; sie musste eingestehen, dass mangels Masse keine Aktivierung von Produkten erfolgt sei. Das trug ihr einen bösen Blick des Bankers ein, der zu sagen schien: Mädchen, versuche nicht noch einmal, mich an der Nase herumzuführen.

„Gut! Oder nicht gut! Nun zum Quartalsabschluss!", forderte der Banker Maren auf, die die geforderten Zahlen vorstellte. Die Zahlen waren grottenschlecht. Kein Wunder, wenn nur knapp die Hälfte der Belegschaft einer Firma produktiv arbeitet, während die andere, sogar knapp größere Hälfte sich mit Produktdesign und Marketingplänen beschäftigt. Während die Marketingpläne nur Kosten verursachten, wurde durch den Produktaufbau allerdings ein Vermögenswert erzeugt, der sich in entsprechender Höhe bilanzieren lässt. Die Höhe dieses Bilanzpostens lässt einen gewissen Gestaltungsspielraum zu. Im ersten Quartal 2000 waren die Verluste bei Insite allerdings so hoch, dass ohne Aktivierung der Produkte das Stammkapital restlos verbraucht und die Firma überschuldet gewesen wäre. Die Höhe, in der die Produkte bewertet wurden, war also weniger durch den tatsächlich erzielten Vermögenswert, sondern vielmehr durch die Höhe der Unterdeckung im operativen Geschäft bestimmt. Natürlich führte Maren dies nicht aus. Aber ein gestandener Banker lässt sich bei Bilanzzahlen nicht hinters Licht führen. Anhand der vorgestellten Zahlen und dem Verhältnis dieser Zahlen zueinander erkannte er sofort, dass nicht erzielte Werte, sondern angefallene Verluste die Vermögensbewertung der Produkte bestimmten. Er piff leise durch die Zähne. Ausnahmsweise nickte er nicht, sondern wiegte seinen Kopf. „Meine Dame, meine Herren. Bitte haben Sie Verständnis dafür, dass ich mich mit den beiden weiteren Vertretern der Kapitalseite kurz beraten möchte!" Die drei Insiter verließen den Raum.

Der Banker fragte die beiden Amerikaner, wie sie die Bilanz bei amerikanischen Unternehmen, die an die Börse gehen wollten, aufgebaut hätten. Diese erklärten, am wichtigsten sei die Story. Diese Story, die durch entsprechendes Intellectual Property wie Patente unterfüttert sein musste, bestimmte über Produktwerte und Zukunftspotential letztendlich den Firmenwert. Das Intellectual Property wurde zu einem passenden Betrag bilanziert, so dass keine Überschuldungen zu verzeichnen sind. Sie brachten

Beispiele hierfür, Firmen, die relativ simple Ideen astronomisch hoch bewerteten. Bei denen sei die Bilanz ohne derlei Aktivierungen ein Desaster; man müsse nur aufpassen, dass solche Firmen nicht vorzeitig pleite gingen, im wahrsten Sinne des Wortes auf der Strecke blieben. Notfalls bedürfe es dazu einiger Bilanzierungstricks. Mit diesem Know-how könnten sie aber Insite ohne weiteres unterstützen. Sie könnten sowohl die Insite Story entwickeln als auch die Bilanzierung gestalten. Der Banker nickte und bat die Insiter zurück an den Verhandlungstisch.

„In meiner langen Laufbahn bei der Bank stand ich schon oft vor schwierigen Konstellationen", begann der Banker fast seufzend. „Wir mussten und müssen stets Lösungen finden. Kreative Lösungen! Es gibt vielleicht in manchen Situationen mehrere Wege, die gangbar sein könnten. Wenn man sich aber für einen Weg entscheidet, dann muss man diesen konsequent weitergehen." Er machte eine Pause und sah sich im Kreis um. „Wir hier bei Insite, alle, gehen einen kreativen Weg. Wir wollen den Firmenwert erhöhen, Value schaffen, die Firma etablieren. Insite, eine Größe am Neuen Markt kreieren! Das ist kein leichter Weg! Der ist steinig, und am Rande des Weges warten Dornenbüsche. Wir müssen also aufpassen, dass wir nicht von diesem Weg abkommen; denn das könnte unser Ende bedeuten. Was wir brauchen, ist eine klare Ausleuchtung des Weges. Ich konnte unsere beiden amerikanischen Freunde dafür gewinnen, uns bei der Ausleuchtung des Wegs behilflich zu sein. Zwei Taschenlampen spenden mehr Licht als eine. Herbert Hastler, der das Marketingkonzept bislang hervorragend ausgearbeitet hat, wird zusätzlich noch Unterstützung von unseren beiden Freunden erhalten. Sie werden die neuesten Erkenntnisse von der Nasdaq einfließen lassen. Es ist ganz toll, wie sehr sich unsere Freunde mit Insite identifizieren. Es ist in unser aller Sinne, das Maximum an Know-how und Erfahrung in unseren weiteren Weg einfließen zu lassen! Denken Sie alle daran: Wir haben noch neun Monate Zeit, unser Baby zur Welt zu bringen! Diese Zeit reicht normalerweise."

Maren konnte sich ein hämisches Grinsen kaum verkneifen. Das klang ja danach, dass Herbert ein wenig entmachtet würde. Obwohl Herbert seinen Marketingplan noch gar nicht präsentiert hatte, hatte der Banker diesen gerade gelobt, wartete gar nicht auf die Präsentation. Hatte der Banker gemerkt, wie oberflächlich Herbert war? Dass er keine Ahnung von der Materie hatte? Software kaum von Hardware unterscheiden konnte? Den Begriff ‚Services', wie er bei Insite gebraucht wurde, nicht verstand? Dass er den Unterschied zwischen Marketing und Vertrieb nicht kannte? Stets nur von seinen Analysten faselte und von ominösen Marktanteilen. Dass er gerne

Behauptungen aufstellte, die niemand nachprüfen konnte. Kurzum: Dass er wohl der größte Schaumschläger war, den Maren je gesehen hatte. Dass man aus einem abgebrochenen Studenten der Medizintechnik keinen Manager machen konnte? Es schien doch so etwas wie Gerechtigkeit auf der Welt zu geben, dachte Maren erleichtert.

„Besondere Situationen erfordern besondere Maßnahmen!" Der Banker fuhr in seinen philosophischen Betrachtungen fort. „Denken Sie an die Büsche! Die Büsche haben Dornen! Und diese Dornen können schmerzhafte Verletzungen verursachen. Wenn wir uns in diesen Büschen verfangen, kann das sogar dazu führen, dass wir gar nicht mehr auf unseren Weg zurück finden. Da ist es das Beste, wir fassen uns auf dem Weg an den Händen und gehen gemeinsam!" Es folgte wieder eine Redepause mit Rundumblick. Keiner muckte sich; alles dachte: Was kommt denn jetzt noch? „Diese Dornen heißen Bilanzen. Und wir müssen aufpassen, dass unsere Zahlen nicht zu sehr in den Keller gehen. Die Bank schießt ja schon laufend zu über die Aufträge, die sie Insite erteilt. Diese Unterstützung muss aber reichen für Marketingplan und Produktaufbau! Wir haben bereits jetzt die Pflicht, quartalsweise zu berichten. Dieses erste Quartal des Jahres 2000 ist hierfür die Nagelprobe. Und wir wollen uns auf unserem gemeinsamen Weg gegenseitig an die Hände fassen. Unsere amerikanischen Freunde haben umfangreiche Erfahrungen mit Quartalsberichten, Bilanzaufbauten für Börsenzwecke etc. Warum wollen wir nicht gemeinsam dieses Potential nutzen? Es bringt uns alle voran. Wir alle können dazu lernen, und Insite profitiert! Ich konnte unsere beiden amerikanischen Freunde gerade dafür gewinnen, die Finanzseite bis auf weiteres zu übernehmen und so wirkungsvoll Sie, Frau Dr. Stufitz, zu unterstützen!"

Der Rest des Meetings flog an Maren vorbei wie hinter einem Schleier. Es ging noch um den Marketingplan und um Optionspläne für Geschäftsführung und Belegschaft. Diese sollten das Recht erhalten, Insite Aktien zu einem festgelegten, niedrigen Kurs zukünftig zu erwerben. Wenn dann die Kurse zukünftig gestiegen sein würden, hätte jeder, Manager und Mitarbeiter, dann ein erkleckliches Sümmchen als Zubrot.

Maren stocherte in ihren Spaghetti. Der Teller wurde nicht leerer. Ihr Appetit schien nicht sonderlich groß zu sein. „Was ist mit Dir?", fragte Volker. Sie trafen sich meist einmal wöchentlich. Regelmäßig, wie ein altes Ehepaar. Nur, dass sie nicht miteinander verheiratet waren. Zwei Verstandesmenschen, zwischen denen es trotzdem auf einer ganz subtilen

Ebene knisterte. Marens Mann, Anwalt bei einer international tätigen Kanzlei, hatte an diesem Wochentag seinen Abend, wie er es nannte. Er ging mit Kollegen aus. Wenn der wüsste, wie seine Frau ihren Abend gestaltete! Stets gleich: Erst gingen Volker und sie gemeinsam essen, anschließend miteinander ins Bett.

Maren schüttelte abwehrend den Kopf. „Ich will nicht mehr!" Volker schreckte ein wenig zusammen, kehrte dann aber den Verstehenden raus. Er sah sie lange an. „Vielleicht ist der Graben zu tief, über den wir immer springen müssen. Oder zu breit!" Er versank in ein kurzes Schweigen. „Auf jeden Fall war es eine schöne, wenn auch nur kurze Zeit." Die ganze Affäre zwischen den beiden dauerte gerade einen Monat. Volker hatte sich anfangs gesagt: Prima! Wenn beide verheiratet sind, führt das zu weniger Konflikten. Beide haben ein Interesse daran, dass nichts öffentlich wird. Man kann so still genießen. Aber als er Maren so in ihren Spaghetti herumstochern sah, musste er sich eingestehen, dass er mittlerweile auch eine starke emotionale Beteiligung in diese Affäre einbrachte.

Maren legte die Gabel ab. „Eigentlich meine ich meine Tätigkeit bei Insite. Du hast damit nichts zu tun. Du kennst mich überhaupt nicht. Du kannst gar nicht abschätzen, wie ich reagiere. Wenn ich einmal etwas akzeptiere, akzeptiere ich das auch dauerhaft." Volker fragte sich, wie diese Aussage dazu passte, dass Maren ihren Mann de facto mit ihm betrog. Aber irgendwie schien Maren doch konsequent ihren Weg zu gehen. Da fiel es Volker ein: Das metallische Geräusch auf dem Nachttisch! Maren legte stets ihren Ring ab, wenn sie mit ihm zusammen war. Das war ihre Symbolik für konsequentes Handeln. Ihre Demonstration sequentieller Treue! Volker wurde allmählich klar, dass der zweite Teil des Abends heute ausfallen würde.

Volker riss sich aus seinen Überlegungen: „Du willst bei Insite aufhören?" Maren nickte. „Mir bleibt keine andere Wahl. Ich werde als CFO entmachtet. Die Amis übernehmen den Job. Ich bin aber nach deutschem Aktienrecht für das Rechnungswesen inklusive der Bilanzen verantwortlich. Wenn die drüben irgendwelchen Mist bauen, halte ich meinen Kopf dafür hin. Überleg doch mal: Würdest Du das tun? Das ist doch viel zu gefährlich! Gerade in so einer heißen Phase wie der, in der Insite derzeit ist. Alles ist im Umbruch. Da können ganz schnell die tollsten Schnitzer im Rechnungswesen entstehen. Und wir stehen unter verschärfter Beobachtung! Meinst Du, ich habe Lust, persönlich irgendwann mal für das eine oder andere Milliönchen in Anspruch genommen zu werden? Bis an mein Lebensende ruiniert zu sein? Nur, weil zwei Amerikaner gewisse Dinge anders sehen als deutsche Staatsanwälte?

Nein, mein Lieber, so leid mir das auch tut. Heute in der Task Force, das war mein Todesstoß! Schließlich kann ich mich nicht in die Hände anderer begeben; ich bin für mein Leben selbst verantwortlich." Sie griff zur Gabel und stocherte gesenkten Hauptes weiter in ihren Spaghetti. Tränen tropften auf den Teller. Volker griff nach ihrer Hand, die leicht zitternd die Gabel hielt. „Bitte, lass mich!", flüsterte sie. „Du machst es nicht leichter für mich." Nach einer Weile schien sie sich ein wenig gefangen zu haben. Sie blickte Volker fest durch den Tränenschleier an: „Volker, das folgende sage ich nur Dir, weil ich Dich sehr gerne habe, weil ich Dir vertraue. Glaube bitte nicht, die kleine, verheulte Maren hätte sonst keine anderen beruflichen Möglichkeiten. Ich habe ein Angebot aus Australien vorliegen und überlege, dahin zu gehen." „Und Dein Mann?", fragte Volker. „Der kommt nach, wenn das klappt mit seiner Kanzlei. Die haben dort auch Niederlassungen." Maren kramte in ihrer Handtasche nach einem Taschentuch. Die Spaghetti waren inzwischen eiskalt. Sie schob den Teller zur Seite. „Erinnerst Du Dich an die Jahresplanung? Ach nein, da warst Du nicht vorbei!" Maren korrigierte sich. „Weißt Du, was die Amerikaner bereits damals erzählt haben? Maren, die Bilanzierung werden wir über kurz oder lang auf den amerikanischen Standard umstellen müssen! Wir haben darin Erfahrung. Am besten übernehmen wir das direkt. Das stimmen wir natürlich mit Dir ab! Ihr werdet hier ja auch weiterhin die Buchhaltung machen. Genau das hatten die erzählt, und ich war damals schon misstrauisch. Dann haben die den Banker bequatscht und schwupp bin ich weg vom Fenster. Aber ich habe vorgebaut und mir die Option auf den Job in Australien offen gehalten." Sie griff nach Volkers Hand. „Vielleicht ist das das Beste, auch für uns. Ich fange nämlich schon an, mich an Dich zu gewöhnen."

Volker war ein wenig verwirrt. Maren, dieser Ausbund an Rationalität, präsentierte sich plötzlich als emotionale Person. Würde sie wirklich nach Australien gehen? Zuzutrauen war es ihr ohne weiteres. Würde sie zunächst alleine gehen? Wollte sie Abstand von ihrem Mann haben? Auch Abstand von ihm, Volker? Eine komplizierte Frau, dachte Volker, umwerfend, faszinierend, vielschichtig!

14 Die kleine und die große Rochade

Maren ließ sich in den Sessel fallen. „Vergiss es!" schnappte sie. Manfred zog die Augenbrauen hoch: „Maren, Kaffee?" „Nein, Maren will keinen Kaffee, Maren will kündigen!" „Hallo, Maren, komm mal runter von Deinem Trip. Was ist los mit Dir? Denise! Bring uns mal zwei Kaffee!", brüllte Manfred in Richtung der geschlossenen Tür. Er lehnte sich in seinem Sessel zurück und wandte sich Maren zu. Maren hockte in ihrem Sessel und blickte konzentriert auf die Tischplatte. „Manfred, Dir ist bekannt, dass ich als CFO meinen Kopf für die Finanzen der Insite hinhalte!" Manfred nickte. „Dir ist auch bekannt, dass ich, Maren Stufitz, persönlich verantwortlich bin im Sinne des Aktiengesetzes. Falls es Unregelmäßigkeiten gibt, droht mir der Knast!" Manfred nickte abermals. „Ich hafte dafür, egal, ob ich die Sachen angestellt habe!" Manfred schaute erstaunt. Maren fuhr fort: „Im Klartext: Die Amis bilanzieren irgendwas, auf das ich keinerlei Einfluss habe, wofür ich aber meinen Kopf hinhalten muss! Das ist mir zu heiß. Das mache ich nicht mit!" Manfred hob die Hände schwach abwehrend: „Maren, so haben die das doch gar nicht gesagt. Bitte nicht überreagieren! Du sollst doch mit eingebunden werden in alle wichtigen Entscheidungen. Wir alle brauchen Dich gerade jetzt in der Phase vor dem Börsengang, Du bist extrem wichtig!" „Unsinn! Niemand braucht mich. Höchstens, wenn irgendetwas schief geht in den Kalkulationen. Als Dumme brauchen die mich! Und das ist etwas, was ich partout nicht brauche!"

„Maren", Manfred versuchte es jetzt anders herum, „Ich brauche Dich! Hier in der Firma! Du bist so immens wichtig für uns alle. Schau mal, wie wir das aufgestellt haben. Lorenz und Volker übernehmen die CIO Posten. Ich habe jetzt auch mehr Zeit, und wir beide können uns mit der finanziellen Aufstellung der Firma intensiv befassen, gerade in Hinblick auf den Börsengang." Maren sah Manfred kurz an, um danach wieder intensiv auf die Tischplatte zu starren: „Das war ja von vornherein klar, dass Lorenz das macht! Für ihn geht doch ein Traum in Erfüllung. Das ist für ihn die ideale, persönliche Weiterentwicklung; mal sehen, ob das Peterprinzip auf seinem neuen Posten dann endgültig zuschlägt. Mit Volker hast Du wirklich mal einen Aktivposten. Der hat Ideen, umfangreiche Erfahrung und ist nicht nur ein sturer Jasager! Also hast Du doch beste Unterstützung. Wozu brauchst Du mich noch?" „Schau, mit Volker könntest Du dann wunderbar zusammenarbeiten. Ich weiß doch auch, wie nahe Ihr Euch steht!", versuchte Manfred es erneut. „Manfred, vergiss es! Lass auch bitte mein Privatleben raus aus der Sache! Meine Entscheidung steht: Ich werde Insite definitiv verlassen, und zwar so bald wie möglich. Sicher ist es schade, denn den IPO hätte ich liebend gerne mitgemacht. Das wäre für mich eine richtige Herausforderung gewesen, der ich mich liebend gerne gestellt hätte. Aber als Buchhalterin, die nur den Kopf hinhält, falls was schief geht, stehe ich nicht zur Verfügung!" „Maren, Du kannst doch nicht aus unserem Team ausscheren!" „Manfred, welches Team? Wir beiden haben uns immer gut verstanden, keine Frage. Und mit Marlene geht das auch, man darf nur an sie keine besonders hohen Ansprüche stellen. Volker ist ein Aktivposten, Lorenz ein Auslaufmodell. Und Herbert, den kenne ich ja kaum, muss wohl noch zeigen, dass er mehr kann als Computer verkaufen und Boxen schieben, das, was er in seinem vorigen Job gemacht hat. Wenn Du mich fragst: Ich glaube nicht dran, dass er es drauf hat, Insite voran zu bringen! Ich halte ihn für eine Null! Ich frage mich schon die ganze Zeit, wer den eigentlich angeschleppt hat."

Maren war gegangen. Mist, schwirrte es Manfred durch den Kopf. Maren hatte wahrhaftig Recht! Innerlich musste er den Hut vor ihr ziehen – eine saubere und konsequente Haltung. Doch Manfred dachte sofort weiter. Eines war klar; er brauchte einen neuen CFO, und zwar dringend! Manfred pfiff sich ein kleines Liedchen durch die Zähne, und dessen Text ging so: Ein IPO ohne CFO macht Dich nicht froh! Für Deinen IPO brauchst Du ´nen CFO sowieso! Wer kam als CFO in Frage? Oder, böse gefragt, wer war blöd genug, das zu machen? Sich über die Punkte hinweg zu setzen, die Maren, das musste Manfred konzedieren, zu Recht geäußert hatte. Manfred legte die Füße auf den Tisch, verschränkte die Hände im Nacken und schaute aus dem Fenster Richtung Taunus; er nahm seine totale Denkerhaltung ein. Im Taunus tat sich nichts; auch in seinem Gehirn blieb es leer. Na gut, seufzte er ergeben. Wenn mir sonst nichts einfällt, bleibt nur einer: Lorenz. Den muss ich jetzt vom CIO zum CFO umfunktionieren. Passt schon! Manfred hing sich ans Telefon: „Lorenz, neue Entwicklungen. Kannst Du mal eben kommen?"

Lorenz blickte Manfred an: „CFO statt CIO? Das kommt überraschend!" „Lorenz, Du warst als CFO schon immer meine Traumbesetzung. Und jetzt, wo Maren wegen IPO und Herbert und so geht, was sollen wir da zögern? Machen wir Nägel mit Köpfen und ziehen das durch!" Manfred meinte, ein leichtes Zwinkern in Lorenz' Augen gesehen zu haben, als dieser anhub: „Es ist nur, weil Du mir die Produktschiene als CIO gerade angeboten hast. Ich habe mich intensiv mit meiner neuen Tätigkeit als CIO auseinandergesetzt und identifiziert. Ich habe sogar die Produktsuite konzipiert, damit Insite für die Börsenstory auch inhaltlich was vorzuweisen hat. Ich weiß nicht, wer die Lücke als CIO schließen soll, die durch diese Veränderung gerissen werden würde. Und nun? Kommando zurück, neue Richtung!" „Lorenz, wir müssen flexibel bleiben. Besondere Situationen erfordern besondere Handlungsweisen! Also, Lorenz, ich baue auf Dich!" Lorenz dachte einen Moment nach. „Als CFO", begann er listig, „könnte ich aber keine Projekte mehr machen." Manfred hatte verstanden. Er schaute Lorenz teilnahmsvoll an: „Nein, da hättest Du sicher keine Zeit mehr zu!" Und nach einer Weile: „Das gälte natürlich auch für Econ; das müsste dann ein anderer weiterführen! Heiko hat sich doch gut eingearbeitet; ich glaube, er würde die Kontinuität wahren, auch wenn Du Dich aus dem Projekt vollständig zurückziehen würdest." Lorenz grinste leise vor sich hin. Es hatte doch Vorteile, CFO statt CIO zu werden. Zumindest hätte er dieses lästige Projekt Econ von der Backe. „Ok, Manfred, dann machen wir das wie in alten Zeiten! Natürlich unterstütze ich Dich und bin immer für die Firma da!" Manfred hob die Hand und klatschte Lorenz ab. „Ich weiß doch, auf Dich ist immer Verlass!"

„By the way", Lorenz blickte leicht lauernd auf Manfred: „Wer macht denn jetzt den CIO Produkte?" Manfred wiegte seinen Kopf: „Fällt Dir jemand ein, der das machen kann?" Lorenz dachte angestrengt nach: „So auf Anhieb niemand. Und schon gar keiner aus der Firma, die sind alle viel zu unerfahren. Sören oder Klaus, das würde gar nicht gehen! Vielleicht müssen wir jemanden von außen holen." „Das wäre auch wieder ein Risiko", warf Manfred ein, „gerade, wo wir jetzt mit Herbert einen weiteren Vorstand an Bord bekommen haben und wo Maren geht. Wir müssen jemanden haben, auf den wir uns verlassen können! Jemand, der gute Arbeit macht, von außen kommt und dennoch den Laden etwas kennt und zu den Leuten passt, gibt es so einen?" Lorenz dachte angestrengt nach: „Nein, da fällt mir so auf Anhieb keiner ein! Du verlangst ja auch die Eier legende Wollmilchsau!" Sie kamen überein, über diese Personalie nochmals nachzudenken. Insgeheim stand für Manfred längst fest: Volker würde den Bereich Produkte zusätzlich zu seinen jetzigen Aufgaben übernehmen und alleiniger CIO werden. Nur wollte er Lorenz das noch nicht beibringen. Schließlich hatte Lorenz oft genug Volker kritisiert, aus Eifersucht, wie Manfred glaubte. „Lorenz, sprich doch mal mit Maren! Sie wird Dir einen Überblick über die CFO-Tätigkeit geben."

Maren lehnte sich in ihrem Schreibtischstuhl zurück, warf den Kopf in den Nacken und schaute Lorenz fest an: „So, Du machst jetzt den CFO!", stellte sie fest und schwieg eine Weile. Bei Insite geht es mittlerweile zu wie in der Politik, dachte sie: Fachwissen scheint das Wichtigste nicht zu sein! „Dann

werde ich Dich mal mit meiner bisherigen Vorgehensweise vertraut machen."
Das war der Auftakt zu einem fünfstündigen Marathon, in dem Maren die
Funktionsweisen von Gehalts- und Finanzbuchhaltung nebst deren
Schnittstellen zu internen Abläufen und externen Dienstleistern erklärte.
Maren hatte das sehr effizient aufgebaut, und die Abläufe erforderten ein
Minimum an Personal. Sie warnte Lorenz außerdem vor Marlene: „Marlene
ist eine ganz Liebe. Mit ihrer emotionalen Zugewandtheit ist sie sehr wichtig
für die gesamte Firma. Nur musst Du sie manchmal lenken. Marlene versteht
es nicht immer, neue Abläufe effizient einzubetten. Sie denkt nicht sonderlich
rationell. Da braucht sie manchmal ein wenig Unterstützung." Lorenz lächelte
milde: „Wir kennen alle unsere Marlene. Eine Seele von Mensch, manchmal
etwas zu gut für diese Welt!" Salbungsvoller Depp, dachte Maren, drückte
das aber so aus: „Da musst Du schon mal gestalterisch mit eingreifen. Das
erfordert dann auch richtige Detailkenntnisse." Lorenz schaute etwas ratlos:
„Wie meinst Du das?" „Ich will Dir ein einfaches Beispiel nennen", erwiderte
Maren. „Bei Neueinstellungen informiert das Leistungszentrum Personal, das
ja zu Marlenes Bereich gehört, die Bewerber über unsere Konditionen wie
vermögenswirksame Leistungen. Da kann dann zwischen Versicherungen,
Sparplänen, Aktienfonds, Bausparplänen usw. gewählt werden. Nun muss
natürlich vom Personalbereich an die Gehaltsbuchhaltung auch gemeldet
werden, wofür sich der neue Mitarbeiter entschieden hat. Diese Informationen
standen uns nie zur Verfügung, sie blieben immer irgendwo hängen. Ich habe
dann mit Marlene ein Formular für derlei Einträge entwickelt. Seit wir das
benutzen, wissen wir umgehend, wofür sich der neue Mitarbeiter entschieden
hat. Wir haben keinerlei Verzögerungen mehr und erheblich weniger
Nachfragen. Mit diesem Beispiel will ich Dir aufzeigen, dass Deine
Verantwortung über den reinen Finanzbereich hinausgehen wird und auch das
Organisatorische zumindest teilweise umfasst. Du kannst den Job als CFO nur
vernünftig machen, wenn Du über den Tellerrand hinausschaust!" „Ich kenne
ja Insite ganz gut", warf Lorenz ein, „nicht nur von der Finanzseite her!" „Na
klar", Maren bestärkte ihn, „Du kennst den Laden in- und auswendig!"

Volker saß gemütlich mit Manfred in dessen Büro. „Lorenz", erklärte
Manfred, „wird den Job als CFO übernehmen." Volker zog erstaunt die Stirn
kraus: „Und Maren? Was ist mit ihr? Die ist doch absolut fähig, die Frau. Die
wäre doch sicherlich in der Lage, Insite für den Börsengang fit zu machen?"
„Zweifelsohne, aber Maren hat andere Pläne; sie will uns leider verlassen. Ich
dachte, Du wüsstest das bereits." Volker überging diese Bemerkung
Manfreds. „Kann denn Lorenz die Rolle des CFO ausfüllen?", fragte er
stattdessen. „Maren übergibt ihm einen intakten Laden. Marens Leute wissen

genau, was zu tun ist. Die werden Lorenz wirkungsvoll unterstützen. Da bleibt Lorenz eine gute Einarbeitungszeit!" Manfred machte eine kurze Pause. „Nun aber zurück zum CIO. Mit Lorenz' Ausscheiden ist der Bereich Produkte neu zu besetzen." „Du hast Dir doch sicherlich schon so Deine Gedanken darüber gemacht, die da lauten: Wen bekomme ich denn als neuen Tanzpartner?" Manfred grinste und fuhr fort: „Ich will Dich nicht lange auf die Folter spannen: Du wirst wohl mit Dir selbst tanzen müssen. Ich denke, Du solltest den alleinigen CIO machen! Du hast Dich hervorragend eingearbeitet. Du hast die Akzeptanz der Leute gewinnen können. Du bist Co-Autor der Produktsuite. Mehr Qualifikationen für den Job als alleiniger CIO kann man wohl schwerlich erwarten. Du bist die Idealbesetzung!" „Oh, danke für die Blumen", antwortete Volker. „Sicherlich willst Du mir jetzt noch sagen, dass ich zusätzliche Aktien Optionen beim Börsengang bekomme, nämlich genau die, die Lorenz für seine Tätigkeit als CIO Produkte bekommen hätte." Manfred schaute verblüfft; mit einer derartigen Reaktion Volkers hatte er nicht gerechnet. „Darüber habe ich mir noch gar keine Gedanken gemacht. Sicherlich können wir über eine Aufstockung reden, aber genauso sicher auch nicht über die volle Höhe von Lorenz." „Schon klar", erwiderte Volker augenzwinkernd, „So ganz ernst war das auch nicht gemeint. Allerdings sollte Insite die alten Optionen von Lorenz jetzt nicht in voller Höhe einsparen, denn Lorenz bekommt schließlich Marens Optionen. Es wäre doch schade, wenn wir da was verschenken würden." Es war erneut an Manfred, mit Volkers Gedanken Schritt zu halten. „Gut", wiegelte er auf Zeit spielend ab, „Wir werden über die Optionen noch mal sprechen. Was sagst Du denn inhaltlich zu meiner Entscheidung?" Volker dachte einen Moment nach. Seine Analyse kam gnadenlos und glasklar: „Ursprünglich hast Du mit der Besetzung von zwei CIOs eine Doppelstrategie gefahren, was ich gut verstehen kann. Fällt ein CIO mal aus, dann ist immer noch der andere da. Nur hast Du sicher auch gemerkt, wie das gelaufen ist: Die Doppelstrategie wurde zur doppelten Strategie! Lorenz hat mir nie das Schwarze unter dem Fingernagel gegönnt, war nicht sonderlich kooperativ, witterte immer nur Verrat, versuchte mir alles in die Schuhe zu schieben, wenn er mal wieder was verbockt hatte. Insofern ist dann eine doppelte Strategie schlimmer als gar kein Konzept. Mit der Doppelstrategie schaffst Du zwei Pole, und diese beiden Pole stoßen sich dann gegenseitig ab, so wie wir das alle mal im Physik-Unterricht gelernt haben. Mal abgesehen, wie sich dabei die Pole fühlen – was bedeutet das für die Firma? Das führt zu einer Narkotisierung, nicht aber zu einer Mobilisierung, die wir eigentlich erreichen wollen und auch erreichen müssen!" Manfred nickte ergeben. Volker hatte unbedingt Recht!

15 Die ganze Wurst

„Die Leute sind stinksauer!" Es sprudelte förmlich aus Klaus heraus, der mit Sören und Frederico bei Volker erschienen war. „Die Leute fühlen sich nur noch verarscht! In meinem Leistungszentrum schuften sie in Projekten, dass das Licht ausgeht. Zehn oder zwölf Stunden am Tag sind gar nichts! Und was bekommen sie dafür? Zynische Bemerkungen! Sie müssten sich mehr kundenorientiert verhalten! Sie müssten das Marketingkonzept verinnerlichen! Welches Marketingkonzept? Ich sehe keines! Es gibt auch keines! Ähnlichen Schwachsinn bekommen die täglich zu hören. Sie haben die Schnauze gestrichen voll. Sie keulen in Projekten, und die hohen Herren im Marketing schmeißen das sauer verdiente Geld mit vollen Händen wieder zum Fenster raus. Kundenorientiert soll das dann sein, wenn ich diese Sprüche schon höre! Die beste Kundenorientierung ist doch nach wie vor, saubere Projektarbeit abzuliefern! Und das tun meine Leute wahrhaftig. Diese Leistungsbereitschaft sehen auch andere Firmen. Täglich rufen die Headhunter an und versuchen, Leute abzuwerben. Und die Headhunter bieten einiges! Es besteht wirklich die Gefahr, dass mir mein Leistungszentrum auseinander bricht, dass Leute abhauen. Und wenn die weg sind, wer macht bitteschön dann die Projektarbeit? Die Marketing Fuzzis? Die wissen doch kaum, wie sie ihren Rechner anschalten sollen! Von Sprüchen alleine wird kein Programm und kein Projekt fertig!"

Volker wartete geduldig, bis Klaus sein erstes Pulver verschossen hatte. Sicherlich, irgendwo hatte Klaus ja Recht. Aber mussten diese Tiraden so gnadenlos vorgebracht werden? Wozu waren derartige Rundumschläge gut? Sie verprellten im Grunde alle. „Wenn ich Dich richtig verstehe, müssten Deine Mannen dann auch auf den Produktbereich sauer sein. Deiner Logik folgend leisten die Produktler ja auch nichts unmittelbar für die Firma." Klaus holte Luft für eine heftige Entgegnung, aber Sören schnitt ihm das Wort ab: „Ich würde das mal so sagen: Durch die Trennung in Projekte und Services ist zusätzlich ein Graben quer durch die Firma gezogen worden, und zwar im produktiven Bereich. In meiner Rolle als Head of Product Development - oder wie immer ich mich schimpfen soll – bemerke ich das unmittelbar. Es gibt schon Animositäten zwischen den Mitarbeitern, nach dem Motto: Ihr Götter aus der Produktlinie und wir Sklaven aus der Projektlinie! Wir Projektler müssen keulen, Ihr Produktler dürft euren Neigungen und Hirngespinsten nachgehen. Wir auf der mittleren Ebene, Klaus, Frederico und ich, diskutieren intensiv; wir persönlich empfinden auch nicht, unterschiedlichen Firmen anzugehören. Wir wollen Insite voranbringen, auf der Produktseite und auf der Projektseite. Projekte liefern doch die Vorlagen für die Produkte. Produkte müssen sich dann ihrerseits wieder daran messen lassen, ob sie die Anforderungen aus Projektsicht erfüllen. Wir sind uns darüber im Klaren und verfolgen die Interessen der Firma gemeinsam. Eine Ebene darunter aber, bei den Leuten, ist schon eine Aufspaltung zu bemerken. Wir vom Produktteam und die vom Projektteam – das ist nicht das, was wir uns mit offener Kommunikation, dem füreinander Einstehen und so auf die Fahnen geschrieben haben. Diese Divergenz zwischen Vorsatz und Realität, zwischen Wort und Tat, kommt bei den Leuten negativ an! Und da muss ich an Dich appellieren, Volker: Du bist jetzt alleiniger CIO. Du hast es in der Hand, diese Entwicklung zurück zu drehen, die Leute wieder zusammen zu führen. Du kannst und musst dafür sorgen, dass wieder gemeinsame Ziele erkannt und verfolgt werden."

Volker nickte und dachte nach. „Können wir den Leuten Anreize bieten? Gibt es irgendetwas, was sie zusätzlich motivieren könnte? Im Vertrauen: Manfred sagte mir, ein Optionsplan sei in Vorbereitung. Ich weiß jetzt nicht, wie viele Optionen jeder Einzelne bekommen wird, aber wäre das vielleicht ein Anreiz?"

Nun antwortete Frederico: „Volker, Du kennst das doch aus eigener Erfahrung, Du weißt doch aus Deiner eigenen beruflichen Laufbahn, wie Entwickler ticken. Mit Geld alleine kannst Du die nicht motivieren. Du kennst doch den alten Witz?" Als Volker sich nicht äußerte, fuhr Frederico fort: „Ein Programmierer sitzt vor seinem Bildschirm. Da kommt, schwapp, schwapp, ein Frosch über seine Tischplatte gehoppelt. Der Programmier schaut den Frosch ganz erstaunt an. Da beginnt der Frosch auch noch zu sprechen und sagt: Küß mich, ich bin eine verwunschene Prinzessin! Dem Programmierer klappt nun endgültig die Kinnlade runter. Er nimmt den Frosch in die Hand, überlegt einen Moment und sagt: Hmmm, was soll ich eigentlich mit einer Prinzessin? Aber einen sprechenden Frosch, den finde ich schon geil!" Alle lachten. Frederico fuhr fort: „An diesem simplen Witz kannst Du sicher erkennen: Mit Geld allein motivierst Du keinen Entwickler! Da musst Du schon etwas mehr bieten!"

Volker überlegte erneut. „Wir haben zwei Möglichkeiten", dachte er laut. „Wir können ein gemeinsames Meeting mit allen Leuten machen und die Dinge offen ansprechen. Der Vorteil hiervon wäre, dass man – zumindest meiner Erfahrung nach – durch offenes Ansprechen der Missstände konstruktive Kritik bekäme und somit bei der Klärung der Sache einen Schritt weiter kommen könnte. Das Risiko besteht darin, dass man den Konflikt aufbauscht, zu hoch hängt und Probleme schafft, wo eigentlich keine sind. Die zweite Möglichkeit: Wir schaffen Gemeinsamkeiten, indem die Bereiche Produkte und Services sich gegenseitig Projekte vorstellen und darüber diskutieren. Das könnte zwar den Nachteil haben, dass die vorgestellten Projekte niemanden so richtig nachhaltig interessieren, die Diskussion zäh und unergiebig wird. Wenn aber Interesse an der Arbeit der anderen Seite geweckt werden kann, dann ist man unmittelbar auf der fachlichen Ebene, kooperiert miteinander."

Sören, Klaus und Frederico favorisierten den zweiten Lösungsvorschlag. Sie wollten umgehend damit anfangen, Meetings einzuberufen, in denen einzelne Leistungszentren ihre Arbeit vorstellen sollten und gemeinsame Erörterungen angestoßen werden sollten. So könnte man den Graben schließen, der sich zwischen den Bereichen Services und Produkte aufzutun drohte. Was aber war mit dem anderen, dem sehr viel tieferen Graben zwischen Entwicklung und Marketing?

„Den kittest Du nicht so einfach! Der ist viel zu tief. Da heißt es nicht mehr, wir arbeiten in unterschiedlichen Bereichen. Da heißt es: Wir arbeiten produktiv und ernähren die Drohnen, den unproduktiven Marketingbereich!" Mit diesen Worten zeichnete Klaus ein hartes Bild. Sören sah die Sache sehr viel moderater: „Ich würde mal so sagen: Wenn wir es tatsächlich irgendwann schaffen sollten, Produkte fertig zu bekommen und die auch noch am Markt anbieten zu können, dann haben wir Marketing bitter nötig. Die Welt wartet ja nicht auf Insites Superprodukte; da müssen wir das Feld schon bereiten mit unserem Marketing. Nur müssen die Marketinger sich auch fachlich mal ein wenig einarbeiten. Es reicht nicht, Folien zu malen, um darauf Farbe zu verteilen, damit die bunt werden. Die Inhalte sind das A und O, ansonsten verkommt Marketing zur Luftnummer. Wir könnten Marketing mit einbeziehen in unsere Meetings, in denen wir uns gegenseitig unsere Arbeit vorstellen." Frederico schaltete sich in die Diskussion ein: „Ich verstehe Deinen Standpunkt, Sören. Natürlich braucht der Bereich Produkte das Marketing sehr viel mehr als der Bereich Services. Dem Bereich Projekte fliegen in Form von Bankaufträgen die gebratenen Tauben derzeit regelrecht in den Mund. Da brauchen wir keinerlei Marketing, wir bekommen die Aufträge auch so!" „Und die Profite aus der Projektarbeit werden dann vom Marketing aber aufgefressen", warf Klaus ein: „Services verzehrt kein einziges von den gebratenen Täubchen selbst, die so zahlreich herumfliegen. Da sitzt der große, gefräßige Herbert und spielt den großen Taubenfänger. Er kaut sie ab bis auf die Knochen. Genau darüber sind die Leute doch sauer ohne Ende!" Frederico versuchte, Klaus zu beschwichtigen: „Ganz so krass, wie Du das siehst, stellt sich die Sache doch nicht dar. Die meisten erkennen schon die Notwendigkeit eines Marketings. Du kannst die Uhr auch nicht mehr zurückdrehen; wir sind nun mal auf dem Weg zur Börse, da läuft ohne Marketing nichts mehr!" „Richtig!", bestätigte Klaus, „Nur welches Marketing? Ich will nur ein Marketing haben, das seinen Namen auch tatsächlich verdient und sich nicht in Plattitüden erschöpft. Du hast doch selber gehört, welchen Unsinn Onkel Herbert auf dem Plenum von sich gegeben hat: ‚Egal, ob Du für Projekte oder Produkte arbeitest, Du wirst immer einen PC benötigen. Gewisse Services sind stets vonnöten. Deshalb werden wir den Bereich Services auch keinesfalls auflösen.' Das war O-Ton Herbert! Onkel Herbert kennt sich aus; der weiß, wie der Hase läuft. Nur Fredericos Frosch, den versteht er partout nicht!"

„Das stimmt!", bekräftigte Frederico. „Der Graben zwischen der Geschäftsleitung und dem Fußvolk ist größer geworden. Weißt Du, wie man Euch jetzt nennt?" Er wandte sich an Volker. „Früher wart Ihr ja das Sixpack. Das kennst Du ja. Diese Bezeichnung war zwar nicht ganz schmeichelhaft, aber doch von gewisser rauer Herzlichkeit geprägt. Und jetzt, wo Maren weg ist? Wo nur noch fünf im Sixpack übrig sind? Weißt Du's?" Frederico machte eine Pause und sah Volker auffordernd an. Volker hatte keine Ahnung, blieb aber ruhig und zog sein Pokergesicht auf. Frederico legte nach: „The big five! Die kennst Du doch aus der Großwildjagd in Afrika. Der Elefant, das Nashorn, der Büffel, der Löwe und der Leopard. Du kannst Dir ja ein Tier aussuchen, Volker, das Du verkörpern möchtest! Alleine das Wort ‚big' vergrößert bereits den Abstand der big five zum Rest der Truppe. Wir small – ihr big!" „Also, Frederico", Sören sprach ihn direkt an, „Das mit den big five habe ich auch schon gehört, würde das aber nicht überbewerten und Dinge hineininterpretieren, die so gar nicht gesagt worden sind. Ich denke, das mit den big five ist einfach ein Spruch, der irgendwann mal zwischen Flipper und Brötchenautomat entstanden ist, ohne dass eine esoterische Bewertung des Gesagten stattgefunden hat. Ich meine, Frederico, derartige Bewertungen solltest Du Roger überlassen, oder wenigstens mal gut mit ihm darüber sprechen!" Sören gluckste zufrieden in sich hinein. Es entstand eine kleine Pause.

Klaus nutzte diese Unterbrechung: „Hier ein bisschen Marketing, dort ein bisschen Börsengang. Hier ein bisschen Fusion, dort ein bisschen Optionsplan! Was geht hier eigentlich ab? Ich will die ganze Wurst!" Er erntete verständnislose Blicke von seinen Gesprächspartnern. Die ganze Wurst? Was soll das heißen? Klaus lächelte und zog etwas zu gierig an seiner Zigarette: „Versteht Ihr? Ich will die ganze Wurst!" Nach einer kurzen Pause fügte er hinzu: „Ganz einfach die ganze Wurst. Nicht immer nur Scheiben, schön dünn geschnittene Scheiben. Keine Salamitaktik!" Nun war allen klar, was Klaus meinte, der fortfuhr: „Die Leute wollen auch die ganze Wurst. Und ich, ich habe sogar ein Anrecht auf die ganze Wurst. Ich will mich nicht mehr mit Scheibchen abspeisen lassen!"

Allgemeine Heiterkeit. Genau, die ganze Wurst wollen wir auch, ein jeder mindestens eine und möglichst noch eine Extrawurst. Das löste zwar vorübergehend die Stimmung. Aber der ernste Hintergrund dieses lustigen Gleichnisses blieb durchaus präsent.

„Also, was können und wollen wir tun?", fragte Volker zusammenfassend in die Runde. „Marketing ist da, wir können und wollen die Uhr nicht zurückdrehen. Wir sind uns einig, dass wir Marketing benötigen. Wir wissen aber auch, dass Marketing gewisse Verständnis-Defizite hinsichtlich technischer Fragestellungen hat. Was bleibt? Wir könnten dann versuchen, dem Marketing unsere Projektarbeit sowie die Produktsuite inhaltlich näher zu bringen" „Das können wir versuchen", bestätigte Sören, „Aber dazu müssten bei Marketing auch der Wille und die Bereitschaft vorhanden sein, sich mit derartigen Themen auseinander zu setzen. Um dies abzuklären, solltest Du, Volker, zunächst mal bei Herbert die Bereitschaft ausloten, sich mit fachlichen Fragen auseinander zu setzen. Erst wenn diese Bereitschaft zum Ausdruck gebracht wird, könnten wir dann mit weiterer Aufklärungsarbeit aufsetzen." Sören hatte Recht. Volker war sich aber darüber im Klaren, er musste hier in dieser Runde das Heft in der Hand behalten, durfte sich nicht minutiös vorschreiben lassen, welche Schritte er in welcher Reihenfolge zu unternehmen hätte. Deshalb brach er die Diskussion ab. „Gut!", rekapitulierte er, „Wir halten als Ergebnis dieser Aussprache fest: Erstens. Ihr etabliert die Meetings untereinander, um Services und Produkte wieder stärker zusammen zu bringen. Zweitens. Ich werde mit Herbert sprechen und ausloten, in welcher Form wir den Graben zwischen Marketing und Technik schließen können."

Als die drei gegangen waren, saß Volker eine Weile still hinter seinem Schreibtisch. Toll, welches Engagement die Leute mitbringen, mit welchem Interesse und Einsatz sie die Firma vorantreiben wollen. Tun sie das aber immer so uneigennützig, wie es den Anschein hat? Oder wollen sie diesen Anschein nur erwecken? War nicht zu spüren, dass auch starkes persönliches Interesse mitschwang, motiviert sicherlich auch durch persönlichen Ehrgeiz? Motiviert aber auch durch die sich auftuende Möglichkeit, die Firma mit zu gestalten. Der gestalterische Einfluss auf die Firma ist umso größer, je höher man in der Hierarchie steht. Das gilt – allem Gerede über offene Kommunikation und flache Hierarchien zum Trotz – natürlich auch für die Firma Insite. Wie aber kommt man andererseits innerhalb der Hierarchie hoch? Am besten, indem man Potential zeigt für strategisches Vorgehen. Auf dem Weg nach oben in einer Hierarchie stehen sich Gestaltungswillen und persönlicher Ehrgeiz auf jeden Fall nicht gegenseitig im Wege, sondern ergänzen einander. Der Karrierewunsch war sicherlich bei Leuten aus der zweiten Reihe, wie etwa Klaus, offensichtlich vorhanden. Wurde er auch offiziell geäußert? Herrschte diesbezüglich tatsächlich die viel beschworene offene Kommunikation? Eher nicht. Karrierewünsche galten als uncool, vielleicht sogar als unanständig. Man wollte – wenigstens nach außen hin – lieber weiter cool flippern und Brötchenautomaten berauben als als big five Großwild durch die Savanne zu schnüren. Das offizielle Ideal war der Gutmensch, der frei von persönlichen Interessen dem Ganzen diente, mithin nicht immer im Einklang mit der gelebten Realität.

Herbert saß, die Füße hochgelegt, hinter seinem Schreibtisch und starrte auf Volker, der auf der anderen Seite des Möbelstücks Platz genommen hatte. „Na klar, Volker, wir wollen unsere Kommunikation untereinander verbessern. Ich denke, man kann seine Kommunikation immer verbessern. Das ist ein Prozess, seine Kommunikation zu verbessern!" Das habe ich nach der dritten Wiederholung allmählich begriffen, dachte sich Volker. Herbert fuhr fort: „Nur, weißt Du, wir Marketinger sind keine Programmierer. Wir können keine Programme schreiben, und, ich glaube, wir müssen das auch nicht können und lernen. Wenn wir das könnten, würden wir uns für unsere eigentliche Arbeit blockieren. Wir brauchen da einen vorbehaltlosen Ansatz. Wir müssen von außen draufschauen, sonst werden wir betriebsblind und können unseren Kunden die Vorteile unserer Produkte nicht objektiv schildern." „Mir geht es", warf Volker ein, „keineswegs darum, Marketingleute zu Systemleuten machen zu wollen. Damit aber einer von Euch den Kunden die Vorteile unserer Produkte fundiert und objektiv schildern kann, ist ein gewisses technisches Grundverständnis erforderlich. Der Aufbau dieses technischen Grundverständnisses ist zwangsläufig nur über eine intensivierte Kommunikation zwischen Technik und Marketing erzielbar. Man schlägt also zwei Fliegen mit einer Klappe: Man verbessert die Kommunikation untereinander, und man baut zusätzliche Kenntnisse auf. Ich möchte deshalb anregen, dass Deine Leute – ohne detaillierte technische Aufgaben zu übernehmen – eine Zeitlang in unseren Projekten mitarbeiten, zum Beispiel in der Auftragsabwicklung von Webseiten Design. Browsertests und ähnliches, was dort an technischen Detailarbeiten anfällt, sollen die nicht machen. Es reicht, wenn sie Aufträge annehmen und die ganze organisatorische Arbeit übernehmen. Die Konsequenz aus gemeinsamer Teamarbeit ist doch stets ein besseres Zusammengehörigkeitsgefühl, was üblicherweise mit verbesserter Kommunikation einhergeht."

Herbert schien angestrengt nachzudenken. „Was hältst Du denn von dem Vorschlag, wenn Deine Leute mal bei uns reinschnuppern?", fragte er nach. „Im Prinzip kein schlechter Vorschlag! Nur haben meine Leute dermaßen viel zu tun, dass sie aus den laufenden Projekten nicht raus können. Jeder Ausfall reißt dort eine Lücke, die sich derzeit bei unserer engen Personaldecke nicht schließen lässt. Wenn jemand krank ist, wird das akzeptiert. Wenn jemand ins Marketing abgeordnet wird, werden die sagen: Der kann Urlaub beim Marketing machen, und wir müssen seine Arbeit mitmachen. Damit würde der Graben zwischen Marketing und Technik weiter vertieft werden, anstatt dass die Bereiche zusammenwachsen." „Also, Volker, Urlaub machen wir hier bei Marketing schon gar nicht. Und ich glaube einfach auch nicht, dass in der Firma jemand denkt, wir machten welchen! Wir arbeiten ebenso hart wie alle anderen. Und das wird auch von allen so gesehen und anerkannt." Volker hatte das unbestimmte Gefühl, er sei über das Ziel hinausgeschossen und sie würden aneinander vorbeireden. „Nein, Herbert, so war das auch nicht gemeint mit dem Urlaub" Er ruderte zurück. „Aber Du weißt selber, wie krass manche von unseren Leuten drauf sind. Da wird gerne mal was überzeichnet dargestellt. Bitte gehe noch mal in Dich und denke darüber nach, ob es nicht sinnvoll wäre, Marketingleute befristet in Technikprojekte zu delegieren. Wie fragte mich neulich einer Deiner Mitarbeiter: Ich habe das Gefühl, die Programmierer akzeptieren mich nicht, nehmen mich nicht für voll. Kannst Du mir helfen?" Herbert wiegte bedeutungsvoll seinen Schädel" „Denk auch Du bitte nach, ob Du nicht den einen oder anderen in ein Marketingprojekt abstellen kannst." Volker hatte das unbestimmte Gefühl, Herbert sei die ganze Sache ziemlich gleichgültig.

„Volker, ich habe noch eine weitere Neuigkeit für Dich." Volker schaute Herbert neugierig an. „Unser lieber Banker möchte mit uns sprechen. Er hat Informationsbedarf angemeldet in Sachen IPO und Produktportfolio. Das Gespräch soll kurzfristig stattfinden. Da Manfred in Urlaub ist und weil unser Banker im wesentlichen technische Fragen hat, dachte ich, dass wir beide gemeinsam dorthin gehen sollten." Volker fühlte sich ein wenig geschmeichelt. „Na, klar, können wir gerne machen. Wie wollen wir uns denn auf das Gespräch vorbereiten?", fragte er Herbert. „Du solltest eine Übersicht über das Produktportfolio dabei haben. Ich werde ihm sagen, wie wir marketingmäßig beim IPO vorgehen. Ansonsten schauen wir mal, was er sonst noch so will." „Und wann soll das stattfinden?" „Morgen." „Das ist in der Tat kurzfristig! Gut, ich werde meine Präsentation noch mal durchsehen und ergänzen." Volker verließ Herberts Büro.

Als Volker vor seinem Rechner saß, klingelte sein Telefon. „Hier ist Maren." „Maren!" Volker war ein wenig verwirrt. „Rufst Du aus Australien an?" „Ja. Ich wollte doch mal hören, wie es Deutschland, Euch und Dir so geht." Volker freute sich über den Anruf und schilderte die letzten Ereignisse, die bei Insite vorgefallen waren. Schließlich kam er auf den morgigen Termin bei dem Banker zu sprechen. „Du gehst mit Herbert hin? Warum nicht mit Manfred?", fragte Maren. Volker erzählte, Manfred sei im Urlaub. Maren zögerte einen Moment. „Sei vorsichtig!", riet sie. Volker war verwirrt. Vorsichtig? Er beherrschte seine Materie, konnte zum Produktportfolio umfassend Auskunft geben. Der Banker würde ihn sicher nicht aufs Glatteis führen können. „Nein, Volker, merkst Du das denn nicht?" Volker war noch mehr verwirrt. „Das kann ein Komplott gegen Manfred sein. Kaum ist der im Urlaub, läuft Herbert hinter seinem Rücken zum Banker!" Volker fiel aus allen Wolken. So hatte er das noch gar nicht gesehen. Herbert sägte an Manfreds Stuhl, und ihm, Volker, fiel die Verräterrolle zu. „Maren, meinst Du tatsächlich, dass da so eine Sauerei läuft?" Maren sagte ihm, sie wüsste das zwar nicht, rate ihm aber, auf der Hut zu sein. „Soll ich versuchen, Manfred telefonisch zu erreichen?" Maren riet dringend dazu. Volker hatte Herbert bereits zugesagt, ihn bei dem Gespräch zu begleiten. Da könne er schlecht einen Rückzieher machen. Aber Transparenz gegenüber Manfred sei unbedingt angebracht. Wäre doch mal ganz interessant zu erfahren, ob Manfred überhaupt von diesem Termin wüsste. „Sorry, Maren, daß ich Dich mit diesem ganzen Mist hier belästige. Du hast sicherlich im Moment ganz andere Dinge um die Ohren. Und, ich wollte Dir auch noch sagen, Du fehlst mir!" Einen Moment herrschte Stille in der Leitung. Maren schien ein wenig zu schlucken. „Ja", stammelte sie, „Du fehlst mir auch!" Maren legte auf.

16 Die Fusion

Herbert und Volker betraten die großzügige Lobby des Bankhochhauses, die das gesamte Erdgeschoß einzunehmen schien. Linker Hand war ein großzügiger Empfangstresen, wo die beiden ihre Zieladresse angaben. „Das ist in unserem gesonderten Bereich", ließ der Pförtner sie fast flüsternd wissen. „Bitten warten Sie; sie werden abgeholt." Herbert und Volker versanken in weich gepolsterten, cognacfarbenen Ledersesseln. Gegenüber der Sitzgruppe, in der die beiden Platz genommen hatten, war eine ganze Batterie von Fahrstühlen, die unter hoch frequentierter Nutzung stand. „Gesonderter Bereich?", Volker sah Herbert fragend an. „Müssen wir nicht einfach dort drüben mit einem der Fahrstühle fahren?" „Nein, wir werden da hinten durch die Milchglastür geschleust. Dahinter befinden sich Sonderaufzüge. Mit denen geht es dann direkt ins Allerheiligste." Die unauffällige Glastür öffnete sich und eine Dame trat auf die beiden zu. „Guten Tag, Herr Hastler", begrüßte sie Herbert, um sich anschließend mit liebenswürdigem Lächeln Volker zuzuwenden. „Bitte kommen Sie mit. Sie werden erwartet." Die drei näherten sich der Glastür, die sich wie von Geisterhand vor ihnen öffnete und hinter ihnen wieder schloss. Der Expressfahrstuhl übersprang diverse Etagen, bevor er in einer der oberen anhielt. Die Dame führte sie in einen Besprechungsraum. Die Aussicht über Frankfurt war überwältigend. Zumindest die Stadt schien einem hier zu Füßen zu liegen. Ganz schöner Aufriss, den die hier für uns veranstalten, dachte Volker.

„Meine Herren! Fein, dass Sie es so kurzfristig einrichten konnten!" Der Banker betrat den Raum. Herbert erwiderte: „Das passt nahtlos in den Timetable unserer Task Force IPO. Schön, dass wir uns nochmals hierüber austauschen können. Es gibt eine Menge Neuigkeiten!" „Da bin ich gespannt", entgegnete der Banker. „Spannende Nachrichten in spannenden Zeiten!" Herbert erzählte nun recht umständlich und äußerst ausführlich, was alles im Rahmen der IPO Vorbereitung bei der Insite derzeit geschehe, mit speziellem Schwerpunkt auf den Marketing-Aktivitäten. Der Banker schien interessiert zuzuhören. Schließlich war Herbert am Schluss seines Vortrages angekommen. Es entstand ein Augenblick des Schweigens.

„Wir mussten Lösungen finden. Kreative Lösungen!", nahm der Banker den Faden auf. „In jeder Situation gibt es mehrere Wege, die gangbar sind. Man muss sich für den besten entscheiden." Er machte eine Pause und schien die Wirkung seiner Worte abzuwarten. „Als CIO", er wandte sich an Volker,

„sind Sie doch bestens mit der technischen Ausrichtung der Insite vertraut. Sie könnten mir doch detailliert erklären, welche Produkte Insite hat und was die leisten." „Natürlich!" pflichtete Volker bei. „Und Sie könnten mir genau erklären, warum Insite bei ihrer Produktentwicklung den einen oder anderen Weg gegangen ist, welche spezifischen Vorteile Insites Produkte haben." „Ja. Wenn es dann um technische Details gehen sollte, würde ich den zuständigen Mitarbeiter zusätzlich mit heranziehen!" „Fein!", resümierte der Banker. „Genau die Situation steht bevor!" Für Volker sprach er in Rätseln. War mit diesen zwei Fragen sein persönliches Wissen über die Produktausrichtung Insites bereits abgeklopft? Das konnte es doch wirklich nicht gewesen sein, warum er hierher beordert worden war.

„Denken Sie an unsere Task Force IPO!" Der Banker richtete sich gepflegt in seinem Stuhl auf. „Was war vereinbart?" Volker schaute ratlos. Er wusste von keinerlei Vereinbarungen. Auch Herbert hielt sich bedeckt. Wusste er, worauf der Banker hinaus wollte? „In die Task Force IPO sollte außer Ihnen, den Herren von Insite, unser französischer Freud Raphaël hineingehen. Raphaël ist CEO von ARF. Haben Sie bereits miteinander gesprochen?" Herbert schaute ein wenig betreten; schließlich ließ er sich zu der Bemerkung hinreißen: „Ich selber habe mit Raphaël noch nicht gesprochen. Leider kann ich Ihnen im Moment nicht mit Gewissheit sagen, ob Herr Schepard dies getan hat." Der Banker schien für einen Augenblick die Stirn zu runzeln. „Herr Schepard, sagten Sie, sei derzeit im Urlaub?" Herbert nickte bestätigend und in der stillen Hoffnung, dies müsste der zweite Minuspunkt für Manfred sein.

„Was wir brauchen, und zwar jetzt und sofort, sozusagen stante pede", der Banker lehnte sich zurück und nahm einen Schluck aus seiner Kaffeetasse, „ist ein unmittelbarer Abgleich zwischen den Firmen Insite und ARF. Welche Marktchancen bestehen in Deutschland respektive in Frankreich? Welche Marktposition lässt sich erreichen, einzeln oder gemeinsam? Welche Synergieeffekte ergeben sich? Welche Überschneidungen gibt es im Angebotsportfolio? Welche gemeinsamen Festlegungen können hier getroffen werden? Was wir brauchen, ist ein Review der Product Lines! Das sollte Ihre Aufgabe werden!" Der Banker schaute Volker durchdringend an, der seinerseits ergeben nickte. „Weißen Rauch!", der Banker legte nach, „Weißen Rauch brauchen wir! Die beiden Firmen müssen gemeinsam beschließen, welche Produkte sie gemeinsam an den europäischen Markt bringen! Und dazu brauchen wir weißen Rauch! Sie müssen sich einig werden, welche Produkte aus dem Gesamtportfolio der beiden Companys selektiert werden!" Volker nickte erneut ergeben. Der Banker wandte sich an Herbert. „Sie werden Deal Manager sein! Sie sind verantwortlich, dass das alles nicht nur auf technischer Basis, sondern auch – und das ist viel wichtiger – auf Marketing-Basis läuft!" Herbert nickte zustimmend. Volker durchzuckte es; war es das, wovor Maren ihn gewarnt hatte? Herbert, der Deal Manager –eine zumindest teilweise Entmachtung Manfreds?

„Eine absolut sinnvolle Maßnahme", Herbert bekräftigte die Worte des Bankers. „Think big ist die aktuelle Devise auf dem Markt. Und glauben Sie mir, den kenne ich! Mit einer europäischen Lösung machen wir den ersten Schritt in Richtung Globalisierung. Das ist das, was führende Analysten und Investment Banker fordern: Eine breite Aufstellung! Wir dürfen auch nicht vergessen, dass Insite derzeit, bedingt auch durch den Produktaufbau, einen wesentlichen Umsatzanteil im Konzern über die Muttergesellschaft, die Bank, erzielt. Das könnte als Minuspunkt bewertet werden. Mit der Hinwendung zu ARF könnte diese Situation entspannt werden." Der Banker sah aus dem Fenster und blickte auf die Stadt, die ihm zu Füßen lag. Für einen Moment schien er ein wenig zu schmunzeln. „In der Tat könnten die Umsatzanteile ein wenig differenziert ausgerichtet werden." Er schaute wieder konzentriert auf die kleinen Straßenzüge Frankfurts, die ihm weiterhin zu Füßen lagen, so als hätte man niemals über differenzierte Umsatzanteile gesprochen.

Volker überlegte. Was war da gerade gesagt worden? Umsatzanteile differenziert ausrichten? Wie war das gemeint? Das konnte doch wohl nur heißen, dass gewisse Beauftragungen der Bank an ARF erfolgen würden, die ihrerseits dann Insite beauftragen würde. Damit ließe sich die Abhängigkeit von der Bank zumindest vordergründig reduzieren. Oder dachte er zu schlecht von dem Banker? Wenn die Beauftragungen zumindest partiell aber so laufen würden, bekäme ARF mit der Beauftragung auch ein Druckmittel gegenüber Insite in die Hand und könnte sicherlich Eigeninteressen bei der gemeinsamen Produktpositionierung stärken, eigene Produkte gegenüber Insites Produkten bevorzugen. Volker schwirrte der Kopf. Immerhin hatte er das Gefühl, er beginne zu begreifen, wie derlei Deals laufen könnten.

Der Banker wandte sich seinen Besuchern zu. Er sprach Herbert an: „Also, Herr Deal Manager, machen Sie Ihren Job! Zögern Sie nicht, gehen Sie entschlossen vor! Wenn Sie Rat oder Unterstützung brauchen, rufen Sie mich direkt an. Ich werde dann das Nötige veranlassen." Herbert und Volker waren entlassen.

„Welchen Aufgabenkreis hast Du als Deal Manager?", Volker wandte sich fragend an Herbert. Die beiden saßen in Herberts neuer Dienstlimousine. Die Klimaanlage fächelte leise vor sich hin, dezente Musik drang aus der sündhaft teuren Stereoanlage. „Ich bin verantwortlich für die Fusion. Wir werden bei Insite weitere zweihundert Leute übernehmen und uns so auch personalmäßig in eine Dimension begeben, die absolut börsenreif ist. Für die Fusion werde ich mehrere Working Groups bestellen, die den Fortschritt der Fusion überwachen und vorantreiben. Dich sehe ich in den Gruppen Marketing und Infrastruktur." „Marketing?", fragte Volker nach. „Ja. Wir brauchen zur Unterfütterung unserer Marketingstrategie Informationen über die Produkte. Die kannst Du beisteuern." „Haben die Franzosen denn Produkte?", wollte Volker wissen. „Weiß ich nicht", entgegnete Herbert, „Und wenn, machen wir die platt. Wir nehmen auf jeden Fall unsere Produkte." Volker war einen Moment sprachlos. „Vielleicht haben die Franzosen aber brauchbare Software, so dass wir vielleicht Teile davon für unser Portfolio verwenden können." „Vergiss es", sagte Herbert, „Ich war erst letzte Woche bei denen, habe lange mit denen gequatscht. Die wollen nur knallhart ihre Interessen verfolgen, stolze Franzosen eben. Aber da haben sie nicht mit mir gerechnet. Den Zahn werde ich denen schon ziehen. Und Du, Volker, kannst dann in der vereinigten Company CIO werden. Wäre doch eine Superaufgabe für Dich, oder?"

Volker dachte einen Moment nach. Das waren zwar alles Utopien, die Herbert da entwarf, aber so richtig unsympathisch waren ihm die Ideen nicht. Nur, wie wahrscheinlich war es, dass es so kommen sollte, wie Herbert sagte? Herbert war sicher keine intellektuelle Leuchte. Aber mit Geschäften schien er sich auszukennen. Sonst hätte der Banker ihn auch nicht zum Deal Manager gemacht. Herbert schien gewisse Entwicklungen und Trends zu spüren, die zumindest Volker nicht zugänglich waren. „Ja", antwortete er lahm, „CIO ist das, was ich, glaube ich, gut kann." Herbert schien einen Moment in sich hinein zu grinsen. „Volker, ich will Dir mal was erzählen. Wir leben doch in einer Zeit, wo man direkt sein Glück machen kann. Du weißt doch, dass ich vorher bei einem Computervertrieb tätig war. Schätze mal, wie viel ich im letzten Jahr dort verdient habe?" Volker zuckte die Achseln. Er hatte partout keine Ahnung. „Eine Million", beantwortete Herbert seine Frage selber. „Wie das?", fragte Volker nach. „Prämien, Boni, Tantiemen und natürlich Optionen!", Herbert grinste selbstzufrieden hinter dem Steuer der Limousine vor sich hin. „Einiges natürlich als Optionen, die erst später einzulösen sind. Aber eine Million Deutsche Märker! Und ich habe nicht vor, mich in diesem Jahr zu verschlechtern!" Volker summten die Ohren. Er hatte zwar ein ordentliches Gehalt, war von diesen Dimensionen aber weit entfernt. Volker kannte noch nicht mal jemanden, der dermaßen viel Geld verdiente. Er schaute zu Herbert rüber. Sollte ausgerechnet Herbert mit seinen doch beschränkten intellektuellen Mitteln auf derartige Summen kommen? Er dachte daran, wie Maren Herbert ausgezählt hatte. Und er dachte dabei an Marens Warnung. Hatte er mit dem gemeinsamen Besuch bei dem Banker tatsächlich Manfred verraten? Wollte Herbert ihn mit der unbestimmten Aussicht auf Säcke voll Geld auf seine Seite ziehen? War Herbert, wenn auch nicht intellektuell, vielleicht doch zu gerissen?

Volker wandte sich Herbert zu, um an das Thema ‚Gehalt' anzuknüpfen. Doch Herbert fuhr unverdrossen fort: „Volker, hast Du nicht gehört, was bei diesem Röhrenkonzern gelaufen ist?" Volker erinnerte sich schwach daran, dass dort eine Übernahmeschlacht wegen der Mobilfunksparte gelaufen war, die mit der Zerschlagung des einstigen Röhrenkonzerns enden sollte. „Fette zweistellige Millionenprämien haben die gezahlt! Teilweise war das Management erst gut ein Jahr im Amt. Und dann bekommst Du zweistellige Millionenbeträge rübergeschoben! Verdienter Lohn dafür, von Old Economy auf New Economy umgeswitched zu haben." Volker hatte wieder dieses leise Flimmern vor den Augen. Das war ihm alles eine Nummer zu groß und zu ungewiss. „Woher weißt Du denn, dass das bei dieser Übernahme tatsächlich so gelaufen ist?" „Man muss sich eben informieren! Und wenn wir unsere Company mit den Franzosen vernünftig verheiraten, dann wird der Banker sicher auch was springen lassen. Na, wie klingt das?" Herbert grinste selbstzufrieden hinter seinem Steuer. „Lass mich nur machen, ich ziehe Dich mit! Stell Dir vor, kein Jahr hier und schon fette Prämien. Uns würden doch einstellige Millionenbeträge schon reichen!"

17 En France

Denise kam in Volkers Büro reingeschneit. „Hier sind Ihre Reiseunterlagen", flötete sie. Obwohl Volker nun mit so ziemlich jedem Kollegen per Du war, hielt sich das Sie zwischen Denise und ihm hartnäckig. Dabei war Denise eine absolut begehrenswerte Frau, mit der sicherlich jeder Mann gerne per Du gewesen wäre. Volker stellte sich das Problem so dar: Wenn er Denise darauf ansprach, sich gegenseitig zu duzen, könnte ihm das als Anbaggern ausgelegt werden, wovon es im Grunde auch nicht so weit entfernt gewesen wäre. Denise ihrerseits würde ihn niemals zum Duzen auffordern; erstens war sie als Assistentin in der Hierarchie weit unter Volker angesiedelt, und zweitens würde das ja so aussehen, als würde sie Volker anbaggern. Außerdem war Volker durchaus klar, dass Denise mit an Sicherheit grenzender Wahrscheinlichkeit von seiner Affäre mit Maren Wind gekriegt hatte. Das machte die Sache noch pikanter. Volker meinte aus jeder von Denise' Äußerungen ein ‚Ach so einer ist das' herauszuhören. Aber vielleicht bildete er sich das alles auch nur ein. Vielleicht war Denise das alles auch völlig gleichgültig. Vielleicht lag diese ganze Ungewissheit auch einfach nur daran, dass Volker – wie so ungefähr jeder andere bei Insite – Denise für die Miss Insite schlechthin hielt, the sexiest woman on the floor.

„Oh, danke Denise", Volker versuchte ein gewinnendes Lächeln, das sympathisch, aber nicht auffordernd wirken sollte. Es entstand eine kurze Gesprächspause, in der Denise sich der Tür zuwandte. „Äh, wann fliegen wir denn?" „Steht alles in den Unterlagen", sagte Denise „Es geht von Frankfurt direkt nach St. Tropez." Volker guckte erstaunt. „Ich dachte, ARF säße in Paris oder Lyon?", fragte er. „Natürlich. Aber die Franzosen sind sowieso an der Côte, machen da ein Offsite Meeting. Da haben die gesagt, es wäre doch sinnvoll, wenn ihr dazu stoßt. Es wäre doch viel schöner, sich in entspannter Atmosphäre kennen zu lernen und unterhaltsamer wäre es sicher auch." Volker zog ein wenig den Bauch ein. Er hätte Denise sicherlich auch lieber in einer entspannteren Atmosphäre kennen gelernt. Warum war er nur immer so gehemmt, wenn Denise in seiner Nähe war? Die wandte sich wieder in Richtung Bürotür. „Wer fliegt denn alles mit?", fragte Volker. Denise war an der Tür angelangt und drehte sich noch mal um, schlichtweg grazil: „Sie, Herbert und noch zwei aus dem Marketing", erklärte sie. Volker fielen keine weiteren Fragen mehr ein, und Denise verschwand. Klotzkopf, dachte sich Volker. Du verhältst Dich Denise gegenüber immer wie ein Siebzehnjähriger! Er griff zum Hörer, um Manfred über den Termin zu informieren. Noch einen kapitalen politischen Fehler wollte er nicht machen. Keine Wiederholung des

Termins beim Banker – trotz Marens Warnung! Aufgrund seiner langjährigen Tätigkeit als Freelancer hatte Volker auch schlichtweg wenig Gespür für heikle politische Situationen.

„Wann wollt Ihr nach Frankreich fahren? Übermorgen?" Manfred klang ein wenig ungehalten am Telefon. Volker hatte ihm berichtet, was während seines Urlaubs bisher gelaufen war: Der Termin bei dem Banker, die Ernennung Herberts zum Deal Manager, der geplante Besuch bei ARF in Frankreich. Manfred klang nicht sehr glücklich, als Volker ihm die Details rüberreichte. „Diese Sau!", entfuhr es Manfred. „Kaum bin ich mal ein paar Tage weg, zettelt er gleich hinter meinem Rücken mit dem Banker was an! Versucht sofort, meine Autorität zu untergraben und sich selbst in den Vordergrund zu spielen! Deal Manager! Na, super! Ohne mein Wissen, ohne mich zu informieren! Toller Mitarbeiter! Konntest Du ihn nicht davon abhalten?" Volker seufzte: „Wie denn? Herbert hatte den Termin mit dem Banker schon längst gemacht! Ich saß nur daneben, habe gerade mal drei Wörter gesagt." Manfred murrte: „Mein Gott, Du hättest Dir irgendwas einfallen lassen sollen. Stattdessen läufst Du mit, wie das Lamm zur Schlachtbank!" Volker seufzte. Eigentlich war er sich keiner Schuld bewusst, hatte seiner Meinung nach kein Fehlverhalten an den Tag gelegt. Aber er musste einsehen: Ein bisschen hatte Manfred schon Recht. Als Manager muß man in manchen Situationen auch die Initiative ergreifen. „Für wen bist Du?", setzte ihm Manfred die Pistole auf die Brust: „Für Herbert oder für mich?" „Manfred, das ist doch keine Frage. Du hast mich hierher geholt, und ich werde Dich immer unterstützen." Manfred verdrehte am Telefon die Augen. Volker, so fand er, war ein lieber, netter und fähiger Kerl. Aber als Gott die politischen Gaben vergeben hatte, hatte Volker wohl vergessen, hier zu schreien. Nun gut, er würde es auf die sanfte Tour versuchen. „Ok, Volker, dann fahrt! Aber halte die Augen offen! Sage nichts zu! Und berichte mir alles! Offiziell weiß ich nichts!" „Wie Du meinst, Manfred!" „Bleibe immer cool und merke Dir alles! Beziehe aber nie zu irgendwas Stellung! Sag immer, das müsstest Du Dir noch überlegen oder mit jemandem abstimmen!" „Ja!" „Versuche Dir alles zu merken, was die sagen, die Franzosen und Herbert! Mache Dir Notizen! Und rufe mich zeitnah an! Du weißt: Jeder Mensch ist vergesslich. Je länger ein Ereignis zurück liegt, desto weniger Details hat der Mensch in seinem Gedächtnis gespeichert. Deshalb melde Dich umgehend bei mir, solange die Erinnerung frisch ist!" „Na klar, Manfred. Mache ich umgehend." Es entstand eine kurze Gesprächspause, in der Volker schon darauf hoffte, das leidige Gespräch rasch beenden zu können. Aber Manfred fragte erneut nach: „Wo trefft Ihr Euch mit den Franzosen?" „In St. Tropez." „Wie heißt das Hotel?" „Moment. Ich schaue mal in den Reiseunterlagen nach, die mir Denise gerade gebracht hat." Volker blätterte in dem Stoß. „Hier, ich hab's!" Er nannte Manfred den Namen des Hotels. „Kannst Du das bitte buchstabieren?", fragte Manfred nach. Volker buchstabierte. „Willst Du auch kommen, oder warum fragst Du so genau nach?" „Ich glaube, das wäre keine so gute Idee! Aber mich interessiert schon, wo Ihr tagt! Und denke dran. Bei allem Misstrauen gegenüber Herbert, passe bitte auch auf die Franzosen auf. Weißt Du, wie die Amis zu ARF sagen?" Es entstand eine Pause. Offensichtlich hatte Volker hierzu nichts beizutragen. „A real fuck!", klärte Manfred ihn auf. Volker war froh, das Gespräch beenden zu können.

„Kannst Du eigentlich französisch?", fragte Volker Herbert, der neben ihm im voll besetzten Flugzeug saß. „Sprechen eigentlich weniger!" Herbert lachte lauthals über diesen, seiner Meinung nach voll gelungenen Scherz; Volker lächelte müde. „Nein, im Ernst", Herbert prustete immer noch über seinen originellen Witz. „Ich habe nie Französisch an der Schule gehabt. Erst nach der Schule. Und Du?" Herbert wieherte. „Schon in der Schule, aber es war absolut nicht mein Starfach. Ich war vierzehn oder so, als wir Französisch in der Schule bekamen. Alle Jungen in der Klasse fanden, es klänge so schwul. Und wenn jemand Französisch sprach oder sich daran auch nur erfreute, lachten alle und bezeichneten denjenigen stets als schwul. Das waren natürlich ideale Voraussetzungen dafür, dass niemand sich freiwillig in größere Nähe zu diesem Fach begab. Hätte man das getan, man wäre von den anderen gnadenlos verarscht worden. Eigentlich schade, denn Sprachkenntnisse sind schon mit das Beste, was man von der Schule mitnehmen kann." „Na, ich glaube, spätestens seit der CeBIT weiß jeder bei Insite, dass Du auf dieser theoretischen Welle nicht schwimmst, sondern die tatsächlich Dir sich bietenden Möglichkeiten bevorzugst.", warf Herbert ein und wieherte immer noch über seinen Scherz. „Und außerdem werden wir mit den Franzosen sowieso Englisch reden."

Raphaël saß mit vier weiteren Kollegen in einem Konferenzraum eines Hotels in St. Tropez; es handelte sich offensichtlich – nach Insite Slang – um die Big Five von ARF. Herbert betrat mit Volker und den beiden Kollegen vom Marketing den Raum. Bemerkenswert an der personellen Besetzung der Insite Delegation war deren bisherige Verweildauer im Angestelltenverhältnis: Volker und Herbert waren je ein halbes Jahr bei Insite angestellt; die beiden Kollegen vom Marketing hatte Herbert während seiner Amtszeit engagiert. Das gesamte Know-how der Insite Delegation über die eigene Firma stützte sich also auf insgesamt knapp zwei Jahre Mitarbeit und war mithin durchaus beschränkt. Die Franzosen hingegen waren alles alte

Hasen; jeder von ihnen war bereits seit mehreren Jahren bei ARF. Entsprechend routiniert fiel die Begrüßung aus: „Bon jour, messieurs! Schön, daß Sie den Weg hierher gefunden haben. Ich hoffe, Sie hatten einen angenehmen Flug. Oh, ich sehe, Sie waren noch nicht einmal in Ihren Hotelzimmern, Sie haben ja noch Ihr Gepäck dabei. Bitte nehmen Sie Platz! Einen Kaffee? Ich rufe rasch den Concièrge, damit er Ihr Gepäck auf Ihre Zimmer bringt. Entspannen Sie sich; Sie sind hier an der Côte d'Azure, der schönsten Küste der Welt!" Herbert ließ seinen Koffer zu Boden sacken. Die anderen folgten seinem Beispiel.

„Schön, dass wir zusammenfinden", Raphaël ergriff das Wort. „Wir haben Großes gemeinsam vor. Die Pläne lauten: Börsengang, und wir haben dafür nur noch etwa ein halbes Jahr Zeit." Herbert unterbrach ihn: „Die Vorgaben aus der Bank lauten, dass wir gemeinsam in Frankfurt an den Neuen Markt gehen sollen. In der Tat ist es so, dass dies noch in diesem Jahr geschehen wird. Wir bei Insite stehen bereits seit längerem in den Startlöchern, sind sozusagen längst börsenfertig, warten jetzt auf Sie und sind bereit, Sie auf diesem Weg mitzunehmen. Wir sind hier, um Ihnen unseren Weg vorzustellen, damit wir den dann gemeinsam gehen können. Die Bank hat mich für den Merger zum Deal Manager ernannt." Offensichtlich war Herbert bemüht, bei diesem Meeting von vornherein das Heft in der Hand zu halten. Er wollte Raphaël keinen Spielraum lassen, sich seinerseits als Führungsfigur zu profilieren. Dieses Vorgehen wirkte rüde auf die fünf Franzosen. Sie erkundigten sich nach den Details des geplanten Zusammenschlusses, was Herbert erneut triumphieren ließ: „Die Details wird das Deal Management festlegen. Mein Ziel als Deal Manager ist, diesen Besuch zur Gründung von gemeinsamen Working Groups zu nutzen, die die Details ausarbeiten und dem Deal Management zur Entscheidung vorlegen."

Volker war es ziemlich peinlich, wie gnadenlos sich Herbert in den Vordergrund drängte. Die beiden Kollegen aus dem Marketing saßen stumm wie die Fische neben ihrem Boss, der den Franzosen in jedem Satz klar zu machen versuchte, dass sie zukünftig nach seiner Pfeife zu tanzen hätten. Herbert ging es vor allem um Themen wie Corporate Farben, Logos und Kontakte zu Presseberatern. Immerhin gelang es Volker, zusammen mit den Franzosen durchzusetzen, dass eine Working Group für Produkte gebildet werden sollte, was ihm böse Blicke von Herbert eintrug. Unsicher fragte er sich, ob er jetzt zu sehr gemeinsame Sache mit ‚A real Fuck' machte, fand aber keine rechten Ansatzpunkte für weitergehendes Misstrauen gegen die Franzosen. Die zu etablierende Arbeitsgruppe sollte die Produkte beider Firmen benennen, eventuelle Überschneidungen im Angebot feststellen und in diesem Konfliktfall die technisch bessere Lösung heraussuchen. Die bessere Lösung sollte dann die gemeinsame Lösung beider Unternehmen sein. Sie schworen sich gegenseitig bei der Technikerehre, die bessere Lösung nur aufgrund technischer Kriterien zu ermitteln. Nun wiederum grinste Herbert still in sich hinein; ihm war klar, daß die technisch besseren Lösungen auf jeden Fall von der Insite stammen würden. Aber das behielt er besser einstweilen für sich.

Zeit für das Abendessen. Erwartungen an die legendäre Küche Südfrankreichs waren geweckt. Volker und Herbert trafen sich mit den fünf Franzosen in der Hotellobby. „Wo sind Eure beiden Kollegen denn? Wollen die nicht mit?", wurden sie gefragt. Herbert hatte die beiden ausgeladen. Ihm schien es zu riskant, Mitarbeiter dabei zu haben, wenn man mal richtig aus sich heraus gehen wollte. „Die beiden müssen noch wichtige Ausarbeitungen für unsere Working Groups machen", erklärte Herbert. „Bei unserem engen Terminplan für den Börsengang müssen wir jeden Tag und jede freie Kapazität nutzen!" Die Franzosen zuckten die Achseln. Dann fahren wir eben nur mit sieben Leuten. Vor der Tür zwängten sie sich in zwei Taxis. Niemand bemerkte den unauffälligen Renault, der ihnen vom Hof folgte.

Das Abendessen war ein voller Erfolg. Das Restaurant lag in den Bergen nahe der Küste und bot ausgezeichnete Küche. Man schlemmte sich durch Speise- und Weinkarte. Herbert erwies sich als Genießer, der sowohl den Speisen als auch dem vorzüglichen Wein intensiv zusprach. Auch Volker genoss das exklusive Angebot. Die Franzosen hielten sich – kaum merklich – etwas zurück. Und je länger der Abend dauerte, je intensiver die beiden die Speisen und besonders die Getränke genossen, desto weniger bemerkten sie, dass die Franzosen sich immer mehr zurückhielten. Schließlich, nach etwa drei Stunden, brach man auf, um den Abend in einer netten Bar am Hafen von St. Tropez abzurunden. Da wurde schon etwas lauter gescherzt, und Herbert haute Raphaël schon mal seine Hand zwischen die Schulterblätter, dass es krachte. Man war fröhlich und laut, kam aus sich heraus. Und niemand bemerkte wiederum den unauffälligen Renault, der ihnen vom Hof in Richtung Hafen folgte.

St. Tropez, im Hafenviertel gegen 22:30. Der gesellige Teil des Abends beginnt. Die Luft ist lau, die Lokale sind brechend voll. Herbert, Volker und die fünf Franzosen zwängen sich an den Tresen einer Bar. Es wird gelacht, es wird gescherzt. Herbert gibt drei Vokabeln Französisch zum Besten, was – oberflächlich betrachtet – wohlwollend von den Gastgebern quittiert wird.

Auch Volker läuft zu guter Form auf. Unverhofft hat er zwei schöne Französinnen in ein Gespräch verwickelt. Die eine sieht aus wie eine Ballettmaus, klein, biegsam und schwarzhaarig. Die andere ist etwas größer, langhaarig dunkelblond mit einem melancholisch traurigem Blick. Babette heißt die Ballettmaus, Nadine die melancholische. Oui, oui, er sei aus Allemagne, und alles hier sei formidable. Einen Drink? Babette radebrecht, dass sie Deutschland und speziell auch deutsche Männer ganz toll fände. Herbert hört dies, wittert eine Chance und drängt sich in die Diskussion mit den beiden Schönen rein. Er erzählt, welch wichtigen Job er in Deutschland bekleide und dass er als großer Deal Manager in der nächsten Zeit sowieso andauernd hier in St. Tropez sei. Er sei hier nicht auf der Durchreise, sondern St. Tropez sei sozusagen sein Wohnzimmer. Volker verdrehte innerlich die Augen wegen dieses Schwachsinns; irgendwo und irgendwann hatte er den Spruch vom Wohnzimmer mal gehört, wusste nur nicht wann. Mein Gott, Herbert, dachte Volker, bevor du alles vermasselst, starte ich mal einen Frontalangriff. Er fasste kurz entschlossen die Ballettmaus um die schlanke Taille und zog sie an sich. „So stark", schien er ihr erklären zu wollen, „sind die Teutonen." Zu seiner Verwunderung ließ die Ballettmaus sich das nicht nur gefallen, sondern machte sogar gut mit. „Olala, welche Force!", hauchte sie. Und sie flüsterte Volker ins Ohr, wie aufregend sie doch Nordeuropäer und speziell die starken Deutschen fände. Dermaßen ermutigt machte Herbert sich intensiv an der anderen Dame zu schaffen, die auch wenig Gegenwehr zeigte.

Jetzt oder nie, dachte Volker. Er schnappt sich die Kleine, und Arm in Arm verließen sie die Bar. Die Franzosen von ARF waren irgendwie gar nicht mehr präsent. Entschlossen steuerte Volker mit der Kleinen im Arm in Richtung Hotel. Herbert und die Melancholische begleiteten sie, ebenfalls eng umschlungen. Der Concierge schaute nicht einmal auf, als die beiden Paare in die Zimmer verschwanden.

18 Daheim

Das Taxi hielt vor der Einfahrt zu seinem Haus. Es war Donnerstag Abend. Volker hatte sich zwei Wochen Urlaub genommen. Am Sonnabend wollte die Familie nach Sylt fahren; Claudia hatte wieder das Ferienhaus dort gebucht. Volker freute sich auf ein paar geruhsame Tage. Die letzten Monate waren insgesamt sehr turbulent gewesen; viel Zeit für ein geregeltes Familienleben blieb nicht. Während der Woche war Volker stets in Frankfurt. An den Wochenenden zuhause häufte sich dann Unerledigtes.

Volker klingelte an der Haustür. Er hatte sich angewöhnt, keinen Hausschlüssel mehr bei sich zu tragen, fühlte sich auch deshalb in seinem eigenen Haus fast als Gast. So bestand aber wenigstens keine Gefahr, dass er den Schlüssel unter der Woche verlieren oder verlegen könnte. Seine Tochter Katharina öffnete die Tür. „Papi", rief sie und lag in seinen Armen. Katharina war groß geworden, bestimmt schon eins sechzig. Der Besuch im Legoland war gerade ein Jahr her. Ob die Kinder in diesem Jahr für einen derartigen Ausflug noch zu motivieren waren? Claudia kam die Treppe hinuntergelaufen; sie hatte im oberen Stockwerk noch etwas erledigt. „Hallo, Schatz! Schön, dass Du an diesem Wochenende einen Tag früher kommen konntest. Wir müssen noch packen, und da sind zwei, drei Sachen, die wir morgen noch erledigen müssen." Volker nickte ergeben und gab Claudia einen Kuß. Aus dem oberen Stockwerk dröhnte laute Musik. Tim schien auch zuhause zu sein. „Tim!" Claudia versuchte die Musik zu übertönen. „Tim!" Nach dem zweiten Rufen wurde die Musik leiser gedreht. Aus dem oberen Stockwerk kam ein „Was ist?" „Dein Vater ist da! Willst Du ihm nicht hallo sagen?" „Ja. Hallo. Ich komme gleich. Ich mache gerade Schularbeiten!" Die Musik nahm wieder die ursprüngliche Lautstärke an. „Schularbeiten!", sagte Katharina, „Wir bekommen morgen doch Zeugnisse!" „Und Deins wird wieder mal spitzenartig aussehen?", fragte Volker. Katharina nickte: „Ich hoffe! Obwohl die Geschichtslehrerin wirklich blöde ist!" Das war der Auftakt einer längeren Erörterung von schulischen Vorkommnissen der letzten Zeit unter besonderer Berücksichtigung des Standpunkts von Katharina, die die Dinge engagiert vortrug. Volker saß mit ihr am Küchentisch, hörte sich alles an, nickte hin und wieder. Claudia hatte sich entfernt und schien irgendetwas zu erledigen, während aus dem oberen Stockwerk der Beat mit mittlerer Lautstärke hämmerte. Volker schmunzelte und entspannte. So hatte er sich den Beginn seines Urlaubs vorgestellt.

Zum Abendessen erschien dann auch Tim. Mittlerweile befand er sich mit seinem Vater auf Augenhöhe – zumindest physisch gesehen. „Hallo, Vater!" Tim sagte nicht mehr ‚Papi' zu ihm; das war unter seiner Würde. „Hallo, Tim!" Volker versuchte eine Umarmung, die allerdings ein wenig hölzern geriet. „Alles klar in der Schule?" „Schon", lautete die knappe Antwort. Auch Tim war ein – wenn auch ein etwas fauler – doch guter Schüler. Wie alles hatte Claudia auch die schulischen Engagements ihrer Kinder perfekt im Griff. Natürlich war auch das Abendessen hervorragend. Haus und Heim waren bei Claudia stets in besten Händen; alles lief wie ein gut geöltes Uhrwerk. Volker lehnte sich zurück. Er brauchte nichts zu machen oder zu regeln! Welch Kontrast zu seinem Frankfurter Stressprogramm, wo immer Unerledigtes und Fallstricke lauerten.

„Ich muß gleich noch mal weg!" kündigte Tim an. „Wann kommst Du wieder?", fragte Claudia. „Mal sehen!" „Also, um zehn bist Du wieder hier!" „Ach, Mama! Ich bin doch kein Kleinkind mehr. Sagen wir um zwölf!" Die sich anschließende Verhandlung ergab nach einigem hin und her schließlich eine Rückkehrzeit von elf Uhr. Volker schmunzelte innerlich vor sich hin. Er brauchte in dieses Geschehen nicht einzugreifen; alles lief von alleine. Claudia erinnerte Tim noch daran, dass er packen müsse, damit man am Sonnabend früh starten könne. „Mama, ich habe Dir doch gesagt, dass ich Sonnabend noch nicht kann. Wir feiern abends noch eine Party. Am Sonntag können wir dann fahren. Oder ich komme mit dem Zug nach!" Claudia machte Tim unmissverständlich klar, dass aus seinen Plänen nichts werden würde. Urlaubsstart wird am Sonnabend Morgen sein! Basta! Tim zog wütend ab. Wie sich herausstellen sollte, war zur sonnabendlichen Party ein Mädel eingeladen, für das Tim sich brennend interessierte.

„Manchmal ist er schon ein wenig schwierig", Claudia sprach zu Volker über Tim. „Da wünsche ich mir schon, dass Du öfter hier wärest. Er braucht gerade in seinem jetzigen Alter eine starke Hand und Dich als männliche Bezugsperson." Das Abendessen war mittlerweile beendet. Tim hatte sich aus dem Staub gemacht. Katharina hatte sich in ihr Zimmer zurückgezogen, aus dem nun trotz geschlossener Tür Musik, wenn auch gedämpft, bis nach unten drang. Claudia und Volker saßen vorm Kamin; das Holzfeuer prasselte vor sich hin, Behaglichkeit verbreitend. „Und was ist mit Katharina?", fragte Volker. „Eigentlich alles klar. Sie geht nur hin und wieder nach der Schule in den Croque Shop. Und neulich hatte ich das Gefühl, sie hätte geraucht." Es folgte eine längere Erörterung des Themas ‚Jugendliche und Rauchen'. Das Feuer brannte vor sich hin, und Volker warf gelegentlich einen Holzscheit nach. „Das Wetter ist ja eine Katastrophe!" Volker wechselte das Thema. „In

Frankfurt ist es viel wärmer. Da jagen die Mauersegler durch die Häuserschluchten." „Du weißt ja", erwiderte Claudia, „auf Sylt regnet es immer! Oder wenigstens fast immer. Und morgen geht es in den Regen. Ich freue mich schon so auf den Urlaub. Endlich haben wir mal wieder Zeit füreinander. Und Du hast Zeit für die Kinder." „Claudia, Du weißt doch, der Schornstein muß rauchen", Volker sah versonnen ins flackernde Feuer, „Ohne Moos nichts los. Und Spaß macht der Job mir doch auch." „Na klar, nur diese ewige Trennung von der Familie! Du siehst doch: Katharina braucht Dich! Die braucht ihren Papi! Und Tim braucht Dich auch. Der braucht eine männliche Bezugsperson, mittlerweile noch mehr als früher. Und schließlich: Ich brauche Dich auch!" Volker erwiderte Claudias liebevollen Blick.

Der nächste Morgen begann damit, dass die Kinder zur Schule mussten. Volker wollte sie eigentlich mit dem Auto hinbringen, aber die Kinder wollten lieber mit dem Rad fahren. So waren sie nach der Schule unabhängig und konnten mit ihren Schulfreunden noch etwas unternehmen. Volker hatte angekündigt, dass er seine Familie mittags nach der Zeugnisausgabe im Steakhaus zum Essen einladen wollte.

Die Kinder waren los. Claudia und Volker saßen gemütlich bei einem zweiten Kaffee. Der Briefträger zockelte auf seinem Fahrrad die Straße entlang. „Ich hole mal rasch die Post", sagte Claudia. Die Ferienhausvermietung wollte noch irgendwelche Unterlagen schicken. Volker goss noch ein Tässchen nach. „Nanu?", Claudia kam mit der Post in der Hand zurück an den Frühstückstisch. „Post aus Frankreich? Für mich? Ich kenne doch niemanden aus Frankreich! Und dann so ein großer A4-Umschlag!" Claudia öffnete das Kuvert. Volker schaute interessiert. „Was ist es denn?", fragte er.

Claudia wurde aschfahl. Dem Briefumschlag entnahm sie mehrere Bilder. Alle zeigten ein Motiv: Volker in verfänglichen Posen mit Babette, der kleinen dunkelhaarigen Ballettmaus aus St. Tropez! Claudia knallte die Bilder auf den Frühstückstisch. Es herrschte ein Moment bedrohlichen Schweigens. „Hau ab!", schrie Claudia. „Hau ab! Hau sofort ab! Ich will Dich nicht mehr sehen! Nie wieder! Du Schwein! Erzählst mir was von deinem beruflichen Streß in Frankfurt und dann das! Hau ab! Hau endlich ab!" Volker saß wie versteinert am Frühstückstisch, unfähig irgendetwas zu sagen. Wie festgeschraubt auf seinem Stuhl. „Du bist immer noch hier? Hast Du mich nicht verstanden? Hau ab. Hau sofort ab." Trotz seiner Lähmung schaffte Volker es irgendwie aufzustehen. Er wollte Claudia anfassen, sie in den Arm nehmen. Claudia wich zurück. „Und fass mich nicht an! Fass mich nie wieder an! Und hau endlich ab. Hau ab!" Volker packte zwei, drei Sachen zusammen und ging.

19 Katzenjammer

„Volker! Du hier? Ich dachte, Du wolltest zwei Wochen Urlaub mit Deiner Familie auf Sylt machen", Manfred drückte sein Erstaunen aus, Volker in der Firma anzutreffen. Der lächelte schwach. Manfred schaute ihn an: „Volker, wie siehst Du denn aus? Hast Du gestern Abend gesoffen? Oder vielleicht eine kleine Braut abgeschleppt?", Manfred lachte meckernd. „Wäre ja nicht das erste Mal. Oder beides?"

„Manfred, das ist absolut nicht witzig", Volker gab ein Lebenszeichen von sich. Manfred guckte konsterniert: „Volker, keine Späße heute? Dann muss es ja wirklich schlimm um Dich stehen! Was ist denn los?", erkundigte sich Manfred. „Ist Dir Deine Frau durchgebrannt?" Volker schaute Manfred wütend an. Manfred konnte nicht wissen, dass er die wunde Stelle angesprochen hatte. Der Kerl hatte doch die Sensibilität eines Elefanten im Porzellanladen, dachte Volker. Manfred schien irgendwie zu bemerken, dass er zu weit gegangen war. „Volker, ich habe zwar gleich einen Termin, aber den verschiebe ich um ein Stündchen. Nun komm! Wir kommunizieren doch immer offen. Erzähl mir, was los ist!"

Volker hatte das gesamte Wochenende in seinem Apartment in Frankfurt gesessen und über seine neue persönliche Situation gegrübelt. Er war zu keinerlei Schlussfolgerungen gelangt. Seine Gedanken hatten sich nur im Kreis bewegt. Wie konnte er Claudia gegenüber das nur gutmachen? Wie konnte er wieder zu einem normalen Familienleben zurückkehren? Welche Schritte sollte er als nächstes unternehmen? Deshalb war Volker froh, mit irgendjemandem darüber reden zu können, wenn es auch Manfred war, dem er nicht gerade die überragenden einfühlsamen Fähigkeiten eines Psychiaters zutraute. Hauptsache, er konnte mit jemandem reden; vielleicht brachte ihn das weiter. Volker saß in Manfreds Büro und redete. Er erzählte von seiner glücklichen Ehe mit Claudia; er erzählte von seinen beiden wohl geratenen Kindern, denen er ihre kleinen menschlichen Schwächen gerne nachsah, diese sogar deswegen liebte. Er erzählte von seinem Haus, das der Familie ein Heim war, das Claudia zu ihrem Heim gemacht hatte. Er erzählte von der langen Trennung im vergangenen Jahr, als er seine Familie nur an den Wochenenden sah. Und er erzählte von der Unterstützung, die seine Frau ihm speziell in dieser Zeit angediehen ließ. Schließlich kam er auf den Abend in St. Tropez zu sprechen. Wie sie zu fortgeschrittener Stunde sich an die Bräute herangepirscht hatten, Herbert und er. Und, oh Wunder, trotz seines übermäßigen Alkoholkonsums und seiner miserablen Sprachkenntnisse hatte seine Flamme, die Ballettmaus, ja gesagt, war mit ihm ins Hotelzimmer gegangen. Obwohl er, Volker, vielleicht zwanzig Jahre älter war als die Französin. Dann kamen plötzlich am Freitag Morgen – es war sicherlich Freitag, der dreizehnte – diese Photos ins Haus geflattert. Jemand musste ihn also beobachtet und fotografiert haben mit dem Interesse, die entstandene Situation gegen ihn zu verwenden. Vorsätzlich! Wer aber hätte denn ein Interesse daran, seine Ehe zu zerstören?

Manfred schluckte. Das war in der Tat starker Tobak! „Volker! Was besagt das erste Axiom der zynischen Vernunft?" Er beantwortete seine Frage selbst: „Von allen möglichen Motiven gibt immer das niedrigste den Ausschlag!" Volker schaute erstaunt. Was sollte er mit derlei Allgemeinplätzen anfangen? Brachte ihn das irgendwie weiter in seinen Überlegungen?

„Meinst Du damit, die Französin war es? Eine Nacht, ich bitte Dich!" Volker spielte die Sache herunter. „Ich war eh recht betrunken. So fundamental kann der Eindruck doch nicht gewesen sein, den ich hinterlassen habe. Und außerdem: Ich habe auch schon versucht, die anzurufen." Manfred schaute erstaunt. „Sie hatte mir eine Telefonnummer gegeben", erklärte Volker. „Aber offensichtlich habe ich die nicht richtig aufgeschrieben, obwohl ich nachgefragt hatte, Vielleicht habe ich dieses französische Gemurmel auch nicht richtig verstanden." Manfred schaute immer noch erstaunt: „Hast Du sie nun erreicht? Und wenn ja, was hat sie denn gesagt?" Volker ließ den Kopf hängen. „Nein, ich habe sie nicht erreicht. Da war nur so eine französische Ansage. Kann sein, dass die Nummer gar nicht vergeben ist oder so."

„Wenn es die Französin gewesen sein sollte, wäre das Motiv Liebe und damit gar nicht so niedrig! Denke daran: Von allen möglichen Motiven gibt immer das niedrigste den Ausschlag!" „Ja", seufzte Volker, „Aber was wäre denn das niedrigste Motiv?" „Fragen wir doch erstmal, wie die Bilder überhaupt zustande gekommen sind", schlug Manfred vor. „Genau!" Für einen Moment schien Volker sein normales Denkvermögen wieder erlangt haben. „Das muss jemand in Auftrag gegeben haben. Jemand, der mir schaden will!" Volker blinzelte Manfred an. „Du hast doch erzählt, dass Herbert als Deal Manager die Franzosen in der Hand hat, daß er sie hat spüren lassen, wer das Sagen hat, wir oder die?" „Ja. Aber sollten deshalb die Franzosen uns gefilmt haben? Was hätten die denn konkret davon?" „Na, zunächst mal ein geschwächtes Übernahmeteam." „Dann hätten die sich doch in erster Linie Herbert vorgenommen und nicht mich", konstatierte Volker. Er dachte einen Moment nach: „Hat Herbert auch so tolle Post bekommen? Der ist doch auch verheiratet!" Manfred schaute ihn leicht zynisch lächelnd an: „Ich weiß nicht, ob er Post bekommen hat. Aber verheiratet, das ist er auf jeden Fall; das weiß ich. Zu gönnen wäre es ihm ja, dass er auch Post aus Frankreich bekommen hat." „Das würde ich nicht einmal meinem ärgsten Feind wünschen! Ich könnte ihn ja mal fragen, ob er Post bekommen hat", äußerte sich Volker. „Entweder hat er Post bekommen oder nicht. Wenn Herbert auch Post bekommen hat, war er es garantiert nicht", konstatierte Manfred.

Volker schaute Manfred nachdenklich an. „Du meinst, Herbert könnte damit was zu tun haben? Was hätte er denn davon?" Volker dachte nach. Er hielt Herbert für einen skrupellosen Gesellen, der durchaus fähig war, derartige Sauereien zu begehen. Nur welches Motiv sollte Herbert haben, ihn, Volker, dermaßen in die Pfanne zu hauen? Und schließlich hatte Herbert doch selber mit dieser anderen französischen Braut rum gemacht. Das sprach eher für ihn; dazu hing Herbert doch selbst zu tief in der Sache drin. „Volker", ließ Manfred ihn wissen, „Denk mal dran, wie sich Herbert mir gegenüber verhalten hat. Ich gehe in den Urlaub, und er hat nichts Besseres zu tun, als sich sofort hinter meinem Rücken mit dem Banker zu verabreden. Er will an mir vorbei, das merkst Du doch auch! Deshalb versucht er, Dich auf seine Seite zu ziehen. Das kann natürlich nicht hundertprozentig gelingen, denn er weiß, dass wir alte Freunde sind." Volker wunderte sich ein wenig über den Begriff: Alte Freunde. Manfred fuhr fort: „Dann merkt er, dass er Dich anderweitig in die Hand bekommen kann, indem er versucht, Dir das Kreuz zu brechen. Dich mit der schwersten Heimsuchung zu überziehen, die sich bietet: Dein intaktes Familienleben anzukratzen." „Na, hör mal, mein Familienleben ist nicht angekratzt! Es gibt kein Familienleben mehr! Es existiert nicht mehr! Es ist ausgelöscht!" Manfred erklärte: „Jemand, der mit mir derartige Spielchen hinter meinem Rücken spielt, dem ist auch zuzutrauen, massiv in das intakte Familienleben anderer Menschen einzugreifen, Beziehungen zu zerstören, nur um eigene Interessen durchzusetzen und persönliche Vorteile aus der Situation zu ziehen." Volker schien noch nicht überzeugt: „Wie sagtest Du? Von allen möglichen Motiven gibt immer das niedrigste den Ausschlag? Welches niedrigste Motiv läge dann vor?" „Verrat! Verrat und Machthunger! Durchzusetzen auf dem Rücken anderer!" Volker schien nicht so ganz überzeugt. Zuzutrauen war es Herbert, aber das Motiv erschien ihm nicht überzeugend zu sein. Manfred schaute auf die Uhr. „Okay, danke!", sagte Volker. „Du hast mir geholfen. Und danke auch, dass Du wegen meiner dämlichen Situation Deine Termine verschoben hast." „Ist schon okay! Wir sind doch Freunde!"

Kurze Zeit später saß Volker in seinem Büro und starrte auf den Bildschirm, als gäbe es dort irgendetwas zu sehen. Seine Gedanken begannen erneut zu kreisen: Möglichkeit A): Die Französin war's. Eher unwahrscheinlich! Könnte nur so ein Liebesmotiv sein. Einen Moment fühlte Volker sich geschmeichelt. Dann gab er sich einen Ruck und kehrte in die Realität zurück. Möglichkeit B): Die Franzosen waren es. Sie waren sauer wegen der Fusion. Fusion – eigentlich eine Übernahme! Die Franzosen mussten um ihren Job fürchten. Das könnte erklären, dass sie mit überharten Bandagen kämpften. Schließlich müssten die Franzosen denken, es ginge um ihr eigenes Überleben, ihr eigenes berufliches Überleben immerhin. Das könnte als Motiv reichen! Den Feind zu schwächen, wäre in einer solchen Situation immer eine gute Taktik! Und geschwächt war er, Volker, auf jeden Fall. Möglichkeit C): Herbert war's. Herbert war ein gewissenloser Hund, so schätzte Volker ihn ein. Herbert war vielleicht auch mit einer gehörigen Portion Brutalität gesegnet, nicht aber mit kreativer Intelligenz. Das wiederum sprach eher gegen Herbert. Andererseits hatte Manfred ihm klar gemacht, dass Herbert durchaus in der Lage war, Sauereien zu begehen. Vielleicht sah Manfred Herbert zu kritisch, sicher auch bedingt durch sein Eigeninteresse, weiterhin uneingeschränkter Herrscher von Insite zu sein. Insofern würde Manfred Herbert eher Dinge unterstellen, zu denen Herbert gar nicht fähig wäre, für die er gar keinen Plan entwerfen könnte. Fazit: Herbert könnte es gewesen sein, aber die Motivation lag eher im Unklaren. Was hätte Herbert davon, wenn er, Volker, dermaßen geschwächt wurde? Höchstens, dass ein Freund Manfreds eliminiert wäre. Volker begann vorsichtig, sich mit diesem Gedanken anzufreunden.

Es gab aber einen zweiten Aspekt: Wer hatte, gegebenenfalls in wessen Auftrag, die Bilder gemacht? Und wieso waren die Bilder genau zu der Zeit gemacht worden, als er die Frau kennen lernte? Woher wusste der Fotograf von dem doch eher seltenen Zufall, dass sie in der Bar diese beiden Bräute aufgerissen hatten? Volker hatte nur die ersten drei Bilder gesehen, auf denen er in eindeutigem Clinch mit der Französin war – allerdings waren das Bilder aus der Bar. Was, wenn die anderen Bilder aus dem Hotelzimmer stammen sollten? Nun konnte er schlecht Claudia fragen, welche Motive die anderen Photos boten, und ob sie ebenfalls in der Bar, oder aber im Hotelzimmer gemacht worden waren. Vielleicht hatte Babette die Photos per Selbstauslöser gemacht? Eher nicht, das hätte er bemerken müssen! Spätestens, als er morgens die Toilette aufsuchte und Babette oder Nadine noch schief. Also kam nur ein Schnüffler infrage, der sie verfolgt hatte an jenem Abend in St. Tropez. Einen Moment schoss Volker ein entsetzlicher Gedanke durch den Kopf, den er sofort wieder verwarf. Der Gedanke: Scheiß' auf das Ganze! Es ist gelaufen, wie es gelaufen ist! Du hattest eine gute Zeit in St. Tropez! Du hast Urlaub. Setz' Dich in den Flieger, jette runter, hab' Spaß! Stattdessen beschloss Volker, Herbert auf den Zahn zu fühlen.

„Fühlst Du Dich nicht gut?", fragte Herbert teilnahmsvoll. „Du siehst nicht gut aus! Unser Trip nach St. Tropez hätte Dich doch stärken müssen! Zumindest hodenmäßig!" Herbert schien gar nicht zu wissen, dass Volker seinen Urlaub nicht angetreten hatte. Typisch, dachte Volker. Stattdessen sagte er: „War wirklich lustig in St. Tropez, oder?" Herbert schmunzelte: „So gefällst Du mir schon sehr viel besser! Ja, war wirklich lustig! So ein Sott! Wir und diesen beiden heißen Miezen – so ein Glück hat man nicht jeden Tag! Wir sollten unserem Banker auf Knien danken, dass er uns so schöne Trips in die schönsten Gegenden der Welt ermöglicht!" Volker dachte nach, wie er Herbert nun auf den Zahn fühlen konnte, ob er ebenfalls Post aus Frankreich bekommen hätte. „Ja, war wirklich lustig!" Pause. „Hast Du denn von den Bräuten noch was gehört?" Herbert grinste. „Willst Dich wohl nochmals ranpirschen! Na ja, wir werden sicherlich gemeinsam noch des Öfteren nach Frankreich gurken. Da wird sich sicherlich noch die eine oder andere Möglichkeit für diskrete Treffen ergeben!" Volker war nicht weiter gekommen. „Hättest Du denn auch Interesse daran, Deine Braut mal wieder zu sehen?" Herbert grinste. „Wenn der Zufall das will, hätte ich nichts dagegen! Die würde ich nicht von der Bettkante stoßen! Dafür war die zu gut!" Volker war definitiv keinen Schritt weiter gekommen. „Zufällig wieder treffen? Den Zufällen kann man doch nachhelfen. Beispielsweise durch gezielte Telefonanrufe!" Herbert lehnte sich zurück: „Ja, könnte man", beschied er. Volker entschied sich für einen Generalangriff und beugte sich leicht über den Tisch in Richtung Herbert: „Hast Du denn die Telefonnummer?", fragte er beschwörend. Herbert ließ sich mit der Antwort ein wenig Zeit: „Telefonnummer? Bist Du so wild auf Deine Kleine?" Volker merkte, er biss auf Granit. Herbert mochte keinen überragenden IQ haben, aber er schien mit allen Wassern gewaschen zu sein. Durchblickte er sogar, worauf Volker raus wollte? Spielte er Katz und Maus mit ihm? Es half nichts! Ein Generalangriff musste her!

„Herbert, Du bist doch genauso verheiratet, wie ich es bin!" „Ich weiß nicht, wie Du verheiratet bist, ich jedenfalls bin sehr gut verheiratet! Als ich im letzten Jahr eine Million verdiente, habe ich zu meiner Frau gesagt: Wir lassen uns von der Million jetzt ein Haus an der Bergstraße bauen! Ein Haus am Odenwald, direkt am Hang zur oberrheinischen Tiefebene. Du musst wissen, die Quadratmeterpreise sind in diesen Lagen nicht von Pappe, da brauchst Du schon etwas Kohle. Mit ein paar Mark oder Euro, wie das bald heißen wird, ist es da nicht getan. Und weil meine Frau merkt, dass ich in der Lage bin, ihre Wünsche zu erfüllen, gibt sie mir immer das Gefühl, gut verheiratet zu sein." Volker hätte am liebsten laut geschrieen: Hast Du auch solche Scheißbilder per Post bekommen? Stattdessen sagte er: „Und durch gelegentliche Eskapaden wie jetzt in St. Tropez lässt sich Eure Ehe nicht aus der Spur bringen?" Herbert schaute Volker an. In diesem Moment wusste Volker, er war zu weit gegangen. Die Neugier hatte ihn unvorsichtig werden lassen. Herbert grinste: „Aus der Spur bringen? Wie meinst Du das? Meine Ehe ist in der Spur. Du aber siehst nicht besonders gut aus; ist Deine Ehe vielleicht nicht in der Spur?"

Volker gab auf. Entweder waren seine Fragetechniken grottenschlecht, oder aber Herbert hatte keine Zusendungen von Bildern erhalten. Er war nun genauso schlau wie vorher. Herbert beugte sich teilnahmsvoll zu ihm: „Wenn Du irgendwelche Eheprobleme haben solltest, wende Dich an Roger; der kann Dir gewiss helfen!" Volker überlegte kurz, woher Herbert Roger kannte, entschloss sich dann aber zum Rückzug. Verflucht, dachte er. Du bist genauso weit wie vorher!

Volker saß wieder in seinem Büro und grübelte. Er entschied für sich zu glauben, Herbert hätte keine Post bekommen. Vielleicht bekommt Herbert später Post, dachte er, wegen des langen Postwegs vielleicht. Herbert könnte also auch noch Opfer des Zusenders der Bilder werden. Volker merkte, er kam nicht weiter. Eine Weile starrte er ins Leere. Dann griff er zum Hörer, wählte Marens Nummer in Australien. Ihre Stimme klang verschlafen; es musste dort ziemlich früh am Morgen sein, vielleicht vier oder fünf Uhr. In diesem Moment war Volker bereit, den nächsten Flieger nach Australien zu besteigen, um das ganze Elend hier hinter sich zu lassen. „Nett, dass Du anrufst", sagte Maren schläfrig. „Moment mal." Es dauerte nur einen kurzen Augenblick, bis Maren sich wieder meldete. „Ich bin mal kurz in die Küche gezogen", sagte sie, „Um meinen Mann nicht zu wecken." Volker stammelte: „Ach, Dein Mann ist bei Dir?" „Ja. Es hat geklappt. Er ist nach Australien versetzt worden." Dann flüsterte sie: „Wir wollen es noch einmal probieren, hier einen neuen Anfang wagen!" Volker erzählte noch einige Belanglosigkeiten, legte dann auf. Gut oder schade, sagte er sich; das Thema ist damit auch abgehakt. Wäre eh eine Flucht gewesen. Meine Probleme hier werde ich lösen müssen, nur wie?

Pünktlich betrat Manfred die Wirtschaft in Sachsenhausen. An einem der zurückliegenden Tische saß ein unauffällig gekleideter Mann, den Edgar Wallace als fuchsgesichtig bezeichnet hätte. Manfred setzte sich zu ihm. Der Mann aß einen Handkäs mit Musik, vor ihm stand ein Bembel mit Äppelwoi. Er blickte kurz von seiner Mahlzeit auf und fragte: „Waren Sie zufrieden mit meiner Arbeit, Herr Schepard?"

„Sind Sie wahnsinnig! Sie haben die falschen Photos gemacht und an den falschen Mann geschickt! Das ist nicht professionell, das ist stümperhafte Arbeit! Ich habe Ihnen gesagt, Sie sollen Herbert Hastler fotografieren und die Fotos an dessen Frau schicken, den anderen aber aus dem Spiel lassen!" Der unauffällige Mann ließ sich bei der Einnahme seiner Mahlzeit nicht weiter stören. Er kaut genüsslich auf dem Käse rum. „Herr Schepard, waren die beiden Nutten nicht hervorragend, die ich besorgt hatte? Hatte das nicht alles so geklappt, wie Sie das angeordnet hatten? Ist irgendjemand überhaupt auf die Idee gekommen, dass das Professionelle waren, dass das ein abgekartetes Spiel war?" „Nochmals: Sie haben es versaut! Ich fühle mich wie Churchill nach dem zweiten Weltkrieg: Wir haben das falsche Schwein geschlachtet! Und Sie, Sie allein haben es versaut!" Der Unauffällige schob sich ein weiteres Stück Käse in den Mund. Er lächelte dünn und legte die Gabel für einen Moment neben seinen Teller: „Wissen Sie, wie lange ich schon im Geschäft bin? Zwanzig Jahre! Und immer habe ich genau das gemacht, was meine Klienten angeordnet haben. Genauso habe ich Ihre Anweisungen nur genauestens ausgeführt. Wenn Sie meinen, Sie müssten diese nachträglich ändern, dann tun Sie das bitte nicht auf meinem Rücken. Und übrigens: Churchills Einsicht kam auch zu spät, sonst hätte er ja im Krieg Russland angegriffen."

Manfreds Wut steigerte sich. Er hatte Mühe, sich weiterhin zu beherrschen. „Wissen Sie, was ich machen sollte? Nach diesen bodenlosen Lügen, die Sie mir auftischen? Ihnen das Honorar kürzen! Vielleicht verstehen Sie nur diese Sprache!" Fast überschlug sich Manfreds Stimme. Der Unauffällige schaute amüsiert. Er nahm einen mäßigen Schluck vom Apfelwein. „Wissen Sie", erklärte er, „in St. Tropez mag es die tollsten Weine und Speisen geben. Ich persönlich schätze die Frankfurter Küche am meisten, Rippchen, Eier in grüner Sauce." Der Unauffällige geriet geradezu ins Schwärmen. Manfred wurde allmählich richtig sauer: „Haben Sie nicht gehört, was ich gesagt habe? Ich werde Ihr Honorar kürzen. Die erste Hälfte haben Sie vorab kassiert. Eine zweite Hälfte wird es nicht geben!"

Nun schaute der Unauffällige geradezu spöttisch auf Manfred. „Sind Sie sicher, dass Sie mir das antun wollen? Wovon soll ich dann zukünftig hier in der Wirtschaft bezahlen?" Der Unauffällige guckte ganz geknickt. „Das würde ich dann mal Ihren Freund fragen, der nun plötzlich gar keine Bilder hätte bekommen sollen. Erst hieß es: Schicken Sie Bilder an die werte Ehefrau. Danach heißt es jetzt aus irgendwelchen Gründen: Hätten Sie man doch nicht schicken sollen! Weiß Ihr werter Kollege denn überhaupt, wem er den Liebesbrief an seine Ehefrau zu verdanken hat? Wer sie, die nette, hoch geschätzte Ehefrau, mit derlei Aufmerksamkeiten überschütten ließ? Ich bin sicher: Das wird Ihren werten Kollegen schon brennend interessieren!" Der Unauffällige nahm noch einen tiefen Schluck von seinem Apfelwein.

„Wollen Sie mich erpressen?", fragte Manfred. Der Unauffällige lächelte nachsichtig: „Ein hartes Wort! Ich lasse mich nun mal nicht gerne bedrohen. Und ich reagiere sehr empfindlich, wenn meine Klienten sich nicht an unsere Abmachungen halten. Bei Ihnen habe ich den Eindruck, Sie seien ein besonders hartnäckiger und unzuverlässiger Fall. Deshalb: Ich will mein Geld sofort, hier und jetzt! Ich habe hervorragende Arbeit geleistet. Dafür habe ich auch meinen vereinbarten Lohn verdient! Also her mit der Kohle, oder Sie werden sich umsehen!" Am liebsten hätte Manfred dem Kerl eine rein gehauen. Aber er wusste, er hatte verloren. Es blieb ihm nichts anderes übrig als zu zahlen. Der Unauffällige steckte das Geld ein und erhob sich: „Vielen Dank für den Auftrag. Ach, und danke auch für das Essen hier, für die nette Einladung. Wenn Sie mal wieder Hilfe brauchen."

Manfred kochte vor Wut. Er war sauer auf diesen abgewichsten Privatdetektiv. Er war wütend auf sich selber. Hätte er sich nicht besser gegen diesen Schnüffler durchsetzen können? Allmählich überwand er seine Aggressionsphase, der Verstand setzte wieder ein. Was, wenn Volker jemals rauskriegen sollte, wer tatsächlich hinter dieser ganzen Sache steckte? Das Argument, es habe sich um eine Verwechselung gehandelt und Herbert sei eigentlich gemeint gewesen, würde dann sicher nicht zählen. Volker, dachte Manfred, könnte mir durchaus gefährlich werden. Ich muss auf der Hut sein! Er darf niemals erfahren, dass ich es war, der den Detektiv angeheuert hat. Wenn das rauskommen sollte, könnte das mein Ende bedeuten.

20 The Big Five

„Am nächsten Wochenende haben wir Big Five Meeting. Da möchte ich gerne gut vorbereitet hingehen. Wir wollen dort den Status unserer Börsenreife überprüfen um abzuschätzen, wann wir den entscheidenden Schritt aufs Parkett wagen können." Volker schaute in die Runde. In seinem Büro waren sämtliche Zifas sowie Sören als Head of Product Development versammelt. Natürlich wussten alle, dass mit dem Big-five-Meeting die Tagung der Geschäftsleitung gemeint war. Volker fuhr fort: „Deshalb brauche ich von jedem von Euch einen Status Report. Von jedem Zifa möchte ich den Bericht über den aktuellen Stand seines Leistungszentrums haben, und zwar einerseits die aktuellen Zahlen, andererseits auf drei Folien: Wo stehen wir? Wo wollen wir hin? Wie können wir uns entwickeln? Kurzum, die Strategie. Von Dir, Sören, hätte ich gerne den Projektstand der Produktentwicklung mit Meilensteinplan, wann welche Ergebnisse zu erwarten sind. Ich freue mich, Euch in diesen Prozess in dieser Form mit einbeziehen zu können. So etwas Spannendes wie einen Börsengang macht man höchstens einmal im Leben. Wenn man ein wenig dazu beitragen kann, ist das doch eine feine Sache." Volker versuchte, einige motivierende Worte an den Mann zu bringen. Sie fielen nicht auf fruchtbaren Boden.

„Dann sage mir doch mal, was ich da schreiben soll", ereiferte sich Klaus. Er war stets der Erste, der sich über Missstände lauthals beklagte. „Soll ich anführen, dass alle meine Leute Umsatz machen? Dass sie von morgens bis abends arbeiten? Reicht das, um die hochgelobte Börsenreife darzustellen?" Klaus schoss gerne mal über das Ziel hinaus. Zweifelsohne war er ein strategischer Denker, das hatte er nicht zuletzt beim Meeting im Rheingau bewiesen, wo sie zusammen die Produktlinie festgezurrt hatten. In Diskussionen im Zifa-Kreis allerdings neigte er dazu, vorschnell Positionen zu beziehen, die einer näheren Begutachtung häufig nur temporär standhielten. Das endete dann damit, dass er wortreich versuchte, seine einmal eingeschlagene Linie auf Teufel komm raus zu verteidigen, auch wenn alle anderen Anwesenden innerlich den Kopf darüber schüttelten; er schien gar nicht zu bemerken, wenn er in einer Sackgasse gelandet war. „Klaus", versuchte Volker ihn von der aussichtslosen Fährte wegzulocken, „nur die Fakten, bitte. Keine Polemiken! Damit kommen wir nicht weiter!" Klaus guckte ziemlich wütend: „Wie soll ich denn Fakten benennen, wenn ich nicht weiß, wo es hingehen soll?" Nun wurde Klaus aus der Runde der Zifas gestoppt, auch wenn er sich anfangs noch wehrte. Es wurde ihm recht eindeutig bedeutet, sich zurückzuhalten und Zeit für konstruktive Beiträge zu lassen. Klaus knurrte, ergab sich aber seinem Schicksal.

Schließlich referierte Sören über den Stand der Entwicklung der Produktsuite. An sich, so meinte er, bräuchte die Entwicklung noch etwa ein halbes Jahr, bis man vernünftigerweise von einem Hauch von Marktreife sprechen könne. „Zu spät", wandte Volker ein. „Unser Zeitplan sieht den Börsengang für das vierte Quartal 2000 vor. Wir müssen also spätestens in einem Vierteljahr, besser jetzt die Produkte ankündigen. Mit der Ankündigung ist dann auch damit zu rechnen, dass Software zu diesem Zeitpunkt lauffähig sein muss und konkret vorgeführt werden kann." Sören lächelte schwach und ein wenig gequält: „Ganz ehrlich, das geht nicht. Das ist nicht zu schaffen. Die Jungs arbeiten nun schon fast rund um die Uhr, versuchen Unmögliches. Aber Wunder dauern länger! Wir können natürlich", fügte er listig hinzu, „Eine Wagenburg aus Illusionen aufbauen." Alles schaute interessiert. „Also, ich meine", erklärte Sören, „Wir erzeugen mit einer professionellen Demo den Eindruck, alles sei lauffähig, lassen aber niemanden in unsere Interna hineinschauen, bilden quasi eine Wagenburg." Alles grinste erleichtert. Sören hatte wieder einen seiner genialen Vergleiche schlüssig erklärt. Volker schaute Sören interessier an: „Und wann könnt Ihr denn eine Wagenburg bilden?" „Also, weißt Du, wir ziehen mit unseren Planwagen, voll von Coding, durch die Prärie. Wenn die Indianer kommen und uns ans Leder wollen, dann bilden wir halt eine Wagenburg. Perfekt wäre es, wenn wir ein, zwei Monate vorher wüssten, wann mit dem Indianerüberfall zu rechnen ist." Volker war erleichtert. Denn beim Big Five Meeting, soviel war ihm klar, musste er den Fertigstellungstermin der Produktsuite kommitten. Für den hatte sich bislang noch niemand aus dem Kreis des Managements der Insite so richtig ernsthaft interessiert. Niemand von denen hatte ihn bislang direkt gefragt: Wann sind denn die Produkte fertig? Volker brauchte noch niemals einen Termin dafür zu benennen. Das konnte so nicht weitergehen. Volker wandte sich an Sören: „Die Indianer kommen jetzt! Bau schon mal Deine Wagenburg!"

Volker freute sich auf das Big Five Meeting. Marlene hatte ein kleines Hotel im Spessart ausgesucht, etwas abgelegen, aber mit hervorragender Küche. Das Meeting war von Freitag Abend bis Sonntag Mittag angesetzt. Zum einen sollte der Fahrplan für den Börsengang endgültig festgezurrt werden, was Zeit wurde, wie er fand. Zum anderen hatte er, der an den Wochenende nicht mehr nach Hause fuhr, etwas Ablenkung von seinen privaten Problemen, die er sonst an freien Tagen zu wälzen pflegte. In der Tat schlief er schlecht, wachte nachts häufig auf, war morgens dann unausgeschlafen, was sich als Unkonzentriertheit und Teilnahmslosigkeit am Tage auswirkte. Kurzum, Volker war nicht gut drauf. Seinen Vortrag über den Stand von Projekten und Produktentwicklung bereitete er aber gewissenhaft vor; schließlich hatten seine Zifas ihm faktisch auch gutes Material geliefert, er musste dies nur vereinheitlichen und zusammenfassen.

Am Freitag Nachmittag versammelten sich die fünf in der Hotel Lobby zum Kaffee. Die Erwartungshaltung war hoch; man spürte die Spannung, die in der Luft lag. „Ich hoffe, Ihr habt alle den Weg hierher gut gefunden?", fragte Marlene in die Runde. „Ja, Deine ausgedruckte Wegbeschreibung war hervorragend", lobte Lorenz. „Und zur Not haben wir ja ein Navigationssystem im Auto", feixte Herbert, was ihm einen bösen Blick von Marlene eintrug. Das war für Lorenz der Anlass, sich intensiv bei Herbert nach Funktionsweise und Wert des Navigationssystems zu erkundigen, das in dessen neuem Dienstwagen eingebaut war. Lorenz erklärte sein lebhaftes Interesse damit, dass er vielleicht demnächst auch einen neuen Dienstwagen bekommen könnte, was aber noch von diversen Faktoren abhing, die er wortreich erläuterte. Und wenn er dann einen neuen Dienstwagen hätte, dann würde er diesen auch gerne mit einem Navigationssystem ausgerüstet haben. Selbst Herbert, der eigentlich gerne über Autos und speziell sein eigenes sprach, guckte gequält. Marlene fühlte sich mit dieser Diskussion an den Rand gedrängt, was sie zu der schnippischen Bemerkung veranlasste, sie seien schließlich nicht hierher gekommen, um Autofragen zu diskutieren, sondern um die Strategie für den Börsengang festzulegen. Volker saß teilnahmslos in der Runde und trank seinen Kaffe, während Manfred Telefonate auf dem Handy führte. Das Ganze sah schon jetzt nach dem perfekten Gruppenerlebnis aus.

Manfred beendete sein Handy-Telefonat. „So, Leute", begann er, „zunächst mal möchte ich Euch alle hier herzlich begrüßen. Wir werden die nächsten zwei Tage hier gemeinsam verbringen. Wenn wir das Hotel dann verlassen werden, werden wir weißen Rauch aufsteigen sehen. Wir werden dann unseren Weg an die Börse, den Fahrplan für den IPO, endgültig festgelegt haben. Was wollen wir erarbeiten? Wir brauchen eine finanzielle Strategie. Wie stellen wir unsere Zahlen dar? Wir brauchen eine organisatorische Strategie. Wie bewerkstelligen wir den Börsengang? Wir brauchen eine inhaltliche Strategie. Welche Produkte bieten wir an? Wir brauchen eine Marketingstrategie. Wie verkaufen wir uns am Markt? Wir sollten die einzelnen Themen nacheinander vortragen und erörtern. Dafür benötigen wir den heutigen Abend sowie den morgigen Tag. Am Sonntag Morgen schließlich machen wir alle gemeinsam die Zusammenfassung. Klingt das gut?" Es regte sich kein Widerspruch. Nur Herbert räusperte sich: „Manfred, ich müsste noch kurz ein dringendes Telefonat erledigen. Wann denkst Du, sollten wir anfangen?" „Sagen wir, in einer halben Stunde in unserem Konferenzraum." Herbert zog von dannen, und auch Manfred ging auf sein Zimmer. Marlene und Lorenz plauschten über die Schwierigkeit, ein adäquates Hotel für derartige Anlässe auszuwählen, und über verschiedene Hotels, die für diesen Anlass hätten geeignet sein können. Volker wusste nicht so recht, was er tun sollte. Zunächst starrte er noch einige Löcher in die Luft, um sich dann ebenfalls auf sein Zimmer zu begeben, um dort Löcher in die Luft zu starren. Das fängt ja gut an, dachte er. Volker verglich die jetzige Situation mit dem Meeting im Rheingau, wo das Produktportfolio geboren wurde. Welch ein Unterschied! Während im Rheingau gar nicht erwartet werden konnte, wann es nun endlich losginge – jeder sprühte vor Ideen – hatte er hier den Eindruck, man wolle sich ein gepflegtes Wochenende ohne sonderlich viel Streß und Engagement machen. Volker schaute auf die Uhr. Es war Zeit, sich in den Konferenzraum zu begeben.

Dort saßen nur Marlene und Lorenz, die sich immer noch über mögliche Tagungshotels unterhielten. „Volker", fragte ihn Marlene, „Ihr wart doch damals im Rheingau in diesem Hotel, um die Produktstrategie festzulegen, mit Sören und noch anderen Leuten. Erinnerst Du Dich? Wie war denn eigentlich das Hotel?" Natürlich erinnerte sich Volker. Und nicht nur er, auch Lorenz erinnerte sich. Lorenz hatte allerdings keine besonders positiven Erinnerungen an dieses Meeting, denn es bedeutete faktisch sein Ende als CIO Produkte. Entsprechend freudig schaute Lorenz in die Runde; die Qualität des Hotels war ihm völlig egal. „Das Hotel ist ok", erklärte Volker kurz. „Und das Gute war: Es gab keinen Handy-Empfang." Volker sagte das leichthin, um irgendetwas zu sagen und um Marlene von diesem Thema wegzulocken. Schließlich hatte er bemerkt, wie sich Lorenz Miene verfinsterte, als Marlene das heikle Thema ansprach. „Ach, Volker, Du meinst, dass unsere beiden Chefs dort nicht hätten unpünktlich sein können, weil sie gar nicht hätten telefonieren können?", scherzte Marlene. „Welche Chefs?", knurrte Lorenz. „Und genauso wie hier gibt es im Rheingau doch Festnetz. Aufs Handy bist Du doch zum Telefonieren nicht angewiesen. Als Volker dort mit meinen Jungs die Strategie beschrieb, haben die doch auch andauernd bei uns angerufen, um sich Infos zu holen und um das abzusichern." Volker schaute erstaunt: „Wer hatte denn wen angerufen?", erkundigte er sich bei Lorenz. „Nun tu nicht so. Ihr habt doch meine Informationen damals benutzt. Sonst hättet Ihr die Produktsuite nicht in so kurzer Zeit zu Papier bringen können!" Marlene schaute auf Volker, als wolle sie sagen: Ach! Ideen habt ihr damals geklaut! Volker wollte zur Replik ansetzen, als Manfred und Herbert den Raum betraten: „So, nun lasst uns mal anfangen!" „Na, endlich", sagte Lorenz. „Volker hat sich schon darüber beklagt, dass Ihr zu spät kommt!"

Lorenz war als Erster dran, seinen Part vorzustellen. Dies tat er anhand des Berichtes für das zweite Quartal 2000. Er erläuterte, dass die Verbuchung sowohl den amerikanischen Bilanzierungsrichtlinien, dem International Accounting Standard (IAS), als auch dem deutschen Handelsgesetzbuch (HGB) genügen müsse. Dies, so betonte er, sei nur mit größter Sorgfalt und, damit verbunden, erhöhtem Aufwand zu bewerkstelligen. Die Materie sei eben äußerst komplex. Insgeheim wussten alle Anwesenden, dass Lorenz' Job sich darin erschöpfte, die Belege zu sammeln und an das Steuerbüro zu übergeben, die sämtliche Buchungstätigkeiten ausführten und zur Prüfung bei den amerikanischen Kollegen vorlegten. Hatten letztere dann zugestimmt, erhielt Lorenz die Listen zum Abheften. Niemand erwähnte aber diesen Arbeitsablauf, um Lorenz nicht bloßzustellen. Die Umsätze waren leicht rückläufig. Die Gewinne waren negativ. Die Abhängigkeit von der Bank war größer geworden; über 90% aller Umsätze wurden bei der Muttergesellschaft, der Bank, akquiriert. Manfred hielt sich auffällig zurück, stellte zu den finanziellen Aspekten keinerlei Fragen, als wolle er damit zum Ausdruck bringen, er kenne bereits alles und hätte die Lösung für alle Probleme schon längst parat. Auch Volker hielt sich zurück, so dass es nur zu einigen Nachfragen von Marlene und Herbert kam, die von Lorenz schleppend beantwortet wurden. Zäh zog sich diese Diskussion hin, und alle waren schließlich erleichtert, als man beschloss, gemeinsam zum Abendessen zu gehen.

Das Abendessen wurde fast schweigend eingenommen, nur unterbrochen von diversen Handytelefonaten. Zwar bemühte sich Lorenz intensiv darum, passende Weine auszusuchen, auf dass das Dinner auch kulinarisch ein Erfolg werde. Jedoch sprach Lorenz derart herablassend mit der Bedienung, dass die gesamte Probierprozedur des Weines zur Peinlichkeit geriet. Endlich, man war bereits beim Dessert angelangt, bemüßigte Manfred sich, etwas zu sagen: „Lorenz, so geht das alles nicht. So kommen wir nie an die Börse. Bei den Bilanzen lässt kein Analyst auch nur ein gutes Haar an uns." Lorenz wirkte so überrascht, dass er fast sein Weinglas fallen zu lassen schien. „Das ist alles korrekt, was da gebucht worden ist!", beeilte er sich zu sagen. Nun kam es wie das Amen in der Kirche: Wenn Manfred etwas sagte, musste auch Herbert etwas sagen; allein, um zu dokumentieren, dass er mindestens die Nummer zwei, besser noch die Nummer eines unter allen ist. „Lorenz, da kann ich Manfred nur beipflichten! Unsere Bilanz ist gähnend langweilig!" Lorenz hatte das Weinglas längst abgestellt und rutschte nervös auf seinem Stuhl hin und her. „Herbert, Bilanzen sind immer langweilig! Es sind halt Zahlenwerke!" Manfred schüttelte den Kopf: „Was Herbert meint", er blickte den Genannten über den Tisch weg an, „ist, dass die Erlöse einseitig von unserer Mutter stammen. Ohne Drittgeschäft werden wir aber als verlängerte Werkbank unserer Mutter angesehen. Das ist eine Story, die für einen Börsengang nie und nimmer reicht. Mamis Erfüllungsgehilfe? Am Rockschoß der Bank zuhause? Da lachen nicht nur die Hühner, da wiehern auch die Analysten, und zwar lauthals! Wie soll Insite damit an die Börse gehen? Und denke dran: Wir wollen einen erfolgreichen Börsengang, einen, bei dem die gesamte Wirtschaftspresse applaudiert!" Lorenz war verunsichert und versuchte schwach, sich zu wehren, was allerdings in die völlig falsche Richtung ging: „Ich denke aber schon, dass das alles korrekt gebucht ist. Schließlich haben das unsere amerikanischen Freunde geprüft, die sich mit dem Buchungssystem wirklich gut auskennen!" Nun war es wieder an Herbert einzuschreiten: „Daran zweifelt niemand. Aber darum geht es nun mal auch gar nicht! Was Manfred meint, ist doch die Einseitigkeit. Da müssen wir ein wenig kreativ werden!" Manfred nickte zustimmend. Gar nicht so schlecht, der Herbert, dachte er im Stillen. Wenn der Hund nur nicht so brutal auf seinen Vorteil schauen würde, könnte man mit ihm ganz gut zusammenarbeiten. Lorenz erbrachte einen weiteren Beweis seiner Hilflosigkeit. „Kreativ, wie sich das anhört! Wir können doch nur buchen, was da ist. Und wir haben gebucht, was da war." Nun beugte sich Manfred über den Tisch in Richtung Lorenz: „Die Abhängigkeit von der Mama ist nicht sexy. Ödipus oder was? Damit kommen wir nicht weit! Was ist denn sonst sexy? Frankreich! Frage Volker!" Der Genannte guckte ziemlich wütend. „Im Ernst: Umsatz aus dem Ausland, aus Frankreich zum Beispiel. Denk doch mal nach, Lorenz. Die Hälfte aus Deutschland, die Hälfte aus Frankreich, das wäre sexy!" „Und wie soll das gehen? Wir machen doch mit ARF gar keine Geschäfte?", erkundigte sich Lorenz. Es war erneut Herbert, der ihn in die Zange nahm: „Du bist doch CFO, kein Buchhalter! Da kennst Du doch die kleinen Besonderheiten, die gestaltungsmäßig drinliegen. Und Du kennst doch den CFO von ARF. Vielleicht sind die ja auch froh, wenn sie ein wenig Umsatz in Deutschland machen." Herbert schaute Lorenz lange an und begann zu nicken. Beim vierten oder fünften Nicken fiel Lorenz ein. Auch er begann zu nicken. Er lachte: „Du Schelm! Ich glaube, ich weiß jetzt, was Du meinst!" Nun lachten drei Leute gemeinsam, Manfred, Herbert und Lorenz. Volker saß teilnahmslos daneben, dachte an seine gescheiterte Ehe und war noch sauer über Manfreds flapsige, anzügliche Bemerkung bezüglich seines Frankreichtrips. Marlene saß ebenfalls unbeteiligt daneben, fing mit einiger Verspätung auch an zu nicken und lächelte dann. Immerhin – sie hatten irgendwie doch zueinander gefunden! Der Abend wurde noch lang. Diverse Flaschen wurden noch am Tisch entkorkt, und jede neue Flasche durchlief Lorenz' peinliche Prüfzeremonie.

Der nächste Morgen begann zäh und schleppend. Zuviel Wein am Vorabend! Das Frühstück war ausgiebig, wurde bis zehn Uhr in die Länge gezogen. Also halb elf fangen wir an! Marlene war dran. Sie hatte einen Riesenberg von Folien vorbereitet, die aufzeigten, was alles gemacht werden sollte, wenn man an die Börse ging. Welche organisatorischen Änderungen denkbar seien, was entschieden werden müsse. Das Auditorium pennte vor sich hin. Marlene erzählte. Die Zuhörer pennten. Marlene stellte Fragen. Der eine oder andere schreckte aus seinem Dämmerschlaf hoch und gab mehr oder weniger passende Kommentare von sich. Schließlich, kurz vor Mittag, ergriff Herbert das Wort: „Marlene, merkst Du eigentlich nicht, dass uns allen bei Deinen Ausführungen ein Stückweit die Füße und sämtliche anderen Körperteile einschlafen?" Marlene schaute ihn fassungslos an, unfähig zu einer Entgegnung. „Einer muss das ja mal sagen", fuhr Herbert fort, „mit derart altbackenen Konzepten kommen wir nie an die Börse!" Marlene schluckte. „Wie meinst Du das, Herbert?", brachte sie stammelnd heraus. „Ganz einfach", legte Herbert nach, „ich verlange von Dir etwas peppigere Konzepte, sowohl inhaltlich als auch vom Vortrag her. Nicht dieses altbackene ‚wir finden uns alle gut'. Etwas mehr Einsatz und etwas mehr Originalität und Aggressivität darf es schon sein!" Marlene schossen die Tränen in die Augen; schluchzend verließ sie den Konferenzraum. Manfred schaute Herbert vorwurfsvoll an: „Nun übertreibe bitte nicht so. Wir können gerne Kritik aneinander äußern, aber die sollte schon sozialverträglich sein." Herbert winkte ab. „Ich meine das ganz ernst", erläuterte er. „Bei Marlene schlafen einem doch die Füße und sämtliche andere Gliedmaßen und Glieder nicht nur ein Stückweit ein! Nicht nur mir, sondern sicher auch allen Analysten. Was sollen die denn von Insite halten, wenn so eine „Miss Hausbacken" daherkommt? Was wollt Ihr? Einen vernünftigen IPO oder Marlene einen Gefallen tun?"

Nach schweigsamem Mittagessen, an dem Marlene nicht teilnahm, verabschiedeten sich alle aufs Zimmer mit der Begründung, man müsse mal telefonieren. In Wahrheit war der Mittagsschlaf gemeint. Für vierzehn Uhr dreißig war das Treffen im Seminarraum wieder anberaumt. Man traf sich fast pünktlich. Volker war dran vorzuturnen. Das Mittagsschläfchen hatte allen gut getan; man fühlte sich viel frischer als am Morgen. Auch Marlene war anwesend, wenn auch mit geröteten Augen. „Eine freudige Mitteilung zu

Beginn", begann Volker frisch, „die Zahlen, die ich Euch jetzt vorstellen werde, stammen alle aus unserem neuen System Econ. Das heißt, wir haben nun endgültig Econ zum Laufen gebracht und live geschaltet!" Volker machte eine kleine Pause, um sich seinen Applaus abzuholen. Herbert und Manfred nickten auch anerkennend, und Marlene ließ sich dazu hinreißen, zögerlich in die Hände klatschend Applaus zu spenden. Nur Lorenz schaute düster: „Na ja Volker, ich hatte das wohl auch perfekt für Dich vorbereitet. Da wundert es mich höchstens, dass es noch so lange gedauert hat, bis Ihr live schalten konntet!" Volker war drauf und dran, eine scharfe Erwiderung zu finden. In letzter Sekunde besann er sich. „Danke, Lorenz", entgegnete er, „Wir haben Deine Vorleistungen zu schätzen gewusst!" Volker wusste nicht, ob Lorenz die Ironie verstehen würde. Zumindest guckte der etwas ratlos. Das rief aber Manfred auf den Plan: „Zur Sache, Schätzchen! Was macht unsere Technologie? Was machen unsere Produkte?" Wie ein Echo folgte Herbert: „Was können wir vermarkten? Wo können wir uns positionieren? Und denk dran: Wir wollen, sagen wir mal, zehn Prozent vom Markt. Die hole ich Dir – so schnell kannst Du gar nicht gucken! Und dann frage ich Dich: Hast Du genug Manpower, wenn die Maschine läuft? Das ist dann einzig und allein Dein Problem!" Volker schaute perplex. Er schluckte und suchte nach Worten.

Das rief erneut Herbert auf den Plan: „Wie weit sind die Produkte fertig? Wir haben nie danach gefragt, um eure kreative Phase, oder wie man das so nennt, nicht zu beeinträchtigen und weil wir Vertrauen in Dich setzen. Aber glaube ja nicht, das interessiere niemanden. Für mich ist es das Wichtigste von allem. Nur darum kann ich meine Story bauen, die Erfolgsstory der Insite. Unsere Produkte – das ist, was mich und auch die Analysten interessiert!" Volker war schwer unter Druck. Er ließ die Hosen runter und beichtete, was Sören ihm erzählt hatte: Die Produkte sind frühestens in einem halben Jahr fertig; bis dahin könne eine Demo-fähige Version erstellt werden, die am Markt präsentiert werden könnte „Wie machen es denn die Großen?", fragte Volker, „Die Jungs aus Redmont und die mit den drei Buchstaben? Erst ankündigen, dann fertig stellen! So müssen wir auch vorgehen. Die Großen der Branche sind mit dieser Vorgehensweise nicht schlecht gefahren, sonst wären sie ja nicht so groß geworden!" Manfred ergriff das Wort: „ Natürlich haben die Großen das clever gemacht. Zweifelsohne! Nur welcher Markt herrschte denn, als die Großen mit dieser Masche groß wurden? New Economy? Mitnichten! Old Economy! Und wir wollen uns ja in der New Economy profilieren. Da müssen wir schon etwas vorweisen, und zwar ein bisschen mehr als irgendwelche Demoversionen. Time to Market – das ist die aktuelle Meßlatte. Nicht mehr: Wir überlegen uns was, machen dann tolle

Pläne und sind damit in zwei Jahren auf dem Markt. Das läuft nicht mehr! Keine Endlos-Projekte mehr! Auch Ihr Techniker müsst endgültig aus dieser Ecke raus und in der New Economy ankommen!" „Zumal ich für Euch in der Produktentwicklung doch perfekte Vorarbeit geleistet habe", schob Lorenz nach. „Du brauchtest doch nur die Früchte vom Baum zu pflücken; gesät und kultiviert hatte ich ja bereits!" Volker war sprachlos. Drei Mann hieben auf ihn ein; nur Marlene lächelte ihn aufmunternd an, schien gar nicht zu bemerken, was hier gespielt wurde. Dieses Lächeln machte Volker noch wütender als er ohnehin war. Fast hätte er die Beherrschung verloren und Marlene, ausgerechnet Marlene, angeschrieen. In letzter Sekunde besann er sich: „Nun bleibt mal cool! Programme werden nicht auf Befehl fertig. Das ist kein Fall für die Bundeswehr. Bits, stillgestanden! Das muss entwickelt werden, das braucht seine Zeit! Und Druck machen hilft in so einer Situation wie der, in der wir jetzt sind, gar nichts, rein gar nichts!" Manfred nickte verständnisvoll: „Gut, Volker, dann sage uns nicht, Du seiest in drei Monaten fertig, sondern sage uns in drei Monaten, dass Du fertig bist! Mehr Zeit hat die Firma nicht. Und mehr Zeit können wir Dir auch nicht einräumen!" Volker lächelte resigniert. Er spürte, er war mit seiner Argumentation ins Leere gelaufen. Er hatte seine Konzepte gar nicht vorstellen können. Gefragt war nur der Endtermin – und diktiert! Es lebe der Zeitdruck!

Die Diskussion hatte lange gewährt; man entschloss sich, zunächst zu Abend zu essen und den Marketingvortrag danach zu machen. Die Stimmung war gelöst; nur Volker hielt sich zurück und sagte während des Abendessens kein Wort. Lorenz probierte die Weine. Marlene sprach Volker an: „Du hast auch einen schweren Job! Vielleicht den schwersten von uns allen! Immer mit diesen Künstlern aus der Programmierung! Die sind doch sehr kopflastig. Ich bewundere, wie gut Du mit denen auskommst, wie gut Du die motivierst! Ich persönlich habe das Problem, dass ich gar nicht weiß, was die Programmierer im Einzelnen machen. Ist das auch ein Problem für Dich? Weißt Du denn genau, was die programmieren?" Volker verdrehte innerlich die Augen. Das alles war von Marlene zwar nett gemeint, zeigte aber, dass sie keine Ahnung von Projektarbeit, Produktentwicklung, geschweige denn von Programmierung hatte. Als Geschäftsleitung eines IT-Unternehmens, das an die Börse will, eigentlich ein Unding. Man müsste doch wissen, worum es in etwa geht und wie Ideen und Pläne in Coding umgesetzt werden könnten. Er schaute sich am Tisch um; er sah niemanden, der fachlich wenigstens halbwegs durchblickte. Milde lächelte er Marlene an: „Ja Du hast Recht!" Natürlich zog sich der Abend wieder bei einigen Flaschen Rotwein hin, und der Marketingvortrag wurde auf den nächsten Tag vertagt.

Anscheinend war es besser, seinen Vortrag morgens zu halten als nachmittags. Morgens waren die Krallen der Zuhörerschaft noch nicht geschärft. Alles dämmerte im Halbschlaf vor sich hin und verdaute den gestrigen Abend. So auch heute. Herbert hielt einen wirklich saudämlichen Vortrag, dessen intellektuelle Spitze sich darin erschöpfte, Betrachtungen über die Farbe des zukünftigen Logos anzustellen. Offenbar war dies genau die geistige Kost, die die Big Five an einem Sonntag Morgen brauchten. Herbert sprach von Visionen. Visionen, die das Leben an der Börse widerspiegelten. Visionen, die Feuer entfachen würden. Visionen, die Verkäufe auslösen würden. Visionen, wie sie nur an der Börse entstehen können, die Höhenflüge der Kurse zur Folge hätten. Manfred steigerte sich in einen rauschähnlichen Zustand.

Volker rutschte auf seinem Stuhl hin und her. Wie lange sollte diese Aneinanderreihung von Sprüchen sich noch hinziehen? „Herbert", fragte er. „Visionen hast Du?" Herbert nickte. Die anderen schauten ihn interessiert an, zum einen, weil sie sich über eine Unterbrechung von Herberts Lobhudeleien freuten, zum anderen, weil sie keine Ahnung hatten, worauf Volker hinaus wollte. „Herbert, wer Visionen hat, sollte zum Arzt gehen!" Für einen Moment herrschte Stille. Herbert schaute ihn verblüfft, aber wütend an. Lorenz schien empört zu sein; es war klar, auf wessen Seite er sich schlug. Marlene versuchte ein kleines, unverbindliches Lächeln, kaum dazu angetan, Gegensätze zu überbrücken, aber immerhin ein netter, wenn auch vergeblicher Versuch zu kitten. Volker war selber nicht richtig klar, warum er diesen Angriff so unvermutet gestartet hatte. Dann ergriff Manfred das Wort: „Volker, ich weiß, Du hast es schwer im Moment, eine schwere Zeit. Wir alle nehmen auch auf Dich Rücksicht; das merkst Du doch auch an unseren Äußerungen! Das sollte aber nicht dazu führen, dass Du denkst, Du könnest Dich über alle unsere Regeln hinwegsetzen. Wir führen hier generell offene Kommunikation, ganz klar. Die sollte aber stets sozialverträglich geäußert werden. Sonst stellt man sich außerhalb unserer Gruppe. Das wollen wir nicht, und das können wir uns – so kurz vor dem Börsengang – auch gar nicht erlauben. Wir müssen eine Einheit bilden. Deshalb frage Dich auch bitte selbst: Wo stehst Du? Willst Du den Weg mit uns gehen?"

Auf der Heimfahrt in sein Frankfurter Apartment zog Volker seine persönliche Bilanz. Erstens: Innerhalb der Geschäftsleitung war er isoliert. Das hatte sich an diesem Wochenende bewahrheitet. Warum aber war Manfred so frontal auf ihn losgegangen? Ausgerechnet Manfred, dessen Unterstützung er sich bislang sicher war. Als Herbert Marlene angemacht hatte, war Manfred nicht eingeschritten. Aber als es gegen ihn, Volker, ging, kannte Manfred keine Gnade. Zweitens: Wie lange seine Leute ihm noch zu folgen bereit waren, konnte er nicht schlüssig beantworten. Zumindest war deren Verhältnis zur Firma getrübt. Ob der Börsengang klappen könnte? Er hegte seine Zweifel; zuviel war bislang geredet worden, zuwenig war passiert. Und schließlich drittens sein Privatleben, sein nicht existentes Familienleben. Ein Desaster! Sein Privatleben steckte in einer tiefen Sackgasse, und er sah derzeit keine Möglichkeit, es dort wieder hinauszumanövrieren. Insgesamt eine Situation, als wären ihm drei schwarze Katzen gleichzeitig von links nach rechts über den Weg gelaufen.

Am Montag hatte Volker seine Mannen erneut um sich versammelt. Sören, Klaus und Frederico schauten ihn erwartungsvoll an. Was war auf dem Geschäftsleitungs-Meeting beschlossen worden? Welche Konsequenzen hatte das für ihre praktische Arbeit?

Volker ergriff das Wort: „Um es kurz zu machen: Wir müssen Gas geben und mit Hochdruck an der Fertigstellung der Produktsuite arbeiten. Ihr wisst, dass die Produktsuite das Herzstück unseres Börsenganges sein wird, der wichtigste Bestandteil unserer Börsenstory. Die Produktsuite muss zum Termin des Börsengangs fertig sein! Damit zeigen wir, dass wir ein wesentliches Stück der New Economy beherrschen: Time to Market!"
Sören räusperte sich: „Volker, ist Dir das schon mal aufgefallen? Du redest fast schon wie Herbert: Produktsuite, Herzstück des Börsengangs, Time to Market. Ich bin nur ein kleiner Entwickler und möchte wissen: Wann sollen wir fertig sein? Welchen Termin setzt Ihr?" Volker schaute ein wenig irritiert. „Wie meinst Du das? Ich würde reden wie Herbert? Willst Du mir absprechen, dass ich mich inhaltlich mit den Sachen auseinander setze?" Sören beschwichtigte ihn: „Nein! Es kamen nur gerade so die Worthülsen von Dir. Nimm es nicht so genau, bitte. Vielleicht sind wir alle ein wenig gereizt. Aber meine Frage bleibt: Wann? Zu welchem Termin müssen wir liefern? Du musst verstehen, das ist mein Projekt. Ich trage hier den hochtrabenden Titel ‚Head of Product Development'. Ich will und muss das erwartete Enddatum wissen!"

Volker trat die Flucht nach vorn an: „In drei Monaten! Dann muss alles fertig sein." Sören pfiff durch die Zähne. „Volker, das ist nicht zu schaffen. Das hatte ich Dir auch vor eurem Meeting gesagt. Sechs Monate brauchen wir mindestens. Und das ist schon eng kalkuliert. Vergiss bitte nicht: Wir haben Sommer, und es ist Urlaubszeit. In drei Monaten, das wäre dann im Oktober." Sören dachte einen Moment lang nach. „Nein. Unmöglich. Es geht einfach nicht." Volker schaute Sören an: „Dann ist der Termin für unseren Börsengang in diesem Jahr ernsthaft gefährdet. Stelle Dir bitte vor, was alles daran hängt! Wenn wir den Börsengang deswegen verschieben müssen, stehen wir als Sündenböcke in der Ecke!" „Dann müssen wir wohl den Sündenbock abgeben." Sören blieb hart. „Das ist doch keine böse Absicht von mir. Die Fakten sind nun mal so: Wir brauchen einfach die Zeit. Du kennst doch die Projektpläne. Du hast lange genug selbst in Projekten gearbeitet, um zu wissen, dass Pläne eher überzogen als unterschritten werden."

Nun meldete sich Klaus zu Wort. „Das ganze hat doch keinen Wert mehr! Wir unterhalten uns hier über Termine, Wunschtermine, Phantasietermine! Wunderbar! Eigentlich geht es doch um den Börsengang. Der geht den Bach runter, und es wird ein Schuldiger dafür gesucht. Schon mal prophylaktisch. Falls der IPO doch noch klappen sollte: Umso besser. Aber falls nicht: Man hätte jemanden, den man an den Ohren ziehen könnte. Dadurch kommt man zwar auch nicht an die Börse, aber mit Ohrenziehen fühlt man sich besser, wenn man dann nicht an der Börse ist." „Klaus, Du siehst die Dinge immer zu krass! Was soll die Schwarzmalerei? Lass uns doch versuchen, das zu stemmen. Siehst Du eine andere Möglichkeit?", fragte Volker. „Die sehe ich durchaus", orakelte Klaus. „Hier in der Firma haben sich so viele Dinge verändert, dass ich mir auch ein Leben außerhalb der Firma gut vorstellen könnte! Ich schaue mir das noch dieses Jahr an; dann entscheide ich, was ich machen werde!" „Klaus, bitte konstruktiv! Schließlich bist Du doch einer der Väter der Produktsuite!" „Ja, na klar! Ich bin immer konstruktiv. Ich werde immer versuchen, die Sachen konstruktiv anzugehen. Und im Übrigen bin ich nicht einer der Väter der Produktsuite; ich hasse diesen Namen, den Lorenz sich mal ausgedacht hat, um seine geistige Vaterschaft zu dokumentieren. Außer diesem dämlichen Namen ‚Produktsuite' hat er nichts, absolut gar nichts dazu beigesteuert!" Klaus hatte sich – wie gewohnt – ein wenig in Rage geredet. Vielleicht brauchte er das, um auf Betriebstemperatur zu kommen.

Frederico grinste: „Klaus, hast Du fertig, wie wir Italiener zu sagen pflegen?" Dann wandte er sich an Volker und Sören: „Ganz einfach: Urlaubssperre! Und jeden Tag zehn Stunden Arbeit. Und Ihr werdet sehen: Im Oktober ist alles fertig! Vielleicht noch ein bisschen testen hier und da, aber alles ist fertig!" Sören knurrte: „Das ist ja schön, Frederico, dass Du durch mein Projekt so durchblickst! Willst Du jetzt die Projektleitung machen?" Frederico grinste erneut: „Mein Gott, was habt Ihr heute für Blähungen! Erst Klaus, dann Du! Mal ganz ehrlich, Sören: Du arbeitest doch auch Tag und Nacht. Du bist morgens um neun da und gehst abends nicht vor dreiundzwanzig Uhr, und das seit Jahren." „Privatleben habe ich nicht viel", räumte Sören ein. „Dann verlange das doch auch mal von Deinen Leuten! Nur ein Vierteljahr lang, ein klitzekleines Vierteljahr!" Sören grummelte weiterhin. „Die arbeiten auch alle bis um acht abends." „Ja, aber die kommen erst um zwölf! Und Dein Projektplan beruht auf deren Schätzungen. Da müssen wir die Luft rauslassen. Und die Leute müssen mal ein bisschen die Hacken anziehen und nicht so wie die Italiener arbeiten!" Frederico hatte gewonnen. Gegen seinen Charme und seinen mit Selbstironie gewürzten Humor war sogar Sören machtlos und grunzte nur noch vor sich hin: „Gut, wir werden es probieren, aber ob das klappt, weiß ich nicht."

Volker konnte nun ernten, was Frederico, anscheinend ganz Preuße, zu seiner Überraschung gesät hatte: „Also, Sören, wir werden gemeinsam mit den Leuten reden. Ich kann Dir auch sagen, dass wir eine Prämie versprechen können, falls alles klappt. Das schafft doch noch zusätzlichen Anreiz." Frederico grinste wieder: „Klar motiviert das. Aber nur zusätzlich. Denke an meinen Lieblingswitz: Die Leute wollen nicht die Prinzessin, sondern den sprechenden Frosch. Der sprechende Frosch, das ist der coole Börsengang; damit gehört man zur Creme de la Creme, aufgrund deren geistiger Leistung die gesamte Firma in die erste Reihe der New Economy Firmen aufrückte. Die Prinzessin? Das ist nur die simple Geldprämie."

Abschließend gab noch Klaus einen Kommentar ab: „Wir können das probieren, und wir sollten das probieren! Aber es ändert nichts an der Tatsache, dass die nächsten sechs Monate für meine Zukunft bei Insite entscheidend sind. Und ich weiß, dass andere auch so denken. Es stehen viele kurz vorm Absprung. Die Stimmung ist supermies! Urlaubssperren und verordnete Mehrarbeit wirken da auch nicht motivierend! Aber das ist nicht das, was die Leute abstößt. Für lohnende Ziele würden sich die Leute ein Bein ausreißen. Nur dieses Wischiwaschi, was hier vorherrscht, motiviert niemanden ernsthaft. Insite ist sich mal wieder selbst ein Rätsel. Ein strategisches Dilemma bahnt sich an. Warum kann die Geschäftsleitung nicht mal zwei simple Fragen schlüssig beantworten?" Klaus schaute sich in der Runde um. Volker nickte ihm zu: „Na, schieß los!" „Zwei simple Fragen", wiederholte Klaus, „erstens: Wann gehen wir an die Börse? Zu welchem Termin? Und zweitens: Gehen wir alleine oder mit ARF zusammen an die Börse? Ist da ein Merger geplant?" Volker ergriff das Wort: „Zwei simple Fragen sind das nicht. Es sind zwei sehr komplexe Fragen. Wann gehen wir an die Börse? Wenn die Investment Banker uns die entsprechende Reife attestiert haben. Einen Termin dafür gibt es noch nicht. Gehen wir mit ARF zusammen? ARF gehört wie wir auch der Bank. Es ist die Entscheidung der

Bank, wie sie ihre Tochtergesellschaften gliedern will. Wir müssen die diesbezügliche Entscheidung der Bank abwarten. Wir, die Insite, haben keinerlei bis wenig Einfluss auf die Entscheidung. Somit kann Insite auch hierauf keine gesicherte Antwort geben." Klaus grummelte vor sich hin: „Da kann man mal wieder sehen, wie viel Freiheiten die Geschäftsleitung eines beherrschten Tochterunternehmens hat. Die Geschäftsleitung der Insite hat ungefähr soviel zu sagen wie ein Abteilungsleiter bei der Bank!" Volker wurde nun richtig sauer: „Weißt Du, Klaus, ich komme mir vor wie ein Zirkuspferd, das von Dir in die Manege geführt wird und das seine Mätzchen machen soll. Ich möchte dazu nur sagen: Ich habe nicht die Qualitäten eines Zirkuspferdes!" Klaus sprang wütend auf und verließ das Büro, vor sich hinbrummelnd, er ginge mal kurz eine rauchen.

21 Der Wasserball

„Die Zahlen vom zweiten Quartal sind mehr als dürftig." Manfred machte eine Pause und schaute Lorenz an, den er in sein Büro gebeten hatte. Lorenz wich Manfreds Blick aus, schaute auf den Boden wie ein Verlierer. „Ich weiß", murmelte er kleinlaut. „Aber was soll ich machen? Die Amis haben mir das so hingerechnet. Sie meinten dann, das sei gar nicht so schlimm, wenn die Zahlen jetzt schlecht sind. Denn ein Unternehmen der New Economy würde nicht nach seinem derzeitigen Stand beurteilt werden, sondern nach seinem Entwicklungspotential. Wenn also die gegenwärtige Lage des Unternehmens schlecht ist, dann würde das doch das Entwicklungspotential steigern. Mithin vergrößern derzeit schlechte Zahlen also den Wert des Unternehmens sogar." Manfred runzelte ein wenig die Stirn, als er dieses Argument Lorenz' hörte; der schien den Quatsch sogar zu glauben, der ihm erzählt worden war.

„Natürlich steigert es das Entwicklungspotential", stimmte Manfred zu, „wenn man von einer bescheideneren Basis ausgeht Nur ist Insite auf ihrem Weg zur Börse bereits so weit fortgeschritten, dass Analysten nicht auf die Bewertung von derzeitigem Umsatz und aktueller Rentabilität vollständig verzichten werden. Wir möchten aus ureigenem Interesse einen vernünftigen Emissionskurs bekommen, und der bemisst sich nun mal an der aktuellen Bewertung des Unternehmens. Die Investmentbanker oder deren Beauftragte werden uns im Rahmen des Vertretbaren schon gut bewerten, und zwar in ihrem ureigenstem Interesse nicht zu niedrig. Schließlich bemisst sich an der Bewertung die Provision, die die Banker beim Börsengang einfahren. Deshalb werden sie unser Entwicklungspotential und unsere Innovativität schon in den Vordergrund stellen. Aber ganz können auch die Analysten nicht die Old Economy auf den Kopf stellen. Auf die Bewertung auf Basis der aktuellen Zahlen können auch sie nicht vollständig verzichten. Aber das brauche ich Dir als CFO ja nicht zu erklären!" Lorenz lächelte geschmeichelt. „Nein, natürlich nicht! Das hieße wahrhaftig, Eulen nach Athen zu tragen!", bestätigte er. „Und deshalb", erklärte Manfred, „müssen wir Umsatz und Ertragslage ein wenig herausputzen." „Wie soll das denn geschehen?" Manfred ließ sich nicht aus seinem Konzept bringen, ignorierte die Zwischenfrage. „Lass mich mal laut überlegen: Wir haben doch längst auch festgestellt, dass unsere Abhängigkeit von der Bank als primäre Auftraggeberin viel zu ausgeprägt ist. Diesem Tatbestand müssen wir zu Leibe rücken, um am Markt sexy zu sein. Wie wird da ein Schuh draus? Wie passt das zusammen mit optimierten

Umsätzen? Siehst Du auch Handlungsbedarf, die einseitig an der Bank orientierten Umsätze umzuleiten?"

Lorenz nickte zustimmend. „Es wäre absolut wünschenswert, wenn wir besser dastehen, mehr Umsatz über Dritte nachweisen könnten. Nur: Wie? Was können wir tun, um uns zu verbessern?" Manfred nahm seine Denkerhaltung ein, faltete die Hände im Nacken und sah zur Decke, als erwarte er von dort einen Fingerzeig. „Ich habe da so eine Idee", begann Manfred vage zu orakeln. „Du als CFO musst mir helfen, die Idee vollständig zu entwickeln und einsatzfähig zu machen. Ich selbst verstehe doch viel zu wenig von der Materie." Lorenz nickte: „Na klar, Manfred. Wir haben immer gut zusammengearbeitet!" Manfred verharrte in seiner Denkerpose. „In der Tat! Wir haben immer gut zusammengearbeitet!", bestätigte er. Sein Tonfall klang etwas zögerlich, als ob seine Gedanken bereits ganz woanders waren. Lorenz wartete einen Moment; Manfred schwieg weiter. „Welche Idee hast Du denn?", fragte Lorenz vorsichtig. Manfred spannte Lorenz noch einen weiteren Moment auf die Folter, um dann zögernd und schleppend zu beginnen: „Du musst mir helfen, das alles zusammen zu bringen! Ich verstehe wirklich nicht genügend vom Rechnungswesen. Da bist Du der Spezialist!" Pause. „Wenn wir den Umsatz mit der Bank halbieren und die andere Hälfte von einer anderen Firma bezögen, wären wir doch zunächst mal aus der Abhängigkeit weitgehend raus, zumindest erscheint das denn so." Lorenz schien jetzt auch angestrengt nachzudenken. „Du meinst, wir leiten die andere Hälfte von den Bankaufträgen über eine andere Firma um?", fragte Lorenz. Manfred nahm ruckartig seine Hände aus dem Nacken: „Eine sehr gute Idee von Dir!", lobte er Lorenz. „Nur, wofür sollen die anderen, die Neuen uns denn bezahlen?", fragte Manfred und legte erneut die Hände in die Denkerpose. „Ganz einfach", warf Lorenz ein: „Die Dritten beauftragen uns als Subunternehmer mit den Bankprojekten. Das kostet uns zwar einige Prozent, die wir denen abgeben müssen, denn die andere Firma muss ja auch einen kleinen Gewinn erzielen, damit auch aus deren Sicht ein solches Geschäft sinnvoll ist. Aber wir hätten zumindest den Großteil der Gelder erfolgreich umgeleitet." Manfred schüttelte seinen Kopf: „Zu unsexy! Das ist zu langweilig und zu hausbacken. Damit steigerst Du nicht unseren Firmenwert! Wir als Subunternehmer in Projekten, die dann endgültig doch bei der Bank laufen. Und außerdem: Die Bank müsste dann ja auch erstmal an den Dritten zahlen, mit denen einen Vertrag schließen." Manfred wusste natürlich genau, worauf er hinaus wollte, aber er ließ Lorenz noch ein wenig nachdenken. Es kam nichts!

„Lorenz, was haben wir denn so zu verkaufen?" Manfred versuchte, Lorenz auf die Sprünge zu helfen. Nach einigem Nachdenken schließlich rief Lorenz triumphierend: „Ich hab's! Wir verkaufen denen Econ! Das schöne Produkt Econ, das wir so professionell vorbereitet hatten und das Volker nun endlich auf die Reihe gekriegt hat!" Manfred verdrehte innerlich die Augen. Allzu große intellektuelle Leistungen hatte er von Lorenz ohnehin nicht erwartet. Aber es gestaltete sich mühsam, Lorenz auf die richtige Fährte zu bringen. „Das reicht nicht!", begab er zu bedenken. „Econ kann so viel nun auch nicht kosten. Bedenke mal: Die Hälfte des Umsatzes mit der Bank. Wie kann das über Econ Verkäufe realisiert werden? Und außerdem: Eine Firma, die zur Hälfte Aufträge für ihre Muttergesellschaft erledigt und zur anderen Hälfte ein Produkt verkauft, mit dem man Reporting machen kann, hat eine solche Firma wirklich das Zeug zum Börsenstar? Haben wir denn nichts Besseres, was wir verkaufen können?"

„Na, höchstens,..., höchstens unsere Produktsuite!" Bingo, dachte Manfred. Das hat zwar ein wenig gedauert, aber, mein Gott, jetzt hat er's! Wieder nahm Manfred ruckartig die Hände aus dem Nacken: „Du bist genial! Genau das ist es, was wir brauchen: Produktverkäufe! Super Idee von Dir, Lorenz!" Manfreds Hand landete in Lorenz' Kreuz. „Eine Sache, auf die man sich stets verlassen kann: Wenn man mit Dir diskutiert, kommt immer was dabei raus. Aber nun sage mir bitte noch etwas: Welche Firma willst Du denn als Dritten zwischenschalten?" Lorenz warf Manfred einen abschätzenden Blick zu: „Das ist doch leicht!" Fast schien es so, als wolle Lorenz zu Manfred sagen: Da kommst Du auch selbst drauf! „Da nehmen wir ARF, unsere Freunde aus Frankreich. Das haben wir doch schon auf unserem Geschäftsleitungstreffen im Spessart besprochen. Wir generieren europäischen Produktumsatz, und die generieren Aufträge über Projektarbeiten bei einer erstklassigen Geschäftadresse im europäischen Ausland." Manfred nickte zustimmen: „Stimmt! Da hätte ich auch selber drauf kommen können. Aber Du als CFO hast eben den Blick durch die Finanzbrille, da macht Dir keiner was vor!" Lorenz lehnte sich genüsslich zurück: „Nur, spielt die Bank da mit?", fragte er. „Schließlich müssen die ja die Rechnungen von ARF akzeptieren. Die Bank muss Leistungen bei ARF bestellen, und ARF muss was liefern." Manfred grinste: „Das lass mal meine Sorge sein. Das biegen wir schon hin. Den Banker wird Herbert schon überzeugen. Schließlich will der doch auch einen optimalen Emissionskurs, mithin eine positive Bewertung der Insite." Einen Moment lang herrschte zufriedenes Schweigen, in dem beide sich aufmunternd zuzunicken schienen. Schließlich ergriff wiederum Manfred das Wort.

„Sag mal, Lorenz, wir haben doch unsere Produktsuite aktiviert. Das heißt, die Produktsuite bildet einen Teil des Firmenvermögens. Wenn wir unsere Produktsuite erfolgreich verkaufen, und das dazu sogar noch im Ausland, dann steigert das doch den Wert der Produktsuite. Also könnten wir sie in der Bilanz doch höher bewerten, oder?" Nun war es an Lorenz, einen Moment lang angestrengt nachzudenken. Schließlich nickte er zustimmend: „Das erscheint mir schlüssig! Produkte, die am Markt erfolgreich sind, sind nun mal mehr wert als Produkte, deren Marktakzeptanz noch nicht feststeht." Das klang simpel und ziemlich plausibel. „Könntest Du denn in der nächsten Quartalsbilanz zum 30.9. die Bewertung anheben?", fragte Manfred. Lorenz nickte zustimmend: „Das würde ich zwar gerne vorab noch mit unseren amerikanischen Freunden absprechen, aber ich sehe keinen Grund, warum die mir das ablehnen sollten." „Na, dann haben wir doch zwei Fliegen mit einer Klappe geschlagen", dröhnte Manfred. „Einerseits vermindern wir unsere Abhängigkeit von der Bank. Das macht uns zunehmend sexy am Markt. Und andererseits erhöhen wir damit unseren derzeitigen Firmenwert. Schon genial, wie Du Dir das überlegt hast, Lorenz!" Lorenz grinste zufrieden. In seinem tiefsten Inneren aber regten sich unartikulierte Zweifel: „Im Ernst, Manfred: Glaubst Du, dass das alles legal ist, wenn wir das so machen?" „Auf jeden Fall! Stell Dir vor, Du bist am Strand und willst Wasserball spielen. Den Wasserball hast Du in Deiner Strandtasche, unaufgepumpt. Bevor Du ins Wasser gehst, pumpst Du den Wasserball auf, und dann kannst Du mit ihm spielen. Es war vorher ein Wasserball, und es ist danach ein Wasserball. Mehr machst Du doch in der jetzigen Situation auch nicht. Ein bisschen Wasserball spielen. Ein bisschen Luft aufpumpen. Wo ist das Problem?" Lorenz lächelte erleichtert. Manfred konnte solche Dinge immer so schön erklären.

Am Abend, als Manfred gerade nach Hause gehen wollte, schaute Herbert noch schnell mal bei ihm vorbei. Die beiden setzten sich an den Besprechungstisch. Herbert zückte sein Zigarrenetui: „Na, mal ne schöne Havanna?", fragte er. „Da hole ich doch gleich den passenden Cognac dazu", grinste Manfred. Man saß gepflegt beisammen, paffte und genoss den Cognac. „Ich habe heute mit Lorenz gesprochen", begann Herbert. „Er hat mir von Eurem heutigen Gespräch erzählt. Du willst Insite mit Insidergeschäfte aufpumpen?" Manfred schaute befremdlich. „Insidergeschäfte? Das sind doch Aktiengeschäfte, die jemand privat macht, weil ihm Informationen zugänglig sind. Selbst wenn wir es wollten: Wie sollen wir Insidergeschäfte machen können? Wir sind nicht an der Börse. Ich kaufe keine Aktien. Ich verwerte keine Informationen, die mir exklusiv zur Verfügung stehen!"

Herbert merkte, dass er den Sachverhalt nicht korrekt beschrieben hatte. Deshalb versuchte er es nochmals: „Du willst durch Aktivierung von Produkten den Wert der Firma steigern." Manfred lehnte sich zurück: „Herbert, die Produkte sind seit dem ersten Tag bei uns aktiviert. Anders ginge das auch gar nicht. Wie sollen wir denn die Erstellung sonst darstellen? Wir benötigen doch eine Gegenfinanzierung. Wir schaffen mit unserer Produktsuite Werte. Diese Werte stellen wir in unsere Bilanz ein, wie sich das gehört. Alles völlig legal! Lorenz macht als CFO schon einen guten Job!"

„Aber Du willst doch Umsätze, die wir mit der Bank machen, an die Franzosen leiten und denen dafür Produkte in Rechnung stellen?" „Ich will das? Lorenz hatte diese Idee! Und ich verlasse mich in solchen Dingen nun mal auf meinen CFO. Lorenz prüft, inwieweit wir das machen können. Schließlich trägt er ja auch die Verantwortung dafür. Lorenz stimmt das auch mit unseren amerikanischen Freunden ab, die ja die Bilanzierung nach IAS aus dem ff beherrschen. Ich persönlich finde das gut, dass unser CFO so engagiert und kreativ an diese Fragen herangeht. Als erfahrener Mann wird er sicher das Richtige für seinen Bereich entscheiden. Ich selber kann da nur begrenzt mitreden. Ich bin kein CFO und verstehe nicht genügend von Bilanzen. Es waren Lorenz' Ideen!" Herbert nahm genüsslich einen Zug aus der Havanna. Lorenz ein erfahrener CFO? Da lachen doch wohl die Hühner, dachte er. Der ist gerade gut drei Monate in Amt und Würden und war vorher eine Art Projektleiter. Manfred möchte, dass Lorenz die Bilanzierungstricks freiwillig auf seine Kappe nimmt. Noch besser, dachte sich Herbert, wäre es allerdings, wenn auch Manfred in diese Sache involviert wäre, ein bisschen Verantwortung mit zu tragen hätte. Bislang hatte der sich aber clever raus gewunden. Wenn aber Manfred ein bisschen mit drinhängen würde, könnte das eines Tages einen Angriffspunkt abgeben. Mit gegangen, mit gefangen, mit gehangen. Deshalb versuchte Herbert es nun mit dem Holzhammer.

„Insite versucht also, durch kreative Buchführung und Bilanztricks sich besser zu positionieren. Auch wenn Lorenz CFO ist – Du als CEO musst auf jeden Fall Deinen Kopf dafür hinhalten." „Herbert, worauf willst Du hinaus?", fragte Manfred. Herbert beugte sich vor und nahm einen Schluck Cognac. Dann lehnte er sich zurück und paffte eine sehr große Wolke. Er sprach aus dem Nebel: „Ich will Dir sagen, dass ich dabei bin." Herbert machte eine Pause und fuhr fort: „Meinetwegen können wir die Umsätze durch Scheingeschäfte nach oben treiben, um das Unternehmen teuer an der Börse zu verscherbeln. Ich bin dabei. Ich habe keinerlei Bedenken." Manfred starrte in die Rauchwolke; die Situation war für ihn ungewöhnlich: Er wusste nicht, was er sagen sollte. Herbert fuhr fort: „Wir von der Geschäftsleitung sind doch am Erfolg beteiligt. Diesen Erfolg werden wir doch als Aktienoptionen vergütet bekommen. By the way: Unsere Regelung bezüglich der Aktienoptionen, steht die schon? Hast Du das schon fix gemacht?" Manfred schüttelte den Kopf: „Das muss ich noch mit dem Banker verhandeln. Dass wir was kriegen, ist unumstritten. Nur: Wie viel? Dazu gibt es noch keine konkreten Aussagen!" Herbert schaute Manfred beschwörend an: „Wir sitzen doch da in einem Boot. Wir wollen doch eine optimale Beteiligung aushandeln. Und wenn ich etwas verstehe, dann ist das das Aushandeln guter Provisions- und Bonusregelungen. Das habe ich in meinem vorherigen Job beim Hardwareanbieter gelernt. Und ein Optionsplan ist doch nicht anderes als ein Bonusplan, oder?" „In gewisser Weise, ja", pflichtete Manfred bei. „Dann lass mich den Optionsplan mit dem Banker aushandeln. Ich habe da nämlich eine Idee, wie wir alle, oder zumindest wir beide mehr Kohle machen können." „Wie denn?", fragte Manfred. Er guckte tatsächlich ein wenig gierig. „Das verrate ich Dir gerne. Aber erst will ich Deine Zustimmung, dass ich das mit dem Banker abdeale." Manfred stöhnte: „In Gottes Namen! Mach' es! Aber nun spuck schon aus, an was Du denkst! Wie willst Du da vorgehen?" „Ich möchte einen Gesamttopf für die Geschäftsleitung aushandeln!" Manfred schaute konsterniert. Das sollte nun der dolle Plan sein? „Ja und? Wo soll da der Vorteil liegen?" „Jeder bekommt seinen Anteil prozentual gemäß Plan. Wir beide bekommen je zwei Anteile, die anderen alle je einen." Manfred verstand nichts. „Also Du und ich jeweils das Doppelte von den anderen? Und wo soll nun der Vorteil liegen?" Herbert nahm noch einen Zug aus der Zigarre.

„Es wird eben nicht mehr so viele andere geben, die einen Anteil bekommen. Mal ganz ehrlich: Marlene ist doch in der Geschäftsleitung deplaziert. Die ist naiv und checkt gar nichts. Sicherlich ist sie eine gute Verwaltungstante, aber mal ehrlich: Geschäftsleitung?" Manfred sagte nach einem Moment des Schweigens. „Also so schlecht sehe ich Marlene nicht. Sie macht einen guten Job und ist in ihren Äußerungen immer sozial verträglich!" Manfred machte eine Pause. „Mal im Ernst, Herbert. Marlene ist ziemlich sauer auf Dich!" Herbert guckte erstaunt: „Auf mich? Das kommt überraschend. Welchen Grund sollte sie denn haben?" Manfred musste fast ein wenig schmunzeln. War Herbert tatsächlich so naiv, erkannte er schlichtweg nicht die einfachsten Zeichen menschlichen Verhaltens? Oder aber war es gar eine besondere Raffinesse Herberts, ihn zum Reden zu bringen. Egal, er würde es ihm jetzt sagen. „Na ja, Herbert, Du hast Marlene doch wohl oft genug auf den Topf gesetzt, ihr sämtliche Kompetenz abgesprochen und über ihren Kopf hinweg entschieden." Herbert schaute erstaunt: „Das sehe ich nicht so. Ich habe sie nur aktiv unterstützt und versucht, Sie bei der Entwicklung ihrer Persönlichkeit zu unterstützen. Nenne mir nur ein Beispiel, wo ich Marlene provoziert haben sollte." Manfred grinste nun: „Ok, bei der Eventplanung auf der CeBIT zum Beispiel. Und bei unserem Geschäftsleitungsmeeting im Spessart." Herbert stöhnte: „Mein Gott, diese alten Kamellen. Wenn sie nicht in der Lage ist, vernünftige Events auszurichten, dann muss ich das eben in die Hand nehmen. Wenn sie nicht in der Lage ist, vernünftige Vorträge zu halten, dann muss man ihr doch helfen und darauf hinweisen. Und Du meinst, so was würde Marlene wütend auf mich machen?", fragte Herbert ungläubig. „Sie hat doch die Chance, hierdurch ihr Entwicklungspotential zu entdecken."

„In der Tat!", bestätigte Manfred. „Aber ich will Dir noch was verraten. Marlene ist so sauer, dass sie in den Sack hauen will." Herbert schaute ungläubig: „Marlene? Wer soll die denn nehmen? Die kann doch gar nicht beißen! Einen besseren Job als hier bei Insite bekommt die doch niemals!" „Vorsicht!", warnte Manfred. „Ich sage das jetzt nur Dir: Marlene hat sich bei der Bank beworben. Der Banker hat mir das gesteckt – aus Fairness, wie er sagte. Und ich glaube absolut nicht, dass ihre Bewerbung dort umsonst ist. Ich glaube vielmehr, dass die Bank Marlene nehmen wird. Sonst hätte der Banker mich nicht darauf angesprochen. Mit ihr können die auf so einer Art Internet light Schiene aufsetzen. Soll heißen: Marlene bringt die neue Zeit gemäßigt und nicht so krass ins hohe Bankhaus. Das passt dann besser zur Bank; man will dort doch nicht revolutionär sein."

Herbert pfiff durch die Zähne: „Das bestätigt meine These. Ein Grund mehr, eine Pauschalprämie für unsere Geschäftsleitung auszuhandeln. Wenn Marlene nicht mehr dabei sein wird, dann haben wir einen Esser weniger am Tisch. Und der Banker wird mir in dem Gespräch sicherlich nicht sagen, dass er Marlene abwirbt." Er dachte weiter laut nach: „Wen haben wir denn noch? Lorenz! Lorenz schaufelt sich gerade sein eigenes Grab, ohne es zu bemerken. Wenn irgendetwas an der Bilanz auszusetzen ist, kann er doch direkt gekickt werden. Zur Not können die Amis da auch noch etwas nachhelfen, indem sie irgendwas Illegales bilanzieren und anschließend Lorenz in die Schuhe schieben. Schließlich ist Lorenz verantwortlich für die Finanzen. Lorenz nickt die Vorgaben sowieso ab, wenn sie von den Amis kommen, und schwupp, weg ist er." Herbert grinste. Manfred schwieg.

„Na, und schließlich Volker. Das ist ja nun ein total schräger Vogel! Erst bumst er Maren. Naja, nicht schlecht, aber mir wäre die zu klapperig! Und anschließend bumst er diese komische Franzosenbraut in St. Tropez. Schon besser!" Manfred grinste: „Herbert, da kannst Du doch mitreden, oder? Wie ich hörte, hattest Du doch auch eine Braut da abgeschleppt?" „Woher weißt Du das denn?" „Ich habe da so meine Quellen!" „Naja, so ganz verkehrt liegen Deine Quellen ja nicht. Und weißt Du, was ich glaube?" Herbert schaute Manfred durch eine Rauchwolke an: „Die beiden Französinnen waren Nutten!" Manfred grinste. Pass jetzt genau auf, sagte er sich. „Wie kommst Du denn darauf?" „So von der Art her waren das, glaube ich, Nutten. Und dann die Sache mit den Bildern, die Volker, beziehungsweise seiner Frau, ins Haus geflattert sind. Da steckte doch System hinter. Das war geplant. Planen kannst Du das aber nur, wenn Du sicher sein kannst, dass Du auch was zum Fotografieren bekommst. Und was brauchst Du dafür? Nutten!" Herbert lehnte sich zurück, grinste zufrieden und nuckelte an seiner Zigarre. Manfred ergriff nun das Wort: „Was ich mich die ganze Zeit frage: Wer hat die Bilder geschickt?" „Das habe ich mich auch gefragt", erwiderte Herbert. „Und, glaube mir, ich weiß es jetzt!" Manfred leerte mit einem tiefen Schluck seinen Cognacschwenker. „Willst Du auch noch einen?", fragte er Herbert. „Gern!" Manfred hantierte mit Flasche und Gläsern, während Herbert friedlich daneben saß und an seiner Zigarre zog. Fast schien sich ein Duell aufzubauen, wer als erster das Schweigen brechen würde. Manfred fing an zu schwitzen, biss die Zähne zusammen und nebelte sich mit Zigarrenrauch ein. „Ja, es ist vollkommen klar, wer das war", erklärte Herbert. „Und Du weißt das auch!" Manfred sagte gar nichts, lehnte sich so weit es ging in seinem Sessel zurück und bekam plötzlich einen sehr trockenen Hals. „Na, ist doch logisch, wer das war!", erklärte Herbert. „Da bleibt doch nur eine Möglichkeit: Das waren die Franzosen!"

Manfred fiel ein zentnerschwerer Stein von der Seele. „Woher bist Du so sicher?", fragte er gepresst. Herbert schaute ihn verwundert an. „Was ist mit Deiner Stimme?" „Habe wohl etwas Zigarrenrauch in den Hals bekommen", erklärte Manfred. Herbert lachte lauthals. „So kenne ich Dich gar nicht! Nicht, dass Du auch gleich aufs Klo rennen musst!" Herbert wieherte. Manfred blieb nichts anderes übrig, als etwas gequält mitzulachen. „Im Ernst, Manfred. Die Franzosen sind doch die einzigen, die dafür infrage kommen. Wer hätte denn sonst etwas davon? Keiner! Und bezeichnend ist doch auch, dass die Bilder von Volker gemacht wurden, nicht von mir. Wenn irgendein Deutscher die Bilder in Auftrag gegeben hätte, wäre der eher mich angegangen als Volker. Die Franzosen hatten aber allen Grund, Volker anzugehen. Volker ist CIO und kann deren Produkte kaputt machen. Und mal ganz ehrlich: Volker ist auch nicht schlecht, er versteht was von seinem Handwerk. Damit ist er doppelt gefährlich für die Franzosen!" Herbert nahm einen Schluck Cognac und fuhr fort: „Aber damit ist Volker fällig, wenn und wann wir das wollen. Der hängt doch ab wie ein Schluck Wasser, ist nur noch ein Schatten seiner selbst. Den zu kicken, ist keine Kunst. Dem schicken wir nur ernsthaft die Franzosen auf den Hals. Und wenn Volker später dann auch noch weg ist, dann sind nur noch wir beide übrig. Da ich einen festen Topf für die gesamte Geschäftsleitung ausgehandelt habe, bekommen wir entsprechend mehr. Wie schmeckt Dir das?"

Manfred spielte ein wenig auf Zeit, gab aber prinzipiell seine Zustimmung. Eine längere Diskussion mit Herbert hätte er nicht mehr durchgehalten. Zu sehr hatte Herberts vorgebliche Gewissheit um den Initiator der Foto-Aktion an seinen Nerven gezerrt. Uff, sagte er sich, als Herbert gegangen war. Da bist Du noch mal davongekommen. Da hast Du gerade Deinen Kopf aus der Schlinge ziehen können. Über Herberts Theorie, die partielle Ausrottung der Geschäftsleitung zu vollziehen, würde er sich zu einem anderen Zeitpunkt Gedanken machen. Das ganze kam ihm vor wie ein Gespräch unter Kopfgeldjägern. Er goss sich noch einen großen Cognac ein.

22 Guten Flug

Bei Insite marschierte eine Truppe von Beratern einer renommierten Unternehmensberatung ein mit dem Auftrag der Bank, Insite zu prüfen und zu bewerten. Sinn dieser Prüfung ist es, so hatte es der Banker erläutert, die Börsenreife der Insite festzustellen sowie den Firmenwert zu bestimmen. Von diesem Firmenwert hinge dann der Ausgabewert der Aktien ab. Von einem guten Anfangskurs, so orakelte der Banker, würden alle, ausnahmslos alle Mitarbeiter profitieren. Denn schließlich sei es attraktiver, bei einer gesunden und hoch angesehenen Firma zu arbeiten; und außerdem könne auch jeder einzelne – beispielsweise per Optionen – von einem attraktiven Börsenkurs profitieren. Die strikte Anweisung der Bank lautete deshalb, den Mitarbeitern der Unternehmensberatung alle geforderten Unterlagen auf Verlangen umgehend zur Verfügung zu stellen. Diese Prüfung sei nicht darauf ausgelegt, dass in der Firma herumgeschnüffelt werde; vielmehr sei der Ausgang dieser Prüfung für Insite und auch für jeden einzelnen Mitarbeiter von absoluter Bedeutung. Deshalb die Devise: Absolute Transparenz!

Manfred hockte hinter seinem Acrylglas-Schreibtisch. Volker, Lorenz und Herbert standen auf der anderen Seite. „Tja, meine Lieben, da sind wir nur noch vier!", eröffnete Manfred das Gespräch. „Marlene geht zur Bank. Und zwar mit sofortiger Wirkung. Der Banker will sie wohl auch deshalb direkt in seinem Zugriff haben, um im Zweifel direkt auf Informationen über Insite aus erster Hand zugreifen zu können." „Das ging aber schnell!", sagte Volker und machte Anstalten, sich mit der einen Gesäßhälfte auf der Acrylplatte des Schreibtisches zu platzieren. „Volker, bitte nicht auf meinen Schreibtisch setzen! Der ist so empfindlich, nachher bekommt der noch Kratzer!" Manfred kam wie der geölte Blitz hinter seinem Acrylglas Schreibtisch vor und hockte sich in seine Besprechungsecke. Die anderen drei folgten seinem Beispiel. „Denise!", rief Manfred in Richtung geschlossener Tür, die sich einen Spalt breit öffnete, „Bring uns mal Kaffee!" Manfred wirkte angespannt. „Wir sollten mal besprechen, wie wir Marlenes Bereich unter uns zukünftig aufteilen!" Denise brachte die geforderten Heißgetränke.

„Schade. Wir haben nun gar keine Frauen mehr in unserer Mitte!" Herbert lachte und fügte hinzu: „Wer hätte das gedacht, dass die Ladies uns attraktive Männer so schnöde verlassen. Aber im Ernst: Das Loch, wenn es dann eines ist, das Marlene hinterlässt, dürfte leicht zu stopfen sein. Das bisschen Organisation, das Insite braucht, wird doch sowieso von Marlenes

Mitarbeitern - oder ich muss jetzt wohl sagen: Ex-Mitarbeitern – gemacht. Und die Führungsarbeit für diese Mitarbeiter? Mal ehrlich, die könnte doch jeder von uns neben seinen jetzigen Aufgaben erledigen." Manfred musterte Herbert. Das war schon starker Tobak, was der so von sich gab. „Dann könntest Du ja den Bereich führen!", schlug er vor. In seiner Stimme schwang leichter Unmut mit. Herbert hob abwehrend die Hände: „Manfred, was ist denn wohl das Wichtigste, was Insite im Moment braucht? Ich meine, alles ist wichtig, aber das Wichtigste, was ist das wohl?" Herbert machte eine kleine Pause, um dann fortzufahren: „Das Allerwichtigste ist das Marketing, die Positionierung von Insite auf dem Markt. Danach kannst Du auch unseren Banker fragen; er wird Dir die selbe Antwort geben. Marketing ist aber meine Task, und ich sollte mich voll darauf konzentrieren. Das wäre im Sinne von Insite. Man sollte mir schon den Rücken frei halten. Aber: Wenn Ihr der Meinung seid, ich sei der Richtige für den COO – das ehrt mich, und ich würde alles tun, um im Sinne von Insite optimal zu arbeiten. Vielleicht müsste ich die eine oder andere Task dann an Dich, Lorenz, oder an Dich, Volker, delegieren. Aber ich kenne Euch ja als gute Kollegen, die stets im Sinne der Insite handeln. Das wäre dann wohl auch kein Problem."

Innerlich schäumte Manfred vor Wut. Herbert versuchte wieder einmal auszuscheren und sich über die anderen Kollegen aus der Geschäftsleitung zu erheben. Äußerlich war Manfred aber Profi genug und blieb cool: „Nein, Herbert, wenn das so ist, dass Du so stark ausgelastet bist mit den, wie Du sagst, wichtigsten Aufgaben für Insite, dann sollten wir Dir den Rücken freihalten und Dir nicht noch diese Aufgaben zusätzlich aufbürden."

Lorenz räusperte sich: „Sagen wir das mal so: Am längsten von uns allen bin ich in der Firma. Ich kenne alle Abläufe genau. Ich glaube, mir macht bei Insite so leicht keiner was vor." Er lächelte selbstgefällig. „Wenn also ich das machen soll, ich tu's!"

Volker saß daneben und schüttelte innerlich den Kopf. Was fand hier eigentlich statt? Ein Schaulaufen? Wenn ja, vor wem?

Manfred drängte sich nun in die Rolle des Entscheiders: „Ich denke mal, die Sache ist relativ einfach! Du, Lorenz, übernimmst zusätzlich zu Deinen Aufgaben als CFO Marlenes Bereich. Herbert hat, wie er selbst sagt, genug mit dem Marketing zu tun. Und Du, Volker, hast sowieso genug zu tun mit Deinen vielen Leuten und Projekten. Seht Ihr das auch so?" Lorenz nickte: „Allerdings möchte ich mir eine gewisse Einarbeitungszeit genehmigen lassen. Ich kenne mich zwar aus bei der Insite, aber Du weißt: Devil is in

Detail!" Lorenz schmunzelte zufrieden über seinen perfekten Anglizismus. „Sagen wir mal so drei Monate, dann bin ich fit und kann das zu einhundert Prozent übernehmen!" Manfred grinste: „Drei Stunden oder drei Tage sind ok. Drei Wochen sind aber bereits zu viel! Wenn Du tatsächlich drei Monate brauchst, müssen wir uns eine andere Lösung überlegen!" Lorenz dachte nach und sah das Schreckgespenst aufziehen, ein anderer, vielleicht sogar Volker, könne den Organisationsbereich übernehmen und seine, Lorenz', Kompetenzen mindern. Das veranlasste ihn zu einer abrupten Kehrtwendung: „Also, wenn das so wichtig für Insite ist, dass ich das sofort übernehme, also, wenn ich mir das genau überlege, kann ich das eigentlich wirklich auch sofort übernehmen. Schließlich habe ich den Job als COO de facto in letzter Zeit sowieso schon mit gemacht. Vorausgesetzt, Ihr unterstützt mich bei Bedarf bei dieser wichtigen Aufgabe." „Bravo, Lorenz! Natürlich bekommst Du unsere Unterstützung! Und die von Marlenes Mitarbeitern sowieso!" Manfred nickte anerkennend. Damit schien alles geklärt, zumindest fast alles. Herberts Gesichtsfarbe wechselte in ein dunkleres Rot. Er schaute auf die Uhr, murmelte etwas von einem wichtigen Termin und verließ Manfreds Büro.

Manfred lehnte sich in seinem Sessel zurück und nahm einen Schluck Kaffee. Er schaute seine beiden Mitstreiter intensiv nacheinander an. „Eine Sache möchte ich mit Euch beiden noch besprechen, jetzt, wo wir in dieser Runde und Konstellation gerade zusammensitzen." Die beiden schauten ihn interessiert an. „In der letzten Zeit gab es eine Menge Stress für uns alle, auch bedingt durch Herberts Anwesenheit. Diese gewaltsame Einführung des Marketings in unsere Firma hat ja doch Spuren, oder soll ich besser Narben sagen, hinterlassen. Auch Ihr beiden, Lorenz und Volker, wart hierdurch belastet, hattet nicht immer das beste Verhältnis zueinander gefunden. Diese Zeiten sind nun vorbei! Deshalb schlage ich vor, dass wir uns nicht mehr gegenseitig stressen. Wäret Ihr also bereit, aufeinander zuzugehen, Euch die Hände zu reichen und zu schwören, Ihr wollt Euer Verhältnis zueinander verbessern?" Es herrschte ein Moment des Schweigens.

Volker sprach als erster: „In der Tat war unser Verhältnis zueinander mal gelegentlich eingetrübt. Schwamm drüber! Ich bin dabei. Wir sollten einen neuen Anfang suchen. Die Gelegenheit hierfür ist günstig, und ich danke Dir, Manfred, dafür, dass Du die Sache mal so offen angesprochen hast. Ich stelle fest: Ich bin bereit, mein Verhältnis zu Dir, Lorenz, zu verbessern!" Volker kam sich vor, als säße er gerade in einem von Rogers Seminaren zur Verbesserung der Teamarbeit.

Lorenz lächelte vor sich hin und betrachtete dabei intensiv die Tischplatte direkt vor sich: „Also von einem gestörten Verhältnis gehe ich nicht aus. Für mich ist Volker ein Kollege wie jeder andere. Und wenn er ein gestörtes Verhältnis hat, dann höchstens zu Maren, weil die ja auch weg ist, was ihm naturgemäß näher geht als uns anderen!" Lorenz lachte lauthals und befreit, nicht bemerkend, dass keiner der beiden anderen mitlachte. Volker verdrehte die Augen, schüttelte innerlich mit dem Kopf. Manfred brauchte eine Weile, bis er Lorenz auf die Schulter haute: „So kenne ich Dich aus alten Zeiten! Immer für einen lockeren Spruch gut!" Manfred stimmt ein Lorenz' Lachen ein: „Das freut mich! Wir ziehen den Laden jetzt wieder so auf wie früher. Kommunizieren offen miteinander, gehen fair und kameradschaftlich miteinander um! Etwas anderes können wir uns auch gar nicht leisten, denn denkt immer dran: Wir sind jetzt gefordert beim Börsengang. Da muss jeder für zwei schaffen, und Reibungsverluste untereinander liegen nicht drin, das gibt unser Zeitplan nicht her!" Manfred schlug noch vor, das Ganze mit einem Cognac zu besiegeln, woraufhin Lorenz ganz durstig schaute. Volker wehrte sich, gab aber schließlich klein bei. Es war zwar erst später Vormittag, doch was soll's. Des lieben Friedens willen nahm er einen kleinen Cognac, während Lorenz bereits nach dem zweiten gierte.

Auf dem Weg zurück in sein Büro, wurde Lorenz vom Projektleiter der Unternehmensberatung angesprochen: „Herr Gründger, hätten Sie mal eine Minute Zeit für mich?" „Eine Minute schon", machte Lorenz einen der ältesten Witze. „Wenn es nicht mehr wird." „Können wir uns in Ihrem Büro mal unterhalten?", fragte der Berater. „Eigentlich habe ich gar keine Zeit! Das passt mir gerade sehr schlecht", gab Lorenz von sich. „Bitte, Herr Gründger, es ist wirklich wichtig. Für Sie und für die Insite!" „Na gut", willigte Lorenz ein, „Sie haben mich schon breit geschlagen. Aber wirklich: Bitte nur kurz! Wissen Sie, ich übernehme hier im Hause ab sofort als COO weitere Aufgaben, die mich sehr in Anspruch nehmen. Meine Zeit ist wirklich begrenzt!" Die beiden gingen in Lorenz' Büro.

Gerade hatten Sie dort Platz genommen, als die Tür unvermittelt aufging. Ohne Voranmeldung betrat der Banker Lorenz' Büro. Statt aufzustehen und den Gast zu begrüßen, blieb Lorenz am Konferenztisch sitzen, blickte hoch und sagte: „Was kann ich für Sie tun?" Der Banker, obwohl ein wenig irritiert wegen der schlechten Manieren von Lorenz, entgegnete schlagfertig: „Mir einen Sitzplatz anbieten!" „Oh, selbstverständlich!", sagte Lorenz. „Ich bin gerade dabei, mit dem Projektleiter der Unternehmensberatung auf dessen Wunsch hin ein kurzes Gespräch zu führen. Wollen wir uns dann", er blickte den Berater an, „vielleicht auf morgen vertagen?" „Nicht nötig!", befand der Banker knapp. „Ich möchte gerne an Ihrem Gespräch teilnehmen!" Lorenz schaute leicht irritiert. „Ja, gut! Aber ich weiß noch gar nicht, worum es geht!" Er versuchte ein befreiendes Lachen, in das aber keiner seiner beiden Gesprächspartner einstimmte, so dass Lorenz sein Lachen abrupt beendete. Der Banker rümpfte ein wenig die Nase; er hatte Lorenz' Alkoholfahne gerochen. „Bitte!" Der Banker drehte seine Handfläche nach oben und lud den Berater mit dieser Geste dazu ein, das Gespräch zu beginnen.

„Herr Gründger", begann der Berater, „Sie wissen, dass wir im Rahmen der Due Dilligence[15] auch den Bereich ‚Finanzen' geprüft haben." Lorenz schaute ihn interessiert an und nickte auffordernd: „Natürlich, das ist doch Teil Ihres Auftrages. Haben Sie nicht alle Informationen bekommen, die Sie benötigen?" Der Berater überging diese Frage: „Dabei sind uns eine Reihe von Dingen aufgefallen, die unsere Mitarbeiter in dieser Form bei vergleichbaren Unternehmen so nicht wieder finden. Speziell in den Bilanzen sind Praktiken angewandt, die, zurückhaltend ausgedrückt, erklärungsbedürftig sind." „Das kann durchaus sein", versuchte Lorenz zu erklären, „denn Insite ist auch in einer sehr speziellen Lage, so kurz vor dem IPO. Da müssen wir unsere Bilanzen schon nach diesen kommenden Bedürfnissen ausrichten. Sie kennen das doch selber: Besondere Situationen erfordern besondere Maßnahmen!"

„Na, gut", sagte der Berater, „das ist Ihre Sichtweise. Sie als CFO glauben also, Sie könnten, bedingt durch den bevorstehenden Börsengang, von den Regeln ordnungsgemäßer Buchführung abweichen. Es gibt aber auch noch eine andere Sichtweise, die des Aktiengesetzes, die Sie als CFO kennen und kennen müssen! Dort ist festgelegt, was gemacht werden darf und was nicht. Und im Gegensatz zu Ihrer Sichtweise hat die Sichtweise des Aktiengesetzes Allgemeingültigkeit. Das heißt, die dort aufgestellten Normen sind für alle Unternehmen, auch für Insite, verbindlich." „Für alle Unternehmen?" Lorenz runzelte die Stirn und verbesserte den Berater: „Sie meinen für alle Aktiengesellschaften!" Wieder war Lorenz der Einzige, der lachte.

„Herr Gründger, bitte werden Sie nicht spitzfindig!" Der Berater schien nun doch etwas sauer zu werden, während der Banker abwartend am Tisch saß. „Bitte lassen Sie uns bei der Gesetzeslage bleiben! Herr Gründger, wir haben festgestellt, dass Ihre Bilanzpolitik völlig unangemessen ist. Sie haben

---

[15] Der Begriff "Due Diligence" stammt aus der englisch/amerikanischen Rechtssprache und beschreibt umfassende Analysen von Übernahme- oder Fusionskandidaten durch spezialisierte Wirtschaftsprüfungsunternehmen vor Firmenfusionen oder -übernahmen.

Streckungen von Abschreibungen unternommen. Sie haben die Verbuchung von Löhnen und Gehältern zeitlich versetzt getätigt, so dass Bilanzen wesentlich geschönt wurden. Sie haben Umsätze aus Geschäften, die über mehrere Perioden laufen, in der ersten Periode in voller Höhe angerechnet. Diese Verbuchungspraxis ist weder nach den amerikanischen Bilanzierungsrichtlinien, dem International Accounting Standard (IAS) noch nach dem deutschen HGB erlaubt. In der Regel gehen bei Prüfern sofort sämtliche Warnlampen an, wenn sie auf solche Praktiken stoßen. So auch bei uns. Was meinen Sie wohl, was Analysten zum Zeitpunkt des IPO dazu sagen würden, wenn sie auf solche Machenschaften stießen? Insite schönt ihre Zahlen. Insite verstößt damit gegen das Aktiengesetz!"

„Also, das sehen Sie wohl ein wenig zu hart!", entgegnete Lorenz. „Ich kann Ihre Sichtweise partout nicht teilen. Schließlich ist all das, was gebucht worden ist, von unseren amerikanischen Investmentbankern geprüft und für gut befunden worden. Und diese Herren von der Wallstreet haben, verzeihen Sie mir, sicherlich mehr Expertise als Sie!"

Der Berater überging diesen Affront und blieb kalt wie eine Hundeschnauze: „Mir steht es nicht zu, die Kompetenz einzelner zu beurteilen. Ich kann nur konstatieren: Sie haben das Aktiengesetz wesentlich verletzt! Als CFO sind Sie mit den Feinheiten dieses Gesetzes vertraut. Sie haben also bewusst die Zahlen der Insite manipuliert! Ob hier das interne Berichtswesen fehlschlug oder die Probleme klein geredet wurden – erfreulich wäre keine der Erklärungen. Sie als CFO haben das so oder so zu verantworten."

„Haben Sie Erkenntnisse darüber? Nein? Auf welcher Basis spekulieren Sie denn?", versuchte Lorenz mit wirrer Rede seine Haut zu retten. Da schritt der Banker ein: „Herr Gründger, was meinen Sie wohl, warum ich hier bin?" Lorenz dachte einen Moment nach. „Ich hoffe", antwortete er fest, „um diesen ganzen Unsinn hier aufzuklären. Um diesem Spuk hier ein Ende zu bereiten, damit wir weiter unsere Arbeit machen können. Damit wir auf unserem Weg an die Börse weiter voranschreiten können."

„Herr Gründger, ich befürchte, Sie begreifen Ihre Lage nicht. Sie sind CFO einer Firma, die an die Börse will. Und Sie haben sich Verstöße gegen das Aktiengesetz zu Schulden kommen lassen. Als CFO, von dem man zu Recht verlangt, dass er die Gesetzeslage detailliert kennt. Wissen Sie denn nicht, was das heißt?" Der Banker wartete einen Moment, bevor er fortfuhr. Man hätte die berühmte Stecknadel fallen hören können. „Sie sind nicht tragbar! Unter derartigen Voraussetzungen können wir mit Ihnen keinen Börsengang riskieren. Und was noch viel schlimmer wäre: Die Bank kann mit derartigen Machenschaften in Verbindung gebracht werden. Wie sagte unser Herr Berater gerade: Insite schönt ihre Zahlen. Die Bank distanziert sich aber ganz entschieden und eindeutig davon! Sie sind nicht länger tragbar für das Unternehmen Insite! Mal ganz abgesehen davon, dass Sie offensichtlich bereits morgens Alkohol genossen haben. Bitte, es fällt mir nicht leicht das zu sagen, bitte verlassen Sie sofort die Geschäftsräume und bitte übergeben Sie mir Ihre Ausweiskarte und Ihre Firmenschlüssel!"

So bewahrheitete sich Marens Vision: Der CFO wurde persönlich für die Verbuchungstechnik verantwortlich gemacht, auch wenn er nur geringen Einfluss auf die tatsächliche Gestaltung des Zahlenwerkes nehmen konnte und genommen hatte. Der CFO hatte die Konsequenzen zu tragen; er wurde gefeuert. Dem Banker blieb keine andere Wahl. Er musste auf den Hinweis des Unternehmensberaters reagieren; sonst wären ihm Versäumnisse bei der Ausübung seiner Kontrollfunktion nachzuweisen gewesen. Schließlich stand auch er unter Beobachtung, stand auch seine Existenz auf dem Spiel. War der Börsengang der Insite weiterhin realistisch nach diesem Aderlass? Trotzdem freute sich der Banker ein wenig darüber, dass er den Augurenstall Insite ausgemistet hatte. Sicherlich würde sein Vorstand ihn nach dem Fortgang des IPO der Insite befragen und bedauern, wenn der Bank dieses schöne Geschäft durch die Lappen ginge. Aber der Banker sah das Ganze als einen Sieg der Moral über den Kommerz. Der Banker war ein wenig stolz.

23 Der Zahltag

Die Stadt lag ihnen zu Füßen. Ein grandioser Ausblick über Frankfurt! Herbert saß im Bankenturm; der Banker ihm gegenüber hatte sich hinter seinem Schreibtisch verschanzt. Das hatte er sonst nie gemacht; sonst saß man stets in lockerer Runde. Heute schien der Banker von vornherein eine gewisse Abwehrhaltung einzunehmen. Egal, sagte sich Herbert, er ist sturmreif heute. Heute ist der Tag, an dem ich die Prämie für den Börsengang aushandele, meine Prämie. Das ganze schöne Geld wird auf mich nieder regnen, wie bei Sterntaler. Du bist heute hier, um Deine Vorstellungen durchzusetzen – heute ist Dein Zahltag! Konfrontiere den Banker doch erst mal mit deinen Forderungen. Der ist doch unter Zugzwang. Der will doch nicht, dass ihm der schöne Insite Börsengang weg bricht. Fühle ihm mal auf den Zahn! Er kann es sich doch gar nicht leisten, abweisend zu reagieren.

„In zwei Monaten", begann Herbert, „wird es so weit sein. Wir machen unseren Börsengang." Der Banker schaute ihn regungslos an. Seine Angewohnheit, Bemerkungen seines Gesprächspartners mit einem Nicken zu begleiten, war nicht zu beobachten. Herbert interpretierte das Fehlen dieser Geste als Kapitulation, sah dies nicht als Alarmzeichen und fuhr unbeirrt fort: „Das war eine Herkulesarbeit, erforderte unsere gesammelte Leadership! Ich denke, wir, die gesamte Task Force IPO, haben sehr gute Arbeit geleistet. Ich spreche hier für alle meine Kollegen aus der Geschäftsleitung der Insite AG." Nach diesem mehr oder weniger dezenten Eigenlob machte Herbert erst mal eine kleine Pause, auch um die Reaktion des Bankers zu testen. Der Banker zeigte weiterhin keinerlei Reaktionen. Das ermunterte Herbert zum Weiterreden: „Meine Kollegen haben mich auch gefragt, was wir als Team, also wir von der Geschäftsleitung, denn als Bonus für unsere erbrachten Leistungen und als zukünftigen Leistungsanreiz erhalten könnten." Herbert machte wiederum eine Gesprächspause. Der Banker schaute ihn lauernd über den Schreibtisch hinweg an. „Woran denken Sie denn da?", fragte er. Herbert zog seine Stirn in die sorgenvollsten Falten, die er produzieren konnte: „Zunächst denke ich, wir sollten den Teamgedanken in den Vordergrund stellen. Wir bei Insite sind ein Team, jetzt und stets gewesen. Wir sind ein Team, das zusammenhält wie Pech und Schwefel. Zwischen uns passt keine Briefmarke mehr. Deshalb haben wir es überhaupt ermöglichen können, die Firma so weit voranzubringen, so weit, dass einem umgehenden IPO nichts, aber auch absolut nichts im Wege steht." Herbert machte wieder eine Pause, um die Wirkung seiner Worte abschätzen zu können. Der Banker hielt sich weiterhin zurück, zeigte keinerlei Regung. „Also denke ich", fuhr Herbert fort, „und damit vertrete ich hier die Meinung aller meiner geschätzten Kollegen, die Geschäftsleitung als IPO-Team soll eine Bonuszahlung gesamthaft bekommen. Soll heißen, einen Betrag, den wir dann untereinander aufteilen." Der Banker hielt sich weiterhin bedeckt, rückte aber ein wenig auf seinem Stuhl vor und beugte sich etwas über den Schreibtisch.

„Wie soll denn der Bonus gezahlt werden? In welcher Form?", fragte der Banker. „Dachten Sie da an eine Barzahlung, an Optionen, Aktien?" Herbert war positiv davon überrascht, dass der Banker offenbar schon in die Details einsteigen wollte. Innerlich jubelte er: Der Banker ist sturmreif geschossen! Generös kehrte er den Bescheidenen heraus: „Das würde ich natürlich Ihnen überlassen. Es ist Ihre Entscheidung. Aber da Sie mich fragen: Mir wäre eine Mischung aus allen drei Komponenten am angenehmsten." Herbert biss sich innerlich auf die Zunge; er hätte wohl lieber weiter vom Team reden sollen, als persönliche Wünsche zu äußern. Aber die Wurst, die der Banker ihm hingehangen hatte, war zu verlockend: Er musste einfach zubeißen. Rasch versuchte Herbert, diesen Fehler zu korrigieren: „Unser Team denkt, es sei am besten angemessen, eine Mischung der drei Komponenten zu erzielen. Der Baranteil stände für die bislang erbrachten Leistungen. Die Aktien fördern die Identifizierung mit dem Unternehmen. Die Optionen sorgen für eine zukünftige, feste Bindung des Managements an das Unternehmen, so wie es die Bank wünscht." Herbert belauerte seinen Gesprächspartner. Was hat der Hund heute nur, dachte er. Sonst nickt er bei jeder Bemerkung, heute setzt er sein Pokerface auf. Er wird wohl wissen, dass es heute um sehr viel Geld geht, da will er wohl cool bleiben. Oder will er vielleicht sogar auch was bekommen?

„An welche Summe dachten Sie denn so?", fragte der Banker. Bingo, dachte Herbert, er steigt ein. Alles läuft nach Plan: „Also, das Ganze sollte ein Paket sein, bestehend aus Barem, Aktien und Optionen. Das Bare ist eine feste Summe. Die Aktien müssten zu einem Stichtag bewertet werden. Natürlich ist es sehr schwierig, einen fiktiven Aktienkurs festzulegen, der den Aktienkurs zu einem späteren Zeitpunkt widerspiegeln könnte. Noch viel schwieriger gestaltet es sich, Optionen zu bewerten. Wann sind die fällig? Wie werden sich die Kurse bis zum Zeitpunkt der Fälligkeit zukünftig entwickeln? Alles Fragen, die man so einfach nicht beantworten kann. Deshalb kann man den Wert von Aktien und Optionen auch nicht so genau beziffern. Eine Alternative wäre natürlich noch, uns statt mit Insite Aktien und Optionen mit Bankaktien zu entschädigen, solange die Insite-Aktien noch nicht gehandelt werden." „Und beim Baren, da lässt sich das doch relativ einfach beziffern, an welche Summe dachten Sie da?", fragte der Banker nach. Herbert holte ein wenig aus: „Sie haben mich ja von einer Firma hierher geholt, die den Computerhandel als Geschäftszweck hat. Wenn ich das letzte Jahr meines dortigen Wirkens sehe, dann kann ich nur sagen, ich hatte dort eine Million Mark verdient." Der Banker pfiff leise durch seine Zähne. „Und da wollte ich mich nicht gerne verschlechtern", legte Herbert nach.

Der Banker dachte kurz nach. „Sie sagten anfangs, Sie strebten eine Gesamtlösung für die Geschäftsleitung an. Das würde also heißen: Drei Personen à eine Million Mark, das macht nach Adam Riese drei Millionen Mark." Herbert wartete einen Moment. „Nun muss man mal sehen, dass die Gehälter von dieser Summe noch abgehen, und ich glaube auch nicht, dass wir insgesamt drei Millionen benötigen. Ich denke so an zweieinhalb."

„Soll das heißen", fragte der Banker nach, „dass Sie innerhalb der Geschäftsleitung nicht zu gleichen Teilen am Bonus partizipieren? Sie möchten doch eine Million haben, und Sie sind mehr als zweieinhalb Personen in der Geschäftsleitung. Ich dachte, Sie sagten gerade, zwischen Sie passe keine Briefmarke mehr. Wenn es dann ums Bare geht, passen wohl doch ein paar Scheinchen dazwischen." Herbert schaute etwas betroffen: „Das stimmt schon! Zwischen uns in der Geschäftsleitung der Insite passt keine Briefmarke. Aber deshalb muss ja nicht gleich der Sozialismus einkehren. Wir diskutieren das bei uns in der Geschäftsleitung ganz offen. Eine Einigung unter uns zu erzielen, ist keine Hürde."

„Wo soll das Geld denn herkommen?", fragte der Banker nach und wedelte mit dem Quartalsbericht, der auf seinem Schreibtisch lag. „Wenn ich hier so die Zahlen aus dem dritten Quartal sehe, steigen mir Tränen in die Augen. Aus diesem Fundus können wir nie und nimmer zweieinhalb Millionen abführen. Dann wäre Insite pleite, bevor der Börsengang stattfindet." „Nun, das könnte die Bank doch finanzieren, als außerordentlichen Aufwand für den Börsengang. Für die Bank sind solche Beträge doch Peanuts!" Der Banker schaute finster: „Seien Sie bitte vorsichtig mit Ihren Äußerungen, Herr Hastler! Wegen derartiger Peanuts Bemerkungen hat mal ein berühmter deutscher Banker erhebliche Schwierigkeiten bekommen. Keine Bank hört das gerne, das mit den Peanuts!" Herbert senkte seinen Blick und murmelte eine Entschuldigung. So sei das auf keinen Fall gemeint gewesen.

„Bevor wir uns weiter über Geld und Prämien unterhalten, kommen wir bitte mal zu Ihren Leistungen, für die Sie honoriert werden wollen." „Sehr gerne!" „Wie würden Sie sich dann da selbst einschätzen?" „In aller Bescheidenheit", begann Herbert, „kann ich die Leistung unseres Managementteams nicht hoch genug einschätzen. Wir haben den Value des Unternehmens Insite maßgeblich gesteigert. Ich würde den heutigen Börsenwert der Insite AG auf etwa dreihundert bis vierhundert Millionen Mark einschätzen. Vor einem halben Jahr wird der Firmenwert bei höchstens einhundert Millionen Mark gelegen haben. Und diese Wertsteigerung ist im Wesentlichen dem Management-Team zu verdanken. Unsere strategischen Entscheidungen haben die Firma entscheidend voran gebracht." Herbert schaute auf den Banker und meinte, ein rudimentäres Nicken bei ihm entdeckt zu haben. So verwunderte es ihn umso mehr, dass der Banker fragte: „Wie kommen Sie auf diese Wertansätze, Herr Hastler? Durch die Bilanz sind die keineswegs gerechtfertigt." Herbert wollte zu einer längeren Erklärung ansetzen, in der er die Unterschiede zwischen Old und New Economy zu erläutern gedachte. „Und kommen Sie mir nicht mit diesem Quatsch von New Economy", schnitt der Banker ihm das Wort ab, „das glauben Sie doch selbst nicht, dass ohne Substanz Firmenwerte wirklich real und nachhaltig sind. Sie verfahren wohl nach dem Motto: The trend is your friend! Aber das ist eine Zockerweisheit. Lassen Sie mal die Luft aus Ihren Spekulationsblasen. Auch die Spekulation am Neuen Markt ist endlich. Irgendwann setzt sich die Vernunft durch. Abstürze gab es bereits genug. Lemminge laufen auf das Kliff zu in der festen Überzeugung, dass sie rechtzeitig abheben werden. Haben Sie schon mal Lemminge fliegen sehen? In Ihrem früheren Job im Computerhandel doch sicherlich nicht!"

Herbert fing nun an zu rudern: „Nun ja, mit Verlaub, ich würde uns nicht als Lemminge bezeichnen. Wir sind keine Herdentiere. Wir im Management sind die Anführer der Herde." „Umso schlimmer", ätzte der Banker. „Auf zum Kliff! Das ist die Devise, die die führenden Lemminge ausgeben. Und alles läuft denen nach; leider in diese Richtung und auch über das Kliff hinaus!" Der Banker hatte sich in Rage geredet und lehnte sich nun über seinen Schreibtisch. „Wissen Sie, Herr Hastler, „Mir kommt es vor, als hätten Ihre Ausführungen galaktische Ausmaße. Sie schildern Insite als eine Art Supernova, hell und strahlend. Aber wissen Sie auch, wem die Supernova mit all ihrer Helligkeit und Schönheit vorausgeht? Dem Sterben des Sterns, dem Verglühen."

So hatte Herbert den Banker noch nie erlebt. Er sah ein, dass er im Moment ganz gut beraten wäre, kleine Brötchen zu backen und schwieg deshalb. Der Moment der Stille schien den Banker zu veranlassen, auf seinem Schreibtisch in dort abgelegten Papierstapeln rumzukramen. „Ich habe hier", sagte er stockend, seine Stimme klang ganz nüchtern, „Moment noch, ich habe hier, ja hier ist es! Ich habe hier einen Bericht einer großen internationalen

Unternehmensberatung." Er hielt einen Stapel Papier hoch. Herbert schaute interessiert. Hoffentlich kommt jetzt nicht wieder so ein Weltraum-Quatsch, dachte er. „Die Unternehmensberatung ist von der Firma ARF mit diesem Gutachten, das ich hier in den Händen halte, beauftragt worden. Als Deal Manager kennen Sie ARF ja gut. In diesem Gutachten, in diesem hier vorliegenden Dokument, das ich hier in den Händen halte, wird der Stand des Mergers untersucht und bewertet." Herbert wurde blass. Ungerührt fuhr der Banker fort: „Die Untersuchung kommt zu folgendem Ergebnis: Im Management Summary dieses Berichts steht sinngemäß: Die Ziele des Mergers sind nicht definiert und demgemäß auch nicht erreicht. Die Vorgehensweise im Merger ist dilettantisch. Der Merger von Insite und ARF ist unzureichend vorbereitet. Mit dem derzeitigen Stand der Vorbereitung ist ein Merger nicht durchführbar. Soll ich Ihnen das mal im Detail vorlesen? Damit Sie wissen, woran es gemäß diesem Gutachten konkret hapert?"

„Danke, nicht nötig. Ich kenne das alte Sprichwort: Wes Brot ich ess, des Lied ich sing! Klar, wenn ARF eine derartige Untersuchung in Auftrag gibt, bekommen die als Ergebnis das, was sie haben wollen." Der Banker runzelte die Stirn: „Sie unterstellen, die Beratungsfirma würde ein Gefälligkeitsgutachten für ARF anfertigen. Sie haben eine schlechte Meinung von der Unternehmensberatung, eine sehr schlechte Meinung! ARF mag die Unternehmensberatung beauftragt haben. Wer aber steht hinter ARF? Die Bank! Und die Bank vertraut den Beratern! Auch ich vertraue denen. Im Übrigen arbeiten die selben Berater in diversen sensiblen Projekten auch direkt für die Bank. Die Aufträge der Bank dürften für die Unternehmensberatung sehr viel wichtiger sein als die von Dritten. Also würden sie, selbst unterstellt, ein Gefälligkeitsgutachten sei von Dritten gefordert worden, sich niemals dazu hinreißen lassen, ein solches anzufertigen. Hier in der Bank laufen die Fäden zusammen, und wir sind immer korrekt und gut beraten worden. Egal, wer nun den Beratungsauftrag unterschrieben hat, ARF oder wir selbst." Der Banker schaute Herbert über seinen Schreibtisch hinweg an; ein wenig Geringschätzung schien in seinem Blick zu liegen. „Nein, Herr Hastler, was hier im Gutachten steht, spiegelt den wahren Sachstand wieder. Was hätte Ihr Professor an der Uni gesagt? Durchgefallen! Deal Management des Mergers: Mangelhaft. Und nebenbei: An der Vorgehensweise hinsichtlich des Börsenganges lassen die auch kein gutes Haar!"

Herbert schwirrte der Kopf. So hatte er den Banker wirklich noch nie erlebt! Der schlachtete ihn ja geradezu. Wer hatte denn nun die Unternehmensberatung beauftragt? Herbert war das alles ein Rätsel. Und was noch viel schwerer wog: Er sah seinen Bonus davonfliegen. Fieberhaft überlegte er: Wie kann ich noch punkten? Was kann ich noch retten?

Der Banker setzte einen milden Gesichtsausdruck auf: „Herr Hastler, ich hätte da noch eine andere Sache, die ich gerne mit Ihnen besprechen würde, wo Sie schon mal hier sind." Herbert schöpfte Hoffnung; das Schlimmste schien vorbei zu sein. „Selbstverständlich", beeilte er sich zu sagen, es klang ein wenig devot. „Ich habe hier", der Banker kramte wieder in seinen Papierstapeln rum, „ich habe hier, na, wo habe ich das denn? Ah, hier ist es! Ich möchte Ihnen diese Anweisung übergeben." Er legte ein Blatt Papier vor sich auf die Schreibtischunterlage. „Wie Sie wissen, ist Frau Marlene Schmidt-Pöfgens, Ex-COO der Insite AG, zur Bank gewechselt. Frau Schmidt-Pöfgens wird in Zukunft organschaftliches Mitglied bei Ihnen in der Geschäftsleitung sein. Sie wird an allen Sitzungen teilnehmen und wichtige Entscheidungen mir vortragen."

Herbert dankte dem Schicksal. Die Kröte ‚Marlene' war er gerne bereit zu schlucken. Die bremse ich doch locker aus, dachte er sich. Eine großartige Gelegenheit, verlorenen Boden wieder gutzumachen: „Selbstverständlich freuen wir uns, wenn Frau Schmidt-Pöfgens weiterhin an unseren Entscheidungsprozessen teilnehmen wird. Ihr Weggang hat natürlich ein enormes Loch in unser Management-Team gerissen, aber die Interessen der Bank sehe ich persönlich hier als vorrangig." „Das freut mich", entgegnete der Banker, „dann werden wir umgehend Nägel mit Köpfen machen. Ich werde Frau Schmidt-Pöfgens entsprechend instruieren. Sie wird sich in Ihrer Runde sicherlich sofort wieder wie zuhause fühlen." In unserer Runde wirkt sie wie ein frisch geschorenes Samso-Schäfchen, dachte Herbert.

Herbert lächelte ein dünnes Lächeln. Er schien noch einmal davon gekommen zu sein. Marlene als Gastgeschenk für den Banker, dachte er, was Besseres kann dir gar nicht passieren. Nun aber zurück zum Bonus-Tisch! Der Banker, der den Tisch decken soll, ist zufrieden und positiv eingestimmt. Damit der Tisch auch gut gedeckt wird, muss man aber schon mal mit kleinen Anreizen arbeiten.

Deshalb schnitt Herbert dieses Thema erneut an: „Um nochmals zum Ausgangspunkt unseres Gespräches zurückzukehren: Wir wollen ja miteinander eine Bonus-Regelung vereinbaren, die im Management-Team eigenverantwortlich aufgeteilt wird. Sie sprachen vorhin von drei berechtigten Personen und zweieinhalb Millionen Mark. Nun ist Frau Schmidt-Pöfgens zwar aus unserem Management-Team direkt ausgeschieden, aber dennoch weiterhin präsent. Ihr könnte also ein weiterer Bonus-Anteil zustehen, den sie aber in ihrer neuen Funktion bei der Bank leider nicht erhalten kann. Mithin ist ihr Bonus-Anteil vakant." Der Banker sah Herbert fragend an. Einen Moment herrschte Grabesstille im Büro. „Ich meine, gerecht wäre es doch, wenn der Anteil von Frau Schmidt-Pöfgens nicht völlig unter den Tisch fällt. Sagen wir mal, wir stocken den Gesamttopf um den fiktiven Anteil von Frau Schmidt-Pöfgens auf drei Millionen auf. Wir wollen das Geld natürlich nicht nur für uns haben, sondern wir wären durchaus bereit zu teilen. Ein anderer aus der Task-Force könnte mit seinem Anspruch nachrücken. Der bräuchte ja gar nicht unbedingt bei Insite beschäftigt zu sein. Es gibt doch schon Personen, die Außerordentliches für Insite geleistet haben, speziell Personen, die in Kontrollgremien der Insite tätig sind", erklärte Herbert.

Der Banker schaute Herbert einen Moment abschätzend an. „Was wollen Sie damit zum Ausdruck bringen? Wollen Sie etwa sagen, dass ich ..." Er ließ den Satz unvollendet. Herbert belauerte ihn und fing nun seinerseits an zu nicken, wobei er ein hoffnungsvolles Lächeln aufsetzte. „Keine schlechte Idee! Wir haben doch schließlich immer gut zusammen gearbeitet! Speziell Ihr Wirken war stets zum Positiven für Insite. Da wäre es doch durchaus gerecht, auch Leistungen zu honorieren, die von außen in unser Team eingebracht werden und dort ihre volle Wirkung entfalten." Der Banker holte tief Luft. „Herr Hastler, ich wiederhole meine Frage und präzisiere: Wollen Sie, dass ich Zahlungen über Insite beziehe?" Herbert murmelte: „Ob über Insite oder über die Bank, das spielt doch keine Rolle. Ich sehe Ihre Verdienste in dem Prozess, Insite an die Börse zu bringen. Da erscheint mir eine Prämie durchaus angemessen zu sein. Wie wir das hinkriegen, schauen wir mal." Herbert grinste und dachte, jetzt hast Du ihn im Sack.

Der Banker schaute Herbert kalt an: „Herr Hastler, wissen Sie eigentlich, was Sie mir da vorschlagen?" Der Banker verbesserte sich: „Natürlich wissen Sie, was Sie mir da vorschlagen! So etwas ist mir in meiner gesamten beruflichen Laufbahn noch nicht untergekommen. Glauben Sie ernsthaft, mit derlei Praktiken mache man in einem führenden deutschen Bankhaus Karriere? Was Sie vorschlagen, bedeutet Korruption! Sie sind der Kontrollierte, ich bin der Kontrolleur. Glauben Sie, ich würde meine Aufsichtspflicht dermaßen missbrauchen?" Der Banker legte eine Redepause ein. „Herr Hastler, Sie lassen mir keine andere Wahl: Hiermit entbinde ich Sie mit sofortiger Wirkung von Ihren Aufgaben bei Insite. Sie sind freigestellt und dürfen die Büroräume der Insite nicht mehr betreten. Ich möchte Sie ferner bitten, mir Ihren Firmenausweis und Ihre Schlüssel sofort auszuhändigen!"

Herbert wurde blass: „Wie wollen Sie meinen Rauswurf begründen?", fragte er. „Sie haben doch gar keine Zeugen für unser Gespräch?" „Das", entgegnete der Banker und wedelte mit dem Papierstapel der Unternehmensberatung, „ist durch Ihre Leistungen begründet. Und im Übrigen lassen Sie das mal meine Sorge sein, wie ich das begründe! Sie sind draußen. Selbst wenn wir Ihnen noch ein paar Gehälter zahlen müssen, wir möchten die Zusammenarbeit mit Ihnen sofort beenden! Lieber ein Ende mit Schrecken als ein Schrecken ohne Ende!"

24 Der Ballon platzt

Die Nachricht verbreitete sich bei Insite wie ein Lauffeuer: Herbert ist weg! Abgeschossen! Nie wieder Herbert! Spontan wurde der Good-Bye-Herbert-Day ausgerufen. Spott-Emails gingen um mit Inhalten wie: Sammeln für Herbert! Jetzt, wo er seinen Job versemmelt hat, sammeln wir für ihn, unseren Helden des IPO. Ein IPO ohne Herbert ist wie eine Suppe ohne Salz! Denn merke: „Salzarme Kost schont Deinen Blutdruck und lässt Dich länger leben! Ein IPO ohne Herbert schont auch Deinen Blutdruck!" Die Begeisterung der meisten, dass Herbert weg war, wurde nur durch das Bedauern weniger getrübt, die ihren, wenn auch ungeliebten Chef verloren hatten. Die fragten sich: Was wird denn nun aus uns? Herbert hat uns hierher zur Insite geholt. Wir sollten hier das Marketing aufziehen. Wir wurden nie von irgendjemandem aus der Programmierung akzeptiert. Wir haben keinen Fürsprecher mehr. Gibt es hier weiterhin ein Leistungszentrum Marketing? Oder sind wir jetzt überflüssig? Fliegen wir jetzt auch?

Natürlich wusste keiner der Feiernden, warum Herbert einen so plötzlichen Abschied genommen oder bekommen hatte. Man gab sich allerlei Spekulationen hin, und es kursierten die wildesten Gerüchte – aber wissen warum? Das tat keiner! Genauso wenig herrschte Klarheit darüber, wie es mit Insite und dem Börsengang weitergehen sollte. In der allgemeinen Euphorie wurde dieses Thema auch gar nicht erörtert; es war schlichtweg kein Platz dafür da. Die meisten beschäftigten sich ausschließlich mit Herberts Weggang. Nur einige wenige wie Klaus verschwendeten den einen oder anderen Gedanken an die Zukunft und den zukünftigen IPO. Klaus orakelte in Büros und Fluren: „Zunächst mag es schön sein, dass Herbert das Weite suchen musste; aber wartet ab, was kommt. Mir schwant nichts Gutes!"

Wie geht es weiter? Dieses Thema wollten auch Volker und Manfred gemeinsam erörtern. Allerdings schien es ihnen angebracht, dies außerhalb der Geschäftsräume der Insite zu tun, sozusagen auf neutralem Boden. Gino war the place to go.

Manfred kam etwas später. Kalt war es, so kurz vor Weihnachten. Man konnte nicht draußen sitzen, hörte keine Mauersegler schreien; die waren längst in den Süden abgereist. Der Kellner schlawenzelte um Dottore Manfred herum und versuchte, ihn mit mehr oder weniger originellen Sprüchen aufzulockern. Aber eine positive Stimmung wollte sich partout nicht einstellen. Das schlug sich sogar in der Bestellung nieder. Kein Garpaccio heute, keinen Hummer! Manfred und Volker säbelten an Pizza Margherita herum. Noch nicht einmal Investmentbanker am Nebentisch, die Champagnerflaschen im Dutzend bestellten. Die Stimmung war echt trübe. Manfred ließ den Kopf hängen und übertraf sogar noch Volker mit seinem Blues. Zwei Ritter von der traurigen Gestalt!

„Sorry für meine Verspätung!" Manfred entschuldigte sich sonst nie dafür, dass er – regelmäßig - zu spät kam. „War noch bei unserem Banker", erklärte Manfred. Volker säbelte eisern schweigend an seiner Pizza. „Als ob sie die Überreste der New Economy mit eisernem Besen aus dem Haus kehren!", haderte Manfred. „Welche Chancen machen die sich nur kaputt! Wie kann man nur so blind sein!" Volker kaute weiterhin schweigend Pizza. „Sic transit gloria mundi!", gab er zum Besten und zuckte mit den Achseln. Manfred runzelte die Stirn. „So vergeht der Ruhm der Welt", übersetzte Volker. Manfred grinste zynisch: „Dumm gelaufen, würde ich sagen. Dumm für die Bank, aber auch dumm, sehr dumm für uns!"

„Also, Volker! Die meinen, wir haben kein Benzin mehr im Motor. Es bleibt nichts übrig von der Insite, vom einstigen Liebling der Analysten. Kein Börsengang! Loswerden will der Banker uns, verkaufen! Wir sind ihm nur noch eine Laus in Pelz, lästig. Der will uns nur loswerden. Damit er seine beschissene Bankphilosophie aufrecht erhalten kann: Immer nur machen, was Kohle bringt! Ich aber glaube weiterhin an die Verwirklichung unserer Werte. Auch wenn wir derzeit ins Kreuzfeuer der Kritik geraten sind. Das ist doch alles ein Komplott! Die verarschen uns nur! Wir beiden, Volker, wir sind die letzten der Mohikaner. Wir müssen den Laden zusammenhalten!" Manfred machte in Zweckoptimismus und stellte sich, für Volker ein wenig überraschend, als Fan der Insite Firmenkultur dar.

Volker kaute auf dem Pizzarand: „Manfred, mal ganz ernsthaft: Wir leben gefährlich. Die Einschläge werden dichter. Als Maren ging, tat es mir sehr leid. Du weißt, ich habe sie auf ihre Art sehr geschätzt. Und zusätzlich war und ist sie fähig. Sie blickt einfach durch bei Bilanzen und diesem ganzen betriebswirtschaftlichen Zeugs. Ganz im Gegensatz zu meinem Freund Lorenz, der überhaupt keine Ahnung hat, das auch nur unzureichend verbergen kann und meiner Meinung nach wegen Unfähigkeit zu Recht geflogen ist."

Manfred lächelte nachsichtig und fing nun seinerseits an: „Als es Herbert erwischte, haben unsere Jungs auf den Tischen getanzt. Wow, ein richtiges Fest. Das knüpfte an den alten Insite-Geist an. Das erinnerte an alte Sponti-

Zeiten!" Volker hakte nach: „Du warst doch auch froh, als Herbert gekickt wurde. Ihr hattet doch den permanenten Machtkampf. Der ist nun entschieden." Manfred äußerte sich hierzu nicht. Beide sahen eine Weile trübe auf die Tischdecke.

Manfred sprach weiter: „Und Marlene? Nun, ihr ist ein sicherer Job bei der Bank zu gönnen. Miss Samso-Schäfchen! Sie war häufig zu gut für diese Welt. Wie sagte der Banker? In unserer Runde von Haudegen wirkt sie wie frisch geschoren! Vielleicht hat sie es von uns allen am besten getroffen."

Nun ergriff wieder Volker das Wort: „Lorenz? Er stand sich immer nur sich selbst im Wege und haderte mit anderen, besonders mit mir. Seine Erkenntnis müsste sein: Ich selbst habe mich einfach zu blöde angestellt! Lorenz war sich der Tragweite seiner Verantwortung nie bewusst. In gewisser Weise tragisch, aber mit diesem Defizit wird er sein Leben lang auskommen müssen. Er war ja auch nie bereit, offen mit anderen zusammen zu arbeiten; stets hatte er Angst davor, untergebuttert zu werden. Zu Recht! Er hat, schlicht gesprochen, einfach nicht genügend im Hirn!" Volker machte eine kleine Pause.

„Nun sind nur noch wir hier übrig, wir Mohikaner, wie Du sagst! Ich kenne das Buch von James Cooper ‚Der Letzte der Mohikaner'. Das habe ich als Junge gelesen. Eigentlich sind es zwei Mohikaner, die vom Stamme übrig geblieben sind. Weißt Du, was mit den beiden letzten Mohikanern passiert?" Volker schaute Manfred an, der an seiner Pizza rumsäbelte und die Achseln zuckte. „Sie gehen unter! Sie sterben, alle beide!", klärte Volker ihn auf. Manfred dreht sich nach dem Kellner um. „Champagner", orderte er. Der Kellner lächelte: „Si, Dottore!" Manfred schaute Volker an: „Es gibt ja nicht nur den letzten der Mohikaner in den Büchern von Cooper, sondern auch den Lederstrumpf. Und Du wirst sehen: Ich werde zäh sein! Zäh wie ein Lederstrumpf!" Sie stießen mit Champagner zur Pizza an.

„Ich will ehrlich zu Dir sein, Volker. Wir haben schließlich immer offene Kommunikation miteinander gepflegt: Du weißt jetzt, was aus unserem IPO wird?" Volker zuckte die Achseln. „Der fällt ins Wasser. Es wird keinen IPO geben!", erklärte Manfred. „Und wozu machen die denn die Due Dilligence?", fragte Volker. „Due Dilligence", Manfred raunzte: „Die Due Dilligence, die die Berater bei uns gerade durchführen, muss ja nicht notwendigerweise den Firmenwert für den Börsengang ermitteln, sondern kann ja auch zum Ziel haben, uns als möglichen Übernahmekandidaten zu bewerten. Wir werden nämlich aufgekauft!" Volker schaute Manfred entsetzt an: „Von wem? Wann?" „Wann? Zum Jahresanfang. Und von wem? Rate doch mal" Volker überlegte laut: „Wer könnte ein Interesse an uns haben? Unsere Produkte müssten in deren Portfolio passen. Spann mich nicht auf die Folter! Ich weiß es nicht."

Manfred blickte Volker an: „Kommst Du auch nie drauf. Ich bin selbst vom Sockel gefallen, als ich das von unserem Banker hörte. Der Banker ist extrem sauer auf Insite. Er fühlt sich von uns von vorne bis hinten verarscht! Die Sache mit Herbert war wohl der finale Auslöser. Herbert hat dem Banker wohl ein unsittliches Angebot gemacht, wollte ihn wohl mehr oder weniger bestechen. Der Banker scheint wohl auch selbst reichlich Druck von seinem Bankvorstand bekommen zu haben und konnte sich keinerlei Fehler oder Unklarheiten erlauben. Deshalb musste er Herbert sofort rauswerfen, den Sumpf bei Insite trocken legen, wie er sagt."

Manfred nahm einen Schluck aus dem Champagnerkelch: „Die Zeit der blumigen Erklärungen sei vorbei, sagte mir der Banker. Es sei genug Kapital verbrannt worden. Und dann hat er mir das Gleichnis von Buridans Esel erzählt. Kennst Du das?" Volker schüttelte den Kopf: „Nie gehört." „Buridans Esel steht zwischen zwei Heuhaufen und kann sich nicht entscheiden, von welchem er fressen soll. Was ist die Konsequenz für diesen dämlichen Esel? Er muss verhungern, weil er sich nicht entscheiden kann!" „Und was hat das mit uns zu tun?", fragte Volker.

„Ganz einfach. Der Banker ist Buridans Esel – das hat er mir selber so erklärt. Der eine Heuhaufen ist unser Börsengang, der andere Heuhaufen ist ein Übernahmeangebot. Da will unser Banker nicht verhungern wie Buridans Esel. Er geht zum Heuhaufen mit dem Übernahmeangebot. Und nun kommt der eigentliche Hammer: Wer hat das Übernahmeangebot abgegeben?" Manfred wartete einen Moment, bevor er fortfuhr: „Die Übernahme erfolgt durch die Unternehmensberatung, die gerade die Due Dilligence durchführt, selbst. Die übernehmen auch unsere französischen Freunde, die ARF. Sozusagen im Doppelpack. Da hat die Bank entweder ganz clever gespielt, oder aber sie haben den Bock zum Gärtner gemacht! Die Unternehmensberatung bestimmt selber, wie viel wir wert sind." Volker schüttelte als Erwiderung schweigend den Kopf.

Manfred fuhr fort: „ Kleiner Gag am Rande: Die Due Dilligence ist bei ARF bereits gelaufen. Und als die da lief, was dachte wohl ARF, in wessen Auftrag die Due Dilligence bei denen gemacht wurde?" Manfred machte eine Kunstpause. „ARF dachte natürlich, die Due Dilligence sei von Insite initiiert gewesen. Als Herbert noch da war als toller Deal Manager, hat er sich immer nur um irgendwelchen Scheiß wie Logofarben und so gekümmert. Nie um wirklich wichtige Dinge wie gemeinsame Strategien und Produkte. Dass das Deal Management sehr hohl lief, ist ARF natürlich auch aufgefallen. Die hatten sich gewundert, warum wir uns immer nur um unwesentliche Details kümmern. War das reine Blindheit, oder hatte das Methode? Diese Frage hatten sich die ARFer immer gestellt. Schickt Insite nun die Unternehmensberatung zwecks Informationsbeschaffung? Und dann stellt auch ARF fest, dass sie von der Unternehmensberatung übernommen werden. Irgendwie läuft das momentan alles im Kreis! Rafaël hat mich angerufen und am Telefon nur bitter gelacht. Im Übrigen geht er persönlich auch weg von der ARF, zu irgendeiner Bank in Frankreich!"

Volkers Handy klingelte. Manfred sah ihn an: „Nun geh schon ran! Vielleicht ist es ja Wall Street!", witzelte er. Volker sprach mit dem Anrufer. „Nein, kein Interesse!" Und nach einer Weile: „Nein, wirklich nicht, die Information interessiert mich auch nicht. Ist mir auch nichts wert! Lassen Sie mich in Ruhe!" Volker beendete abrupt das Gespräch.

Manfred runzelte die Stirn: „Nanu, Du so rabiat am Telefon? So kenne ich Dich doch gar nicht." Volker nickte: „Ach, der Typ nervt mich schon seit Tagen!" „Was will der denn?", erkundigte sich Manfred. „Mir eine Information verkaufen, wie er sich auszudrücken pflegt", erklärte Volker. „Information verkaufen? Das klingt ja wie beim Geheimdienst. Sollst Du die aus einem toten Briefkasten holen?" Manfred schenkte nochmals Schampus nach und schob den Rest seiner kalten Pizza an den Tischrand. „Gino!", rief er. „Bring uns noch ein Fläschchen!"

Volker nippte an seinem Glas Champagner. „Du weißt doch, Manfred, dass ich ein wenig Stress mit meiner Frau habe wegen dieser Scheiß Bilder, die irgendein Schwachkopf an sie geschickt hat." Manfred schien sich plötzlich für dieses Thema zu interessieren und fragte: „Ja, und?" „Na ja, dieser komische Typ am Telefon erzählt mir nun schon zum wiederholten Mal, er könne mir sagen, wem ich die Post an meine liebe Ehefrau zu verdanken habe!" Manfred schien für einen Moment sprachlos zu sein.

Gino brachte die Flasche Champagner und öffnete sie routiniert. „Habt Ihr beiden heute was besonderes zu feiern?", fragte er. Manfred und Volker schauten Gino ein wenig ratlos an. „Oder ist das nur, weil heute so ein schöner Tag ist?" Gino lachte lauthals. Weder Manfred noch Volker lachten mit. Gino schien froh zu sein, sich danach wieder verkrümeln zu können.

Manfred saß schweigend da und nahm einen weiteren Schluck Champagner. Volker folgte seinem Beispiel. „Ach, weißt Du", wandte Volker sich an Manfred, „eigentlich ist es auch völlig egal, wer nun diese blöden Bilder geschickt hat. Dieser schmierige Typ, der mich anruft, will natürlich nur Kohle von mir haben. Und was habe ich davon, wenn er mir irgendwas erzählt? Weiß ich, ob das stimmt oder nicht? Vorher hatte ich ein familiäres Problem. Danach hätte ich das auch. Und zusätzlich hätte ich noch ein Problem mit dieser so genannten Information. Nein, keinen Bock! Ich will von dem ganzen Müll nichts mehr hören!"

Manfred bekam einen ganz trockenen Hals, den er mit einem weiteren Schluck Schampus bekämpfte. Volker fuhr fort: „Ich habe dem Arsch gesagt, er soll sich gehackt legen! Mich in Ruhe lassen! Woher der überhaupt meine Mobilnummer hat? Na, egal. Komm, Manfred, lass uns noch einen heben!"

Manfred brauchte eine Weile, bis er Volker ansprach: „Ich kann Dich schon verstehen. Eigentlich ist es auch scheißegal, wem Du die Post zu verdanken hast." Beide verfielen in ein kurzes Schweigen.

„Also, weißt Du, wenn ich die ganze Sache so übersehe, werden wir beiden wohl demnächst bei der Unternehmensberatung arbeiten", wechselte Manfred das Thema. „Nächste Woche steigen wir in Gespräche ein, in denen auch unser Status geklärt werden soll. Soll Insite als selbständige Einheit weiterhin am Markt auftreten? Oder werden wir in die bestehende Organisation der Unternehmensberatung integriert? Last not least: Was wird aus uns beiden? Wo in der Organisation werden wir uns wieder finden?"

„Wann wollen wir das denn unseren Leuten offenbaren?", fragte Volker. „Und wie wollen wir die Leute halten? Damit die uns nicht bei einem Wechsel alle weglaufen?" Manfred zuckte die Achseln: „Ach, da wird es schon Wege geben. Mache Dir deswegen nicht zu viele Gedanken."

Die beiden schauten sich über den Tisch hinweg an und erhoben ihre Champagnerkelche. „Irgendwie schade, dass die alten Insite Zeiten sich dem Ende zuneigen. Es war doch eine super Zeit! Ich habe viel gelernt, und wir hatten hier auch eine Menge Spaß!", sagte Volker.

„Na klar", bestätigte Manfred. „Schließlich sind wir immer fair miteinander umgegangen, haben immer offen miteinander kommuniziert."

25 Epilog

Volker kannte die Adresse. Schon vor Wochen war er hier mal vorbei gefahren – aus Zufall, wie er meinte. Ein unpersönliches Hochhaus mit zahlreichen Apartments. Die Fassade war etwas bröckelig, an der Haustür waren Dutzende von Klingeln angebracht. Es dauerte eine Weile, bis Volker die richtige fand und drückte. Sein Hals war ein wenig trocken, die Finger etwas zitterig. Nur nichts anmerken lassen, beschwor er sich. Du bist nicht nervös!

„Wer ist da bitte?" Trotz des blechernen Klangs der Gegensprechanlage erkannte Volker Denises Stimme. Volker antwortete cool: „Denise, hier ist Volker. Ich war gerade in der Gegend und dachte, es sei eine gute Idee, Dich auf einen Kaffe einzuladen." Da war sie wieder, die alte Sprechhemmung, immer wenn Denise in der Nähe war! So auch jetzt. Es war 21:00 durch, und Volker faselte was von einem Kaffee! Ein Bier oder noch besser ein Wein, hämmerte es in seinem Hirn. Das hättest Du sagen sollen, Du Klotzkopf!

Es dauerte eine Weile, bis Denise antwortete. Volker hörte, dass der Summer für die Haustür betätigt wurde. „Komm hoch", sagte Denise. Das war alles.

Volker ging in den Fahrstuhl. Sein Herz klopfte ein wenig, aber auf den Lippen hatte er bereits ein breites Lächeln. Schnell noch den Knopf für das richtige Stockwerk finden. Der Lift brachte ihn nach oben. Die Haustür zu Denises Wohnung war nur angelehnt; er drückte sie auf und trat ein. „Oh, hi", begrüßte ihn Denise, „Komm rein! Geh' schon mal ins Wohnzimmer. Ich hole Dir einen Drink. Gin Fizz?" Volker nickte und ging in den Wohnraum. So leicht hatte er sich das nicht vorgestellt.

Wie vom Donner gerührt blieb er auf der Schwelle stehen. Auf der Couch saß Herbert und grinste ihn an. Denise kam aus der Küche mit dem Drink in der Hand. Sie sah in Volkers verblüfftes Gesicht. „Wusstest Du nicht", fragte sie „dass Herbert mein Vetter ist?"